海南热带海洋学院民族学学科建设成果文库

　　本书受2017年海南省高等学校发展专项资金，海南热带海洋学院重点学科民族学建设经费资助出版。

黎族作家文学研究

LiZu ZuoJia WenXue YanJiu

曲明鑫 著

中国书籍出版社
China Book Press

图书在版编目（CIP）数据

黎族作家文学研究/曲明鑫著. —北京：中国书籍出版社，2019.1

ISBN 978-7-5068-7165-5

Ⅰ.①黎… Ⅱ.①曲… Ⅲ.①黎族—少数民族文学—文学研究—中国 Ⅳ.①I207.981

中国版本图书馆 CIP 数据核字（2018）第 283909 号

黎族作家文学研究

曲明鑫 著

责任编辑	刘 娜 刘文利
责任印制	孙马飞 马 芝
封面设计	中联华文
出版发行	中国书籍出版社
地　　址	北京市丰台区三路居路 97 号（邮编：100073）
电　　话	（010）52257143（总编室）　（010）52257140（发行部）
电子邮箱	eo@chinabp.com.cn
经　　销	全国新华书店
印　　刷	三河市华东印刷有限公司
开　　本	710 毫米×1000 毫米　1/16
字　　数	178 千字
印　　张	16
版　　次	2019 年 1 月第 1 版　2019 年 1 月第 1 次印刷
书　　号	ISBN 978-7-5068-7165-5
定　　价	78.00 元

版权所有　翻印必究

目 录
CONTENTS

引　论 …………………………………………………………… 1

第一章　黎族文学研究状况与意义 ………………………… 5
　　第一节　黎族作家文学的概念界定　6
　　第二节　黎族作家文学创作的概况　12
　　第三节　黎族作家文学研究的现状　18
　　第四节　黎族作家文学的民族性与开放性　21

第二章　黎族作家文学创作的根源性 ……………………… 27
　　第一节　黎族作家文学作品中的文化性本源　28
　　第二节　黎族作家文学作品中的习俗影响　33
　　第三节　黎族作家文学作品中的宗教性渗透　39
　　第四节　黎族作家文学作品中的历史性承接　44

第三章　黎族作家文学的题材来源 ………………………… 55
　　第一节　黎族作家文学对黎族神话传说的继承　57

第二节　黎族作家文学对黎族民间故事的借鉴　64

  第三节　黎族作家文学对黎族史诗、歌谣的吸取　71

  第四节　黎族作家文学对黎族谜语、谚语的运用　83

第四章　黎族作家文学的历史沿革与文化症候 …………… 90

  第一节　黎族作家文学创作的萌芽与正式序幕　93

  第二节　黎族作家文学创作的原发与蓬勃兴起　97

  第三节　黎族作家民族身份自我认同及文化症候　102

  第四节　黎族作家文学创作若现若隐的症候　106

第五章　黎族作家的群体观念与艺术趋化 ………………… 111

  第一节　黎族作家群体诞生的时代性特质　112

  第二节　黎族作家群体自觉肩负的文化传承性诉求　116

  第三节　黎族作家文学创作艺术趋化

　　　　——强烈的主体张力　120

  第四节　黎族作家文学创作艺术趋化

　　　　——鲜明的本土色彩　130

第六章　黎族作家文学的话语气场与精神传承 …………… 136

  第一节　黎族作家文学中悲剧精神的传统　136

  第二节　黎族作家文学中的诗性绽放　143

  第三节　黎族作家文学中时代精神的追寻和表达　160

  第四节　黎族作家文学中的意象境界与自觉要求　167

  第五节　黎族作家文学中女性主义思想的追求　178

第七章　黎族作家文学的多元化视野与融合 …… **192**

　　第一节　黎族作家文学创作的多民族性视野　195

　　第二节　黎族作家文学创作的西方理论视野　200

　　第三节　黎族作家文学创作内容的多元融合　204

　　第四节　黎族作家文学创作主题思想的开放性　213

　　第五节　黎族作家文学创作艺术技巧的拓展　216

第八章　黎族作家文学的成就与不足 …… **220**

　　第一节　黎族作家文学的成就　220

　　第二节　黎族作家文学民族特色的不足　226

　　第三节　黎族作家文学"走出去"中存在的问题　229

结语　黎族作家文学的展望 …… **232**

参考文献 …… **238**

后　记 …… **247**

引 论

在我国民族地区蕴藏着极为丰富的民间文学,其中不少优秀作品早已享誉海内外,为我国多民族的文学增添了光辉。各兄弟民族的作家文学,以独特而浓郁的民族特色,在我们党和国家正确的民族政策和文艺政策的指引下,创作空前繁荣,大放异彩,绚丽多姿,广为世人关注。在我国民族文学的百花丛中,海南黎族文学,在我国文坛上也是独树一帜,可谓是盛开的一朵南国之花,涌现了一批反映自己民族历史和生活的优秀作品。基于"黎族作家文学"概念的界定,我们可以从以下几个方面对黎族作家文学进行探究:

第一,从文学的根源性上进行内涵的探究。从文化性根源看,海南黎族是海南岛上最早的居民,是我国壮侗民族的一支,从古代"百越"民族发展而来。根据文献记载、考古发掘,以及民族学、语言学等各方面的资料,初步推断海南黎族的远古祖先,大约生活在新石器时代中期或更早的时候。从这个意义上来说,黎族有着深远的文化传统。传统能够成为每一个时代的传统,能对一代代人产生不同的影响,秘密在于每个时代都在以自己的时代特征延伸它。因此,阐述黎族作家文学的文化性根源,可以着眼对黎族的饮食、服饰、建筑以及结合黎族会客、节日等礼仪、黎族的习俗和黎族宗教的影响等来阐述黎族作家文学性的根源。

第二，黎族作家文学本土性特质非常明显，地域性是黎族作家文学的特色之一。纵观黎族作家文学，无论是民族民间文学，还是作家创作的书面文学，其字里行间都洋溢着创作者对海南岛，尤其是五指山区这片沃土的深情。这种本土特质和地域性，可以从黎族作家文学创作题材的来源得到印证：一是对神话传说的继承，黎族从洪荒时代的口头文学开始就有了关于远古时代的神话和传说。二是对民间故事的借鉴，客观讲，民间故事是各民族文学的源头和母体，是各民族民间文化的结晶，是民间宗教观念、伦理道德、风俗习惯的重要载体，也是民间口头艺术表现手法的总汇。这些神话传说和民间故事中的精髓也在黎族作家文学中得到了广泛的继承和弘扬。

第三，根据斯图亚特·霍尔的概括，文化研究有文化主义和结构主义两种范式，而文化症候是对结构主义的补充。因此可以从黎族作家文学创作的自身地域性局限和历史性背景等文学的特征入手，分析由黎族作家群体创作的黎族文学形成的文化症候。

第四，从黎族作家的群体观念与艺术趋化看，黎族作家群的地域元素及特色较为鲜明，其族群与文化具有相对严密的封闭性与自主性。文化与文学流变的线索直接、清晰，源流有序。但因其封闭性，也造成"文化骨力不足"，可以说，黎族文化的自主性，有着客观的开放姿态，使得黎族作家群体观念在线性沿革中融入更多的汉语思维和因素，文学创作将改变原先单一的黎族文化、文学的原始风格；其鲜明的文化特质，在面对文化入侵时，因抵抗是乏力的，其艺术趋化迅速被外来文化所改造。

第五，由于黎族长期以来虽然有自己的语言，但是黎族文字发展情况不佳，黎文创制后并未得到很好地普及和使用，很多"他者"的创作很难真实而客观地再现黎族文学民族题材的真髓。黎族作家们不惧艰难，迎难而上，创作了如长篇小说《黎山魂》这样具有里程碑意义的作品。包括《黎山魂》在内，纵观黎族作家文学中的长篇小说，如黄明海的《你爱过吗》《色相无相》《楔子》《心近地远》等、黄仁轲的《张氏姐妹》《大学那些事》、亚根的《婀娜多姿》等等，能够看出黎族作家群在创作的自我指涉上，具有了更多的可能性。基于此，可以从美学的悲剧色彩和唯美至上、从全面开放的视野、崇尚历史的情怀、诗人诗话的质感以及强烈的时代精神等去阐述分析黎族作家文学的话语气场与精神传承。

文学创作作为一个完整的系统，其内部各个要素，是相互联系、相互开放、互补互促的。黎族作家文学要想走得更远，更富有生命力，在传承传统的过程中，必须淡化强烈的地域群落意识，让黎族作家的视野更为开阔和多元化，也必须坚持向世界各民族的文化开放，不断地吸收世界一切民族优秀的文化因素。以保持民族性为前提，由内到外的全面开放是黎族作家文学发展的要求和必然趋势。当然，在强势的外族文化面前，黎族的"自我"存在和外族"他者"存在的主客体关系，是完全被颠倒的。因此，黎族文学发展中一项重要的任务就是重塑黎族文化。这样，赋予黎族作家的历史责任和历史使命重大而深远，他们需要在传承中突破、在发扬中创新，按照新的美学原则，通过全新的景观展示和创造性的文学转化，来进一步提升黎族作家文学的意象境界和创作自觉。如果黎族文学想要在中华民族文学史中占有一定地位的话,"黎族作家们必须要做到民族文化自觉和民族文学自觉的高度统一"。

黎族作家文学作为我国少数民族文学的重要组成部分,在四十多年的时间里取得了黎族文学发展史上前所未有的巨大成就:建立了以龙敏、王海等为代表的文学创作队伍,开创了黎族作家文学创作的新局面,创作和出版了大量具有民族性的文学作品。同时,作品具有鲜明而具象化的民族性,文学创作的整体水平在攀升。但是也存在着明显的不足,特别是民族精神的广泛性影响和社会激励性作用方面还有待进一步思考和探索。因此,黎族作家文学在发展中应该保持个体意识,发扬蕴含在黎族作家文学中所特有的民族精神和文化气质,并对其进行创造性的继承吸收,始终坚持文学的民族性、开放性与批判性相结合的和谐发展,关注当代社会文化主题,面向国内外文学,寻找一种国际文学的视野,在保持历史传承的基础上,加强对当代审美及艺术手法的运用和诠释,触及当代文化及社会发展的深层,使黎族文学及文化被更多人所关注,从而让黎族作家文学形成真正的繁荣,继而成为文坛常青树。

第一章

黎族文学研究状况与意义

黎族现有人口约146万,是我国具有悠久历史文化的民族之一,是海南岛最早的居民和开发者。在漫长的历史进程中,黎族创造了斑斓多姿的文化,如神话、歌谣、乐器、舞蹈、黎锦、图符,以及礼仪、风俗、民族体育等。黎族文化和其他民族的文化一样,具有重要的意义和价值。黎族文学是黎族文化的重要组成部分。民族文学一般包括两大部分:口头创作、传承的民间文学和作家创作的文字文学,即作家文学。在相当长的一段时间里,黎族文学以神话、传说、歌谣等民间创作和口头传播为主要形式,直到20世纪70年代末80年代初,黎族文学出现了历史性的跨越——开创了作家文学。

每一个民族文化的进步,无不遵循着历史的辩证法:一方面要弘扬民族的优秀文化;另一方面又要适应新形势不断创造新文化,与优秀的文化传统相结合,构筑新的文化体系。黎族的原生态文化和文学传统在社会、政治、经济、文化、科技高速发展的今天,面临着巨大的冲击。在黎族作家文学发展相对滞后的情况下,文化融合令本地文化色彩在文学作品中日渐式微,甚至民族性都有可能在主流文化中逐渐消隐。这使得我们有责任研究和保护黎族文化资源、传承优秀的传统文化、发展黎族文学，让我国的文化和文学宝库丰富多姿。因此，对黎族作家文学的研究就具有十分重要的现实意义。

对黎族作家文学的研究，需要把黎族作家文学从产生到发展至今作为一个整体，结合现代中国特别是现代黎族社会的发展，对黎族作家文学的概念做出明确的界定，在此基础上，对黎族作家文学的创作及艺术特色加以分析和研究，并从黎族作家文学的民族性和开放性的角度对黎族作家文学的作品、发展轨迹、风格特征及成就与不足等问题进行较为全面深入的研究，从而进一步对黎族作家文学的滞后和未来的发展等方面进行探讨。

第一节 黎族作家文学的概念界定

一般来说，作家文学区别于口头民间文学的特征是使用文字、读者知道创作者的名字。关于"黎族作家文学"的概念，一直以来都没有较为明确的界定。有观点认为：应该是黎族作家采用黎文写作，取材于黎族，反映黎族生活的文学作品叫黎族作家文学；有的说法则提出：黎族作家不管用哪种文字写作，只要反映黎族的生活，都算是黎族作家文学；还有一种观点认为：不管是不是黎族作家，也不管用什么文字写作，只要反映黎族的生活，都是黎族作家文学。通常情况下，对于民族文学的界定，主要从语言文字、生活题材和作者的民族出身三个角度去讨论。下面就结合黎族文学的实际情况，对黎族作家文学概念的界定进行探讨。

第一，语言文字。从理论上说，语言是文学的第一要素，也是构成民族的四大要素之一。黎族有自己的语言。自黎族先民迁入海南岛至今，黎语已在海南岛存在了3000多年，这期间黎语受到了汉语、海南方言（属汉语闽南方言）、军话、儋州话、迈话等语言的影响。虽然黎语与这些语言之间相互吸收借用等现象很多，但仍然保持黎语的特色。黎族有自己的语言，但没有与其语言相对应的文字。因长期与汉族接触，黎族一般通用汉语言文字。1957年，在政府部门的大力支持下，由专家和学者创制了一种拉丁字母形式的黎文，但是没得到广泛推广和使用，其被广大黎族群众认知的程度和对黎族社会生活的影响都十分有限，各地黎族村寨中的群众对黎文一无所知。黎族人民几乎不使用黎文，用黎文创作的作家文学作品更是鲜见。

我国五十五个少数民族中，有的民族有本民族的语言和文字；有的民族历史上有过文字，但现在不通用了；有的只有语言，没有文字；有的连本民族的语言也没有。因此，在文学创作中，有的民族用本民族文字创作，有的民族用汉字创作；一个民族内部有用本民族文字创作的，也有用汉字创作的。大多数的少数民族文学作品是用汉字写作的，大部分少数民族作家也是用汉语言文字进行创作的，包括那些最有成就和最有影响力的作家，如玛拉沁夫、敖德斯尔、扎拉嘎胡、艾克拜尔·米吉提等，他们的作品多数是用汉字写作的。在全国各种文学评奖中获奖的少数民族文学作品，也多是用汉字写作的。

如此说来，虽然民族语言文字是民族文学民族特性的一个重要表征，但仅仅是语言文字，还不能决定文学成为民族的，还不能把一个民族的文学的根本特性表现出来。因此语言文字不能成为界定的主要标准，以语言文字作为界定"黎族作家民族文学"的标准，必然会得出错误的结论。

　　第二，题材。以作品的题材作为标准划分民族文学的归属，在研究少数民族文学的人中占有相当的优势。有学者认为："既然少数民族文学和一切文学一样，都是社会生活的反映，就可以说，凡反映了某个民族生活的作品，不管（作者）出身于什么民族，使用何种文字，采用什么体裁，都应该是某民族的文学"①。笔者并不赞同这种观点。少数民族作家写少数民族生活是值得提倡的，这些作品反映的少数民族人民的真实生活（历史的和现实的），表达的少数民族人民的感情、理想和愿望，以及呈现的民族气质等，都是任何其他民族的作家所不能取代的。但是，不应该也不可能把作家的创作圈定在一个固定的题材范围内。并且，题材多样化是发展文学的一个重要原则。作家在选择题材上有充分的自由：汉族作家可以写少数民族生活，少数民族作家也可以写汉族或其他民族的生活，甚至外国人的生活。我国具有多民族杂居的特点，这就决定了我国少数民族作家及其作品题材的广泛性。

　　从我国少数民族作家文学的实际情况来看，创作题材的确十分广泛：有的着眼于本民族新时期的现实生活，从中捕捉时代的信息、撷取生活的浪花；有的以新的思想观念去考察社会、思考问题、揭示矛盾；还有的反映本民族以外地区的生活。具有民族特色的乡村生活、灯红酒绿的都市繁华尽收眼底。尽管大多数作品以反映本民

---

　　① 单超：《试论民族文学及其归属问题》，《中央民族学院学报》，1983年第2期，第13页。

族的社会生活为主，但已广泛地涉猎到了社会生活的诸多领域，显示出少数民族作家驾驭创作题材的功力。另外，从世界范围来看，文学作品的题材更是异常广泛的，完全不能决定文学的归属。莎士比亚的戏剧《威尼斯商人》《哈姆雷特》，写的是意大利和丹麦的生活及人物，但它们不是意大利和丹麦文学，而是英国文学。高尔基的《意大利童话》反映的是意大利工人和人民群众的劳动、斗争，当然也只能归属于苏联文学，而不是意大利文学。

社会生活本身就是艺术创作的源泉，随着经济的发展、交通的发达，各民族之间的交往也日益频繁，少数民族作家的足迹遍及全国乃至世界，他们所接触的本民族地区以外的生活也会进入他们的创作领域。苗族作家李必雨曾长期居于缅甸，他的大部分作品，如《野玫瑰与黑郡主》《红衣女》等，都是描写异国风情和异国人物的，我们当然不能把它们归属于缅甸文学。黎族作家董元培的散文《羊城茉莉》中描写的是一位勤劳善良的汉族姑娘，当然也不能把它归属于汉族文学。

按照作品题材的标准来划分民族的文学，有可能导致两个后果：一是，一个民族的文学可以由别的民族的作家来代替创造；二是，导致民族文学的研究过多地注重表面的生活现象，引导作家去写那些所谓具有民族特色的现象。

因此，题材也不能作为界定民族文学的主要标准。

第三，作者的民族出身。民族的经济条件和生活环境等外在因素，是容易改变的，但是长期的历史进程中所形成的民族心理气质及其表现的文化结构，则具有相对的稳定性。当然，民族心理气质也不是一成不变的、凝滞的，它既然是历史的产物，就必然会随着时代的发展、与其他民族的交流、物质条件的变化而发生变化。当少数民族文学中表现出某些与汉族文学在内容、形式等方面的类似或相同的特色时，是民族之间文化上互相交流、影响、渗透的必然结果，不能因此就否定其为民族文学。但是，一个民族与另一个民族在心理上的差异是在一个相当长的时间内比较稳定的，并且这种民族心理总会或多或少地在文学作品中打上烙印。

民族感情、气质、理想和愿望的表达是民族文学特性的核心。文学作品的民族特色，首先是由少数民族作家独特的心理气质、文化素养（包括地域的共同性和历史的继承性）所决定的。"任何一个民族的艺术都是由它的心理所决定的，它的心理是由它的境况所造成的"①，这种少数民族作者独特的民族心理气质决定着他们观察生活的眼光、选择题材的角度、理解问题的方法和独特的表达方式。"一个民族的宇宙观就是那种带有一种或者几种最基本的光谱的灵智三棱镜，这个民族通过这种三棱镜来观察万物存在的秘密"②，对作为民族心理具象化的少数民族文学作品进行研究，能够从另一个角度去寻找打开文学民族特性的钥匙。

少数民族作家文学在语言、题材等方面的特色是由少数民族作家独特的民族心理状态和民族气质所支撑的。有些少数民族作家长期在本民族聚居地区生活，熟悉本民族的生活和感情，并在作品中反映了这种生活和感情，具有鲜明的民族特色，这是少数民族文学

---

① 普列汉诺夫：《没有地址的信》，《普列汉诺夫美学论文选》，人民出版社，1983年版，第350页。
② 别林斯基：《别林斯基选集——第三卷》，上海译文出版社，1980年版，第139页。

研究的主要对象。俄国作家果戈里说:"真正的民族性不在于描写农妇穿的无袖长衫,而在表现民族精神本身。诗人甚至在描写异邦的世界时,也可能有民族性,只要他是以自己民族气质的眼睛、以全民族的眼睛去观察它,只要他的感觉和他所说的话使他的同胞们觉得,仿佛正是他们自己这么感觉和这么说似的"①。因此,有些少数民族作家虽然长期脱离民族地区,与本民族群众较少联系,作品主要以汉族生活为题材,但是这些也是他们以"民族气质的眼睛"观察汉族生活的结晶,仍然是民族文学的组成部分和研究对象。别林斯基也说过,"每个民族之民族性之秘密不在于哪个民族的服装和烹调,而在于它理解事物的方式"②。民族独特的心理气质,是一个民族在长期的历史发展过程中形成的,是一个民族的精神和文化赖以维系的主要条件。它在文学上表现为特殊的民族审美意识,是少数民族文学作品从内容到形式民族化的重要保证。

综上所述,从少数民族文学的整体来看,在划分和界定少数民族文学时,除了要考虑语言文字、题材等因素,更重要的是要看作者的民族出身。由此,我们得出"黎族作家文学"的概念:凡是由黎族作家创作的,不论用什么语言文字,无论根据什么题材创作的文学作品,均属于黎族作家文学范畴。

---

① 果戈里:《关于普希金的几句话》,《文学的战斗传统》,新文艺出版社1958年版,第2页。
② 别林斯基:《别林斯基论文学》,新文艺出版社,1958年版,第86页。

第二节 黎族作家文学创作的概况

20世纪70年代末80年代初，一批执着而坚韧的文学跋涉者的出现，使黎族首次形成了自己的创作队伍，开创了作家文学的新局面，结束了黎族文学史上单一化的民间文学状况，实现了从口头创作向书面创作跨越的历史性转变。黎族作家的主体是一支自新时期以来相继出现于文坛的中青年作家。主要成员有龙敏、王海、亚根、董元培、黄照良、黄学魁、韦海珍、马仲川、李美玲、王文华、王月圣、卓其德、高照清等。前期活跃于文坛的有符玉珍、王艺、王积权、黄荣彬、王斌、陈文平、文洪等。作家们深入生活，并从民间文学中汲取营养，相继推出了一批具有民族性和强烈时代精神的优秀作品：

长篇小说有龙敏的《黎山魂》，亚根的《婀娜多姿》《老铳·狗·女人》《过山流风》《槟榔醉红了》，黄明海的《你爱过吗》《楔子》《色相无相》《书给狗读了吗》《心近地远》，黄仁轲的《张氏姐妹》《大学那些事》《猫在人间》等，邹其国的《哩哩美》《岁月如歌》，廖埊的《鬼叫门之人皮灯笼》《兰宫密码：盗墓贼的诡异经历》；中篇小说有龙敏的《黎乡月》，王海的《记忆中的小路》《我们曾经也年轻》《梦影》，高照清的《婚乐》《禁锢》，符永进的《一叶归根》《赖乖山寨》等；短篇小说有龙敏的《同饮一江水》《卖芒果》《老蟹公》《年头夜雨》《忏悔》《路遇》《青山情》《同名》《苦恼》《桥》《出山》《阿慎哥》《阿光哥》《阿亮哥》《阿聪哥》

《阿明哥》等,王海的《吞桃峒首》《帕格和那鲁》《五指山上有颗红荔枝》《弯弯的月光路》《舐犊情》《我家门前有条河》《失落在深山里》《梦中的彩虹》《班格老人》《阿龙》《月亮照在小路上》《轻风掠过夏日的山坳》《他们都在爱》《走过了那个路口》《欺骗》《采访》《鬼影》《母与子》《肝肠寸断》《蝉蜕》《梦的旅行》《寻回的失落》《洒满阳光的归家路》《电话奇缘》《卖鸡蛋的小男孩》《未及升起的新星》《朋友阿年》《陪太太上街》《芭英》等,马仲川的《一条半》《会丈母娘》《陈才卖鸭》《屋外,满地阳光》等,李美玲的《受罚》《信》,符玉珍的《拜妮》《大表姐》,王斌的《芒果情》《锄头》,王艺的《科长和他的女司机》《纯心浴》,谢来龙的《海湾》《年肉》,符永进的《家信》《情债》《呦呦鹿鸣》《天命人情》《新秘方》《宛白寨》《南浩桥》《寄托》《仙鹿献花》《驼老妈》,李其文的《游在河里的啤酒瓶》《风吹唢呐声》《没有什么比一场雨来得突然》;诗歌有黄学魁的《东方夏威夷》《热带的恋曲》(组诗)、《寄梦,于如梦如画的三亚》(组诗)、《中部恋曲》(组诗)、《在三月,让我们轻轻地踏歌——写给黎族传统节日"三月三"》《凤凰花》《致鹿——写在"鹿回头"雕像前》等,黄照良的《山园箫声》《新居夜歌》《黎家的秋天》《五指山》《童年的小路》《木棉花开》《织筒裙》《跳竹竿舞》《冬,冬冬……》《田野上》《山栏熟了》《槟榔树》等,亚根的《织筒裙》《甜甜的槟榔声》,马仲川的《20年,我在寻找答案——纪念党的十一届三中全会二十周年》,王艺的《因为我是在爱……》《万泉河》,叶传雄的《咏百花廊桥》,黄培祯的《祭拜黎母山》,曾繁景的《黎安港》,谢来龙的《南方的岸》《太阳》《夜鸟》,卓其德的《欲听前朝我来比》《溪水流流溪水清》

《哥讲的话侬不信》《傻嫂嫁呆哥》《青山青灵青波波》《没衣的人死不寒》《如今跳舞很时髦》，郑文秀的《我的诗，我的希望》《在海上》《歌者》《时光的空房子》《我的年龄》《可以的事情》《视角》《底色》《贫瘠》《伦理》《一个人的时光》《相遇的另一种方式》《黎明不再窥视月光的痕迹》《黎族》《完美》《时间深处》，李其文的《往开阔地去》《有光的池塘》《出生地》，王谨宇的《野趣》《蠕动》《窗外的麻雀》，唐鸿南的《窗外有一棵酸豆树》《故乡的脸》等，李星青的《我在昌化江畔歌唱》（组诗）、《幸福的底色》等；散文有王海的《酒到醉时歌更多》，龙敏的《黎族先祖拓荒地：上满》，王艺的《洗衣歌》，符玉珍的《年饭》《没有想到的荣誉》《婆婆进城记》，韦海珍的《让太阳为你发光》，董元培的《南叉河道真情》《白沙卧佛山抒情》《夜宿五台山》《环海有山同华岳——白石岭纪游》《火口山散记》《七仙岭温泉》《千年至毒宝树儋州见血封喉》《一路沐绿到仙安》《羊城茉莉》等，马仲川的《乡情曲》《不老的歌》《深山木棉红似火》《我与山城》等，亚根的《告别茅屋》《大山月亮》《歌伯》《春天的歌声》《山中月色》《七仙岭泉韵》《蓝色的三亚湾》《蓝色与绿色之间》，叶传雄的《矿山听声》，金戈的《七仙岭我家的后花园》，黄仁轲的《最后的一条筒裙》，李美玲的《鹿回头一天》《石碌之夜》《一块小黑布》《天涯，月夜里的歌声》《同醉黎家歌舞》《半个男人》，谢来龙的《走进棋子篮》，唐崛的《南美岭品绿》《消失的隆闺》《当村官的日子》《白沙的色彩》《祖父的抗战》《老街记忆》，胡天曙的《母亲的酸菜咸菜》《柚子树的夏天》《老树》《老井》《父亲和老牛》等，王蕾的《难忘故乡的井》《远去的船型屋》《木棉花红》，符凤莲的《情系上海老姨妈》《有朋自远方来》《胭脂沟》《让心步入澄明的世界》，钟海珍的《昌江女人追夫记》《黑妹》《哥隆女人》《读书的女人最时尚》；吴拜燕的《一个感人的亲情故事》《打工日记》《妈妈的那张脸》《我的妈妈》《黎族少女的"bong 高"》《勇敢开辟自己的新天地》，符永进的《金丝鸟》，羊许云的《最美不过家乡水》，容师德的《澳洲掠影》《刚建省那些年》《"威马逊"这样来过》，李星青的《船型屋的守护者》《外婆的黎锦》《阅读的心路历程》等；纪实文学有亚根的《黎苗家的聚光灯》，王海的《广州大行动：向大亨讨巨债》《触目惊心：医疗黑幕大曝光》等；文学评论有王海的《印象与思考——当代黎族文学发展浅议》《局限中的轮回——黎族题材小说创作浅论》《特色课题中的特色发掘——评〈五指山风韵——海南少数民族文学探析〉》《跨越与局限——黎族当代作家创作简论》《在历史的跨越之间——试论黎族当代文学的发展》《古远而丰厚的沉淀——试论几组黎族神话和神奇故事的文化意蕴》《试论黎族民间故事中的道德传扬》《口传的历史"文本"——黎族民间文学概观》《黎族神话类型略论》《黎族长篇小说创作探析》《新时期黎族文学发展论析》《首开先河的"宏大叙事"——评黎族作家龙敏的长篇小说〈黎山魂〉》《沉淀的记忆与真情的发掘——评胡天曙的散文集〈溶溶黎山月〉》《生活的解读方式——壮族作家吕立易创作浅论》《倾斜中的平衡——当代长篇小说首次高潮成因浅探》《现实主义精神的观照——论〈平凡的世界〉的人物把握》《从爱情描写看路遥小说的现实主义精神》《残缺中的守望与追寻——评张欣新作〈致命的邂逅〉》《感情的方式——简评潘建生的诗歌创作》等，亚根的《滞后的民族文学批评》《对民族原生态文化消亡的文学思索》《在意象中追求诗的韵味》等，王文华的《黎族民歌浅谈》，王艺的《试论黎族情歌》，等等。

　　除了单篇作品外，近年来有不少黎族作者的作品结集出版。如小说有龙敏的短篇小说集《青山情》，马仲川的小说集《大闹迎官宴》（合著），王海的小说集《吞挑峒首》，李其文的短篇小说集《火中取炭》等；诗集有黄照良的诗集《山兰香飘飘》《山海行踪》《黄照良短诗选》，董元培的诗集《放歌五指山》，黄学魁的诗集《热带的恋曲》，叶传雄的诗集《黎山放歌》，郑文秀的诗集《水鸟的天空》《可贵的迹象》《梦染黎乡》，谢来龙的诗集《乡野抒怀》，金戈的诗集《木棉花开的声音》，胡天曙的诗集《翠轩流韵》《黎乡秋声》，李其文的诗集《往开阔地去》，黄培祯的诗集《椰寮风骚》，洪光焕的诗歌集《五月的村庄》，许永青的诗歌集《海山风苑》，小岛（胡其得）的诗集《鱼在海的眼睛里停留》，唐鸿南的散文诗集《在山那边》等；散文集有亚根的散文集《都市乡村人》，邢曙光的散文集《春雨》《黎山彩锦．春雨（上集）》《黎山彩锦．秋风（下集）》，高照清的散文集《黎山是家》，胡天曙的散文集《溶溶黎山月》《竹雨轩笔耕》，董元培的散文集《旅路足音》，葛君的散文集《三亚情思》，唐崛的散文集《南渡江源》等。还有不少作者的作品被收入各种相关的集子，如高照清10篇短篇小说为中国文学出版社出版小说选集《野百合的春天》选录，5篇散文为白山出版社出版的"海岛散文十五家精选"《苏醒的桅帆》选录，符永进的散文《金丝鸟》被选录入《中国散文大系》，另有由李其文主编的陵水诗人诗集《出生地：陵水诗歌选》，唐鸿南等9位作家的散文诗合集《奔腾的心》等。一些作者还将搜集整理的民间文学作品结集出版，如龙敏、黄胜招搜集整理的《黎族民间故事选》，王文华搜集整理的民间叙事长诗《甘工鸟》，王月圣个人创作和搜集整理的歌谣合集《黎族创世歌》，卓其德个人创作和搜集整理的歌谣合集《美满的歌》《浪花》，周忠良、雨霏霏收集的民间传说集《浪漫天涯》，王蕾收集整理的民间故事集《穿芭蕉叶的新娘——五指山黎族民间故事集》，黄培祯收集整理的民歌集《保亭黎族歌谣》，李和弟、孙有康收集整理的长篇叙事史诗《五指山传－黎族创世史诗》等。孔见、亚根、李焕才、王卓森和邓天庆主编的海南民歌精选系列丛书，包括《黎族民歌经典选本》《崖州民歌经典选本》《儋州山歌与调声经典选本》《临高哩哩美渔歌经典选本》等作品集。另外，研究黎族文学理论的作品有文明英所著的《黎族民间文学概论》，韩伯泉、郭小东的《黎族民间文学概说》，黎族作家王海和汉族学者江冰合作出版的黎族文化与文学专著《从远古走向现代——黎族文化与黎族文学》，陈立浩主编的《黎族文学概览》，陈立浩、邓琼飞、邢孔史著的黎学新论文丛书——《黎族民族文学》卷等。

当然，在谈及黎族作家文学创作时，我们有必要说一说那些非黎族作家以描绘黎族生活为题材的文学创作现象。作为一种广义的黎族文学现象，也是必须给予足够的关注的。特别是那些长期生活在以黎族为主的居住区，他们在骨子里已经形成了和黎族同胞一样的生存观念，他们以水乳交融的方式和黎族同胞同生共存，他们以黎族生活为主要题材进行的文学创作，毫无疑问抒写的是黎民族的情感生活和审美情趣，同时也有着和黎族人一样对生存活动和生命情态等作出的内心申述和研判，这种外视角的省察已经具有了普遍的人类学意义。主要代表有知青作者张健人创作的《魔谷》，作品刻画了60年代海南黎族人们冲破旧习俗，走向现代文明生活的鲜活形象；以及新世纪关义秀创作的长篇小说《五色雀》，充分展示了汉黎儿女纯情的恋歌和黎家风情旖旎的美锦，让人在历史长卷中唏嘘感慨爱恨情仇的故事，又在字里行间领略海岛的民族风情。

综上我们可以看出，黎族作家文学与其他民族的文学相比，无论在作品数量还是理论水平上都存在着一定的差距，但是它在短短的几十年时间里已经取得了很大的成就。

第三节 黎族作家文学研究的现状

当今的学术界，对少数民族文学的整理与研究，带有明显的边缘化痕迹。与其他少数民族文学一样，有关黎族文学的研究可以说主要集中在国内开展，又可以简单分为两大块：一是对黎族民间文学的研究，二是对黎族作家文学的研究。黎族文学中民间文学数量相对较多，内容和形式丰富多彩，这就使得以往的黎族文学研究侧重于民间文学的探讨，在对黎族民间文学的研究方面，又主要集中于对现在流传的黎族民间文学进行收集和整理，同时进行理论研究。从整个黎族文学研究动态看，对于黎族民间文学的研究数量上还是可观的，已经大大超过了对作家文学研究的数量，但理论研究方面仍是寥若晨星，形势不容乐观。在黎族作家文学方面，目前的创作虽取得了令人欣慰的成绩，但是理论研究成果同样也是屈指可数，对作家文学的研究较少，而且水平相对滞后，还有很多空白等待填补，而由黎族作家或学者进行的本民族的作家文学研究则更为薄弱。

近些年出版的黎族文学研究方面的专著主要有：

1992年南海出版社出版的《海南民族文学作品选析》，由陈立浩、陈敬东、徐智章主编。作品对以黎族文学为主体的海南少数民族文学做了整体的品评，较为全面地对黎族民间文学的代表作品进行评析的同时，首次对黎族作家文学的主要作品进行了分析和探讨。

2003年，南海出版社出版了由华子奇和陈立浩主编的《五指山风韵——海南少数民族文学作品探析》。书中对黎族民间文学的渊源和历史发展进行了深入的理论阐述，按体裁的不同进行了较为全面细致的论述；对黎族作家文学的探讨采用的是单个作家独立评析的方式。全书将海南少数民族文学整体概貌呈现出来，初步构建了一个系统的理论研究框架，具有开拓性意义。但是，严格来说，该书也存在明显不足，比如：民间文学和作家文学在论述结构上的不同，一定程度上影响了对黎族作家文学整体发展的深度把握；有些非文学或者应属于民间文艺范畴的内容也放在作家文学部分加以论述；还有对具体作品的引述篇幅过长等方面都值得商榷。

2004年，黎族作家王海与汉族学者江冰合著的《从远古走向现代——黎族文化与黎族文学》出版。全书以文化诠释文学，以文学延续文化。他们以不同的民族视角，互为补充，对黎族文化和文学做了整体观照。该书对黎族文化的传承和文学的发展都作出了重要贡献，特别是在黎族文学发展面临的困境和机遇方面，王海提出了作为一名黎族作家的深切思考与关注。

2008年，由周文彰主编，多位海南学者参与的《海南历史文化大系》系列丛书由海南出版社和南方出版社联合出版。该系列丛书旨在全面研究海南开发建设的历程，系统地梳理了海南发展的历史文化脉络，"卷帙浩繁，包罗万象，且各卷自成体系，相得益彰"（序二）。其中，文学卷有毕光明所著的《海南当代文学史》，单正平所著的《海南当代散文概观》，民族卷有陈立浩、范高庆、苏鹏程合著的《黎族文学概览》，杨兹举等合著的《海南民族歌谣初探》，对1949年新中国成立到2006年期间海南岛上的文学活动和文学创作成果进行了全面的反映，对海南省当代散文、诗歌、小说的研究达到了一定的历史深度和广度，不仅实现了首次以史学视野关照海南文学，更进一步促进海南文学研究的学术化。但是，这些专著主要着眼于海南省整体的文学创作，其中更以对汉族作家作品的评述为主，仅有部分章节涉及黎族作家，有限的篇幅难以有针对性地对黎族作家进行深入研究。唯有陈立浩主编的《黎族文学概览》是海南黎族文学研究专著，分为上编和下编。与陈立浩主编的《五指山风韵——海南少数民族文学作品探析》相似，《黎族文学概览》上编以神话、传说、民间故事、歌谣和叙事长诗等文学体裁分类来评介黎族民间文学，下编同样以单个作家评价的方式对龙敏、王海、亚根、董元培、黄学魁、黄照良、李美玲、符玉珍等当代黎族作家的创作进行梳理。

2014年黎族新论文丛书——《黎族民族文学》卷（陈立浩、邓琼飞、邢孔史著）由中国文史出版社出版，照比《黎族文学概览》在作家文学部分增加了部分黎族作家作品的评介，对《黎族文学概览》的内容有了极大的补充。

上述这几部专著中，有黎族作家或学者参与的只有《从远古走向现代——黎族文化与黎族文学》，其余均是由汉族学者编著的，且大部分以海南省少数民族文学为主要研究对象，涵盖了黎族、苗族、回族的文学，其中黎族文学部分涉及更多的是黎族民间文学的研究，黎族作家文学部分的研究主要是对代表作家及其作品分别进行介绍和文本分析，缺乏对黎族作家文学整体的把握及其与黎族社会文化的联系等方面的深入探讨。《从远古走向现代》虽然在黎族文学研究方面具有重要的意义，但是它侧重于黎族传统文化的阐述，更像是一部文化专著。

不难看出，黎族作为我国19个人口超过百万的民族之一，尽管创造了丰富的文化和文学遗产，但是在研究和梳理方面相当的薄弱。实际上，当代黎族文学创作及其发展还并未得到学界的足够重视，黎族作家文学研究被关注度相对比较低，一些针对性的文学评析更是一片空白。现有的研究专著无一例外地把重点放在了对黎族民间文学的分析和研究上，对作家文学部分缺乏整体的把握，文艺理论和文学评论体系还没有建立起来。黎族作家文学研究的发展滞后于文学创作，这对黎族作家文学自身的发展极为不利，也对黎族作家文学与其他民族文学的交流极为不利，因此，加强黎族作家文学的研究势在必行。

第四节　黎族作家文学的民族性与开放性

任何一种文学的产生，都离不开社会生活。这正是马克思列宁主义反映论的原则在文学问题上的运用。那么，各民族的文学也是在各民族特定的社会生活中产生的。由于居住地区的自然环境、经济生活条件及其历史发展进程不同，各个民族形成了独特的文化艺术和风俗习惯，以及独特的心理感情（心理气质或民族性格），这就是我们通常所讲的民族性。

文学的民族性是文学的基本属性之一，文学民族性的研究是文学研究中的重要组成部分。"一定民族具有的本民族的区别于其他民族的特征，也就是毛泽东同志常讲的'民族风格'。这是一种自然产生，随其本身脱胎而来的特性，并不是人为而至的。也就是说，作为一个特定民族成员的作家，在他创作的过程中，不管他是否有意去追求本民族的风格，其创作出来的作品都是本民族的特色"①，文学作品中反映出的这种"民族的特色"，就是文学的民族性。各个民族的文学都以反映本民族的社会生活为主。而各个民族的日常生活、地理环境、风俗习惯、心理特征、审美意向等，均各不相同，因此各民族的文学也就必然带有鲜明的、独具特色的民族色彩。另外，文学的创造主体对所反映的社会生活的观察和评价也表现出"与生俱来"的民族性，"关于这种文学民族性随其文学本体的诞生而本来就有的观点，别林斯基说得很精彩，他说，一种文学带有民族性，就像俄国人生出的孩子是俄国人那样，完全是一种自然本能。鲁迅先生早年评价陶元庆的绘画时讲的这段话也可以说明他的观点：'他的新的形，尤其是新的色来写出他自己的世界，而其中仍有中国向来的灵魂——要字面免得流于玄虚，则就是：民族性'"②。文学的民族性同样也体现在作品形式方面：作者创作所使用的媒介——语

---

① 马少刚：《文学的民族性理论探讨》，《西北第二民族学院学报》，2000年第4期，第69页。
② 马少刚：《文学的民族性理论探讨》，《西北第二民族学院学报》，2000年第4期，第69页。

言，以及作品的结构方式、体裁等等。文学的民族性理论说明了文学的民族性作为一种客观实在，作为一个处于不断流变中的整体，本身是具有不可移易性的。

"要使文学表现自己民族的意识，表现它的精神生活，必须使文学和民族的历史有着紧密的联系。并且能有助于说明那个历史，必须使文学有机的发展起来，具有自己的历史。如果不是这样，一个民族以本土或其他语言写出的书籍无论怎样汗牛充栋——那也只不过证明了：那个民族的出版事业是存在的，印刷所的生意很发达，这完全不意味着它有文学。"[①] 可见民族性对于文学而言、对于民族而言都是至关重要的。一个民族要有文学，那么它就要有反映其民族性，即其民族特质的文学作品存在。不然就不能说那个民族有真正的文学存在。从民族性入手研究黎族作家文学，既能涵盖其研究的主要方面，又能凸显其作为少数民族文学的本质和特点。

就黎族作家文学而言，继承和发扬传统的民族性文学更有一层深意。黎族是有着三千多年悠久历史文化的民族，在不断发展的过程中形成了相对稳定的文化民族性。黎族有自己的优良传统，有自己的生产生活方式，有自己的审美追求，有自己的艺术趣味，有自己的创作理念，有丰富多彩的民间文学所形成的文学传统。所有这一切是黎族的文化瑰宝，是黎族作家文学发展的基石，也使得黎族作家文学可以从这里出发去开拓文化的新领地、新趣味、新境界，发展黎族文学的民族性，发展民族文学的价值。黎族作家文学从起步至今已经走过近四十年的历程。作为中国当代文学的一个组成部

---

① 别林斯基：《玛尔林斯基作品全集》，《别林斯基论文学》，新文艺版社1958年版，第73、77页。

分，黎族作家文学还显得十分稚嫩，但是其发展一直保持着内在的延续性，并且随着时代的发展，愈趋显示出它相对于其他文学的独立特性。也正是由于这种独立特性的存在和突出的民族特性，推动了"黎族作家文学"概念的形成。

文学世界是充满个性和色彩的，是鲜活的、可拓展的。同其他系统一样，文学要实现其整体功能的优化，必须坚持整体性、结构性和开放性原则。开放性说的是系统内部各要素之间，系统与周围环境的相互关系、相互作用。这种开放性是系统存在和发展的必要条件，文学的开放性尤为重要。中外文学的发展史表明，各类文学、各民族文学、各时代的文学、各国文学都是在相互联系和借鉴中得到丰富和发展的。忽视开放性，便失去提高与前进的参照系，就会窒闷文学发展的生机。一种文学没有开放意识，很难立于文艺之林；一个民族的文学没有勇气开放，何以跻身世界。

文学的民族性是文学在该民族内部各地各集团的文化交流中碰撞整合而呈现出来的文学的民族共性。就其发生而言，是人类文学活动不自由的结果，即源于物质条件——交通、传递、保存、信息等的限制。可以说黎族作家文学的民族性是其发展的一种不自由的结果。但是，开放性是其发展过程中的内在本质要求：

首先，它是文学创作目的的要求。在讨论文学产生的动力时，可以找到许多动力，根本动力却是基于人类交流思想感情及求美的愿望，而且这种愿望越来越得到加强，开放带来交流使得这种愿望变成现实。

其次，它是文学对人类的一种认识的冲动之结果，必然把文学推上开放性的层次。

最后，文学的特殊性质就是文学表现美，且本身是美的。这使文学具有了征服人心的力量，不同民族的人因为美沟通了彼此的心灵。

因此，开放性是黎族作家文学内在本质的要求。

文学的民族性与开放性是同一枚硬币的两面，是同一事物呈现出的两种属性，而这两种属性又是同一的。

首先，丧失了民族个性的作品，特别是不优先关怀民族自身的生存与发展的作品，不可能形成对人类的真切关怀。缺少民族个性，便丧失了文学的本质特征。所以黎族作家文学的民族性是其发展的基石。

其次，一个民族、一个国家在不断的发展中形成了自己的相对稳定的民族文化内蕴。但是民族文化的形态由于受历史、地域、风俗、习惯、宗教等各种力量的作用，其情况是复杂的。就黎族的文化来说，其中确有儒雅的、纯正的、善良的、勤劳的、勇敢的、高尚的、优美的、古朴的、豪放的、婉约的、亲情的、温馨的、诗意的等等符合人性的部分，但也存在着专制的、狭隘的、虚伪的、暴力的、孱弱的、保守的、麻木的、畸形的、教条的、僵死的、非诗意的等等不符合人性的部分，更复杂的是前者与后者有时又难以完全区分，在这种情况下，如果只是保持原有文化形态的相对独立性和价值标准，而不与别的民族文化碰撞、对话、交流、融合，那么文化就不能随着时代的发展而获得现代性的新质，也不能使民族文化满足更新了的人性的自由发展需求。可见，文学民族性同样是要求以开放性的姿态来看文学。

再次，民族文学唯有置于开放性的文学交流之中，才可能得以发展与繁荣，民族文学的特性才可能得以保存与发扬，才可能以自身的不断发展、丰富及不断成熟来赢得更广泛的意义和地位。各民族文学之间、各国文学之间的相互影响和相互促进，是文学发展史上的客观事实，也是文学发展的内部规律之一。

此外，在世界范围内，不同国家、不同民族之间的相互交流，是促进文学全球化的不可或缺的重要条件。各民族文学一经形成，不仅是自己民族的，更是人类共有的精神财富，迟早要趋向于与世界其他民族文学进行交流。优秀的民族文学常常能突破时代、民族、阶级的界限，表现世界范围内的人们的某种普遍的思想感情，表现不同时代、不同民族、不同阶级的"共同美"。不同时代、不同阶级、不同民族的人们都可接受，都可产生共鸣，都能欣赏、娱乐，都能受到某种启示和教育。正如鲁迅所说："现在的文学也一样，有地方色彩的，倒容易成为世界的，即为别国所注意。"[①] 因而在追求文学的开放性时不是为了丧失民族性，在加强民族性时也不是搞狭隘的民族主义而抹杀文学对人类的终极关怀。

黎族作家文学也正是在这样的民族性与开放性的相互关系中生存的。因此，在研究中，不一味拘泥于对狭小的、地方圈子里的民族性实质的研究，而是站到更广阔的对黎族文学的开放性研究的层次上，才能够捕捉到黎族作家文学的实质。特别是在当代这个科学技术突飞猛进、经济飞速发展的时代里，我们对黎族作家文学的研究，不仅要关注黎族作家文学的民族性，还要把眼光放到黎族作家文学开放性的问题上，这样才能建立对黎族作家文学的更全面、更深入的认识。

[①] 鲁迅：《致陈烟桥》，《鲁迅全集》第13卷，人民文学出版社，2005年版，第81页。

第二章

黎族作家文学创作的根源性

　　文学发展是以社会发展为前提的。从文艺的起源过程我们可以知道,文学作为人类精神活动的产物,是由人类创造出来的。它随着人类的产生而出现,伴随着社会的形成而诞生。它既是人类生活的反映,又是社会意识的表现。随着社会生活和社会意识的演进,文学也产生相应的变迁。"早在一千五百多年前,刘勰在他的《文心雕龙》的《时序》篇里,就考察了自先秦以来至宋齐间文学的演变过程,指出各个时期文学的发展演变,是由社会现实的发展变化所引起的,如'雅好慷慨'的建安文学的形成,是'良由世积乱离,风衰俗怨'之故,而西晋玄言诗的盛行,则导源于'因谈余气'（玄谈）。从而,他得出了'歌谣文理,与世推移''文变染乎世情,兴废系乎时序'的结论。"①

　　当然,在某些情况下,物质生产的发展同艺术生产存在一些不平衡的现象。艺术生产的发展水平与物质生产的发展水平,并不是时时都成正比的。比如,黎族的神话、史诗,就是在社会生产力的

---

① 以群:《文学的基本原理》,上海文艺出版社,1984年版,第65–66页。

发展还处于不发达的阶段出现的。因为产生神话、史诗的条件之一，是人们当时还无法战胜和驾驭自然。在漫长的3000多年里，黎族民间文学日趋丰富起来，黎族社会却仍基本处于刀耕火种的原始阶段，直到20世纪50年代前后，黎族的社会生产和生活才告别了原始的刀耕火种，开始迈向现代文明。

社会的变革推动着文学的发展和变革。20世纪70年代末80年代初，黎族社会生活发生质变的同时，黎族文学也实现了从口传的民间文学向作家文学的历史性跨越。也正是在长期的社会发展进程中，黎族形成了本民族共同的历史、文化传统和社会生活特点以及审美趣味、语言等。这些长期积淀下来的民族的审美趣味、风格和语言，以及民族的情感、利益和精神气质等等，通过文学创作表现出来，便是黎族文学的民族性。这种文学的民族性往往在社会矛盾尖锐时期的文学中流露得更为明显。因此，黎族作家文学的发展离不开黎族社会的发展，它既是以社会的发展为前提的，又是整个社会发展的一个重要组成部分。

第一节　黎族作家文学作品中的文化性本源

文化的概念是英国人类学家爱德华·泰勒在1871年提出的。他将文化定义为包括知识、信仰、艺术、法律、道德、风俗以及作为一个社会成员所获得的能力与习惯的复杂整体。《现代汉语词典》对文化的解释之一是："人类在社会历史发展过程中所创造的物质财富和精神财富的总和,特指精神财富,如文学、艺术、教育、科学等。"[1] 我国幅员辽阔,地域类型多样,横跨三个温度带,不同区域的自然物理环境养育了不同民族的文化。

众所周知,一个地区的民族文化是这个地区生命力的象征,黎族文化也不例外。黎族人民世世代代生活在海南宝岛上,海南岛的山海风光、奇花异草、珍稀林木,以及各种热带南国的特产,都构成了黎族文化的重要特色。可以说,黎族文化历史沉淀深厚,保存完好,无愧是中华民族文化中的瑰宝。黎族先民在迁徙中也将古百越文化带入了海南岛,他们是第一批最大规模开发海南岛的群体,黎族先民的到来,为远古时期就与世隔绝的海南岛带来了繁华,他们披荆斩棘、开辟蛮荒,以古百越民族文化为依托,在新的环境下,黎族先民培育出了既具有地域特色又具有民族特色的文化——原始海南文化。但自从西汉政权建立后,海南原始文化就与中原地区的姐妹文化——壮侗语族原始文化失去了联系,此后中原地区同语种诸民族文化受到汉文化的侵袭和同化,又受到印度文化的猛烈攻击,比如壮族文化、傣族文化。黎族文化和兄弟姐妹文化断了联系,在海南岛这块地域中独自生存下来。经过千百年的历史演变,黎族文化继承百越文明、海南岛原始文明的基础上,与当地的自然条件、历史进程融汇为一体,渐渐形成了独具特色的历史文化。同时随着时代的变迁,各民族人群的迁移、群居和融合,使得黎族文化始终与华南地区汉民族文化保持着十分密切的关系。

文学作为文化系统中的子系统,其系统功能、特征受到文化的

---

[1] 《现代汉语词典》,商务印书馆,2002年版,第1318页。

影响和制约，又与其他文化因素一起实现文化系统的总体功能。正如历经几千年岁月变迁、冲刷和洗礼之下，独具海南岛特色的黎族文化不仅体现本民族文化的幽邃深远，同时也体现了坚如磐石般的韧性和积淀，以一种鲜活的生命力状态在历史的文化长河中始终熠熠生辉。其斑斓多姿的文化势必也深刻影响着黎族文学的创作，在很多文学作品中我们都能看到黎族文化的变迁、记录、传承与保护，鲜明地体现了黎族文学创作的民族特色。

再则，从整个文学发展的历史看，作品阅读是文学创作的本源[①]。而任何一个民族的文学发展都会经历自在和自为两个阶段，自在属于一种"非自觉"的状态，这个时候的文学创作基本都是基于人性的自然流露，也可以说是一种情感的自我释放。这种人性的自然表现是没有意念参与的，可以说是一种浑然形成的状态，即如王昌龄所言的"自古文章，起于无作，兴于自然"，所以从文学自在的现象看，一个民族的文学创作是源于作者"阅读"其传统文化的一种创作行为。

我们通常把文学作品分为内容和形式两个互相联系的方面。就作品的内容与文化的关系来说，人类原始文化时期，文学有神话内容，以幻想的方式解释人与自然的关系。农耕文化有农耕文化的文学作品，工业文明有工业文化的文学内容。我们经常提到的文学的"时代性""民族性"等，实际上是文学的"文化性"的一部分。文学形式与文化的关系不那么直接，但也是文化的产物，而且是更为深层内在的产物。一个民族盛行的某种文学样式在另一个民族文学

[①] 蒲友俊：《作品阅读：创作的本源》，《四川师范大学学报（社会科学版）》1999年第4期，第42页。

中却是"缺类";某一时代风行某种文学结构,体现某种风格色彩等诸多问题,如果仔细分析,都可以在文化中找到根源。

如果将文学作为一个动态过程来看,文学创作是作家对客观世界的信息加以主观的选择和表现,创作成作品,经过发行流通,到读者阅读接受。读者的阅读接受本身是一种再创造,赋予作品以新的意义。读者的阅读效应又作为客观世界文学信息的一部分,影响作家的文学选择和表现。这样文学活动形成两个环形双向运动的动态流程。文学活动过程中的每个关键环节都可以看到文化的作用和渗透。

因此,无论对文学进行静态分析,还是动态观照,都能看出文化对文学的制约和影响,而且从根本上说,文学受制于人类文化的发展规律。

民族文化是民族的生命力所在,从某种意义上说,一个民族创造的物质文明成果是最容易消失的,也是在不停地变化的,但文化内核形成的传统、信仰、价值等精神成果是最长久的,而对这些观念、价值、传统的认同是决定一个民族之所以成为一个民族的根本所在。可以说,民族文化没有了,这个民族的个性特征也就不复存在了。因此,在黎族作家文学的创作中十分注重黎族文化的传承和保护。黎族人民长期生活中创造和积累的器物、货品、技术、思想、习惯、风尚、价值、信仰、心理结构、思维方式、情感方式、行为方式等,即黎族的文化,一直影响和制约着作家们的文学创作活动。黎族作家文学的作品中对黎族文化的描写,也体现出了黎族作家文学民族性的坚持。

以龙敏的一系列小说创作为例,他的短篇小说《年头夜雨》中的黎族青年阿元，在黎族乡村土生土长，受到民族的教养，曾是个"连掉在地上的青芒都不敢碰一下"的老实人，"路不拾遗，见难相助"的黎族传统美德在他身上得到充分的体现。虽然在"四害"横行的动乱年代，黎族传统美德在他身上泯灭了，但是十一届三中全会以后，社会风气又重新走上了正轨。阿元回归了常态：捉田鸡"捉公留母""母的留做种哩"；替别人的渔笼除水蛇：他"微笑一下，一手从笼里抽出一条一尺多长的大水蛇""迅速抽出尖刀把水蛇斩成两段""蛇腹里塞满了死鱼。他边擦着尖刀边哼哼地说：'坏种，差点把鱼吃光了'。……'我们这一带谁不知道？人家的好东西不能拿，人家坏了的东西不要夸'，这是祖先立下的规矩嘛！"；路过南丰河，又帮助"守渔床"，丝毫不要求回报。还有《黎乡月》中的秀嫂，为了成全阿良和清玉而忍痛牺牲了自己的爱情；《同名》中的亚因，不仅以亲生母亲般的行动消除了丈夫对孩子遭后母虐待的担忧，而且还与丈夫齐心走向致富路。在其他作家的多部作品中也都有对黎族人民传统美德的描写。

　　黎族传统文化中，赞扬人性的善，也唾弃人性的恶。龙敏的《黎山魂》中对"宰合牛"的描写就是如此：

　　　　那改看见该来的人都来了，就大声对他们说："叔伯兄弟们，今天是大年三十，是宰合牛的日子。宰合牛，不仅是为了过年吃肉，还有另一层意思，那就是要我们所有的人都要懂得，不要顽，不要犟，不要惹出麻烦事，不要得罪人家，不要偷，不要抢，不要打人骂人，不要放牲畜去田间糟蹋别人的庄稼，不要欺老，不要辱小，年轻人不要去勾引人家的老婆……一句话，不要做坏事。你们都知道，这几头牛都是它们的主人干了坏事而挨罚的。我们吃了它们的肉，就要牢牢记住，犯了逆是要罚牛的，大家听到了吗？"这席话，在每年宰合牛前都必须由奥雅重复一遍。

上述作品中对人物形象以及社会生活的描写，体现了作家们用本民族那些足以展示人们品德、情操的传统美德作为标尺，从多视角、多层次，描述事件，刻画人物，让作品中的主人公形象，闪现出本民族优秀传统美德蕴含的思想火花和精神风貌，使得人物形象更加丰满而富有活力，又增强了民族特色。

第二节 黎族作家文学作品中的习俗影响

习俗与文学创作历来是相辅相成，相互影响的有机融合关系。文学作品中所反映出的习俗现象，不仅可以丰富文学作品本身，而且让文学作品具有了鲜明的、个性化的特征，黎族作家在文学创作中无一例外以黎族自身的风土人情和风俗习惯来彰显作品的本土化色彩。同时习俗在作品中的存在，不仅是创作者对本民族民俗学内容的吸收和传承，也是后来者对民俗学研究可借鉴的资料。当然，黎族作家创作作品对习俗的吸收和利用，往往都是"直接依据过去的文献记载，从一个阶段到另一个阶段地去追寻一种风俗的发展"①。

例如，黎族饮酒和以酒待客的习俗世人皆知，其中以杞黎支系尤甚，这种习俗由来已久。在合亩制时期，山兰稻是传统的粮食作物，用其酿造出来的山兰酒是黎族群众的最爱，如今由于禁止砍山种植山兰稻，山兰稻种植面积和产量有限，人们改用一般的糯米来酿制米酒。每个家庭常年都备有自制糯米酒，以备日常所需。人们在参加一些传统的社会活动时，往往要自带糯米酒前往，有客人登门也会以酒招待。黎族群众不论男女，皆有以酒作茶的习惯。而有着"黎族茅台"之称的"山兰酒"，则传说就是由黎族先祖水神楠亲自酿制的。

可以说，黎族人热情好客，敬酒对歌经常是通宵达旦，形成了独特的酒文化。黎族人好酒和以酒会友的习俗历史久远，清代《琼崖黎歧风俗图说》中对黎族同胞聚居于寨场庆祝佳节的情形有这样的描述："黎人无节序，每于十月一日至十日，正月元旦至上元，则群相聚会，吹铜角，击铜鼓，以为乐。或以木为架，置鼓其上，一人击鼓，一人鸣钲，跳舞欢呼，谓之跳鼓。择空地置酒数坛，宰所畜牛羊犬豕鸡鸭之类而烹之，男女席地杂坐，饮以竹竿，就坛而吸。互相嬉闹，彼此交欢。尽醉为节。"可见酒席宴会在黎族社会中履行着增强民众之间联系和各村落之间交流的重要使命。正因为如此，黎族人十分重视这种能够聚在一起的机会。在黎族作家创作的文学作品中，有些散文和诗歌就直接对敬酒对歌进行了描绘，例如《黎山放歌》《黎山彩锦》，而小说中多方面真实地展现了黎族社会生活

---

① [英]马雷特：《心理学与民俗学》，山东人民出版社，1988年版，第71页。

风貌，敬酒宴请这样的场景更是随处可见。黎族嗜酒习俗就是在黎族神话传说中也有所体现。以五指山的传说《雷公根》为例，《雷公根》讲述了关于凡人与神仙的故事，凡人打占和神仙雷公是朋友，雷公邀请打占去他家做客后，打占回请雷公时，打占在家里摆设了雷公很喜欢的菜肴和酒水，"热情地接待雷公，按照黎族的风俗习惯，敬赐了雷公九大碗酒，为雷公下凡洗尘"①。由此可见，黎族的嗜酒习俗和敬酒待人接物的风俗习惯源远流长。

从黎族作家的创作看，尤其是第一代黎族作家诸如龙敏、黄明海、亚根等，他们有着相似的生活经历和体验，他们都是从黎族相对封闭的小山村中走出来的作家，他们长期生活的场所深刻地影响着他们的文学创作，他们自己也对那种相对平和、安静、独立的生活感触很深。正如龙敏在他创作的《黎山魂》前言中所说："我出生在黎村，长在黎村，至今还在黎村，一直生活在我的父老兄弟中间，对于他们的喜怒哀乐我是十分熟悉的，我也非常熟悉本地区的习俗风情。"②而黄明海在《楔子》后记中说："我出生在一个农民家庭，四岁起跟随哥哥放了三年牛，之后又独自放了两年，熬到九岁才获准上学读书。"③亚根则在《婀娜多姿》后记中说："我当年是在极为艰难的历史条件下才走出这个世代都没有人吃'皇粮'的山村的。"④可以说，他们"以根植本土的优势，使他们在创作上具备了外人难以企及的直接的生活经验，故而避免了一般情形下所常见的

---

① 陈大平：《雷公根》，《五指山文艺》，1979年第2期，第9—10页。
② 龙敏：《黎山魂》，南海出版公司，2002年出版。
③ 黄明海：《楔子》，花城出版社，2009年出版。
④ 亚根：《婀娜多姿》，作家出版社，2004年出版。

对少数民族生活描写的浮光掠影,以及为了猎奇而满足于对少数民族生活的道听途说甚至是脱离实际的胡编乱造"①。因此,这些黎族作家在文学创作时,基于自身的经历和对本民族习俗的了解可以较为贴近实际地展示黎族的社会生活风貌,对黎族特有的风俗习惯、思维方式、心理特征以及地貌风光等描写也较为准确。像在黄明海等人的文学作品中,读者不仅可以了解到黎族手工艺的历史渊源,了解一些神奇的植物,还可以领略到黎族美丽动人的神话传说。

以黎族的文身习俗为例:从《史记》开始,就有黎族女性刺面文身习俗的记载,这也是世界各民族中都较为鲜见的一种原创性文化现象。黎族人民将文身视为本民族的象征。黎族女性在十二至十五周岁时,都必须按照习俗要求,在全身纹上祖先流传下来的独特标志图案,不同黎族支系文身图案各不相同。不刺面文身,祖先就不认识,如果有黎族女性不接受文身,则死后需用木炭将标志画在身体上,才能葬在本民族的集体墓地。这一风俗习惯在黎族作家创作的文学作品中有着较为明显的体现。像龙敏的《黎山魂》中就用了大量篇幅讲述了母亲连续用两段民间故事来"教育"阿练,突出体现了文身在黎族人生活中的重要性;而王海的小说《芭英》中,在社会发展政府禁止文身的情况下,芭英母亲向芭英讲述文身习俗的情节,这一情节同样也折射出创作者和阅读者对黎族自身习俗的眷念和感怀。当然,随着时代的变化和社会的发展,以及人们衣食住行的变迁,婚俗礼节也发生了巨变,文身等很多传统风俗渐渐消失,老一代越发怀念那种浓烈的黎族味道。而黎族作家创作时往往

---

① 王海:《黎族长篇小说创作探析》,民族文学研究,2010年第4期,第35页。

坚守自己的创作信念,让黎族自身的习俗深深融入到作品中去。

作家龙敏坚持把黎族的故事用自己的笔写出来,从创作短诗《拖拉机来了》《黎寨新曲》等开始,用文学的笔描绘黎族的当代社会,跃然纸上的是浓浓的乡土情。1974年龙敏开始创作散文《昌化江畔》《水的故事》,从1980年起,龙敏先后创作《同饮一江水》《老蟹公》《卖芒果》《年头雨夜》《路遇》等短篇小说,这些作品无一例外都是龙敏作为黎族作家创作的具有黎族特色的少数民族作品,实现了他为黎族作家和作品在中国文坛上争得一席之地的理想。他收集整理的《兄弟星座》《大力神》等10多篇民间故事,则为大众进一步了解黎族的风土人情和风俗习惯,以及研究黎族古代史提供了宝贵的资料。

20世纪80年代末,龙敏创作了他的第一部中篇小说《黎乡月》,这部小说虽然在语言表述上既用汉语表达,又掺杂不少黎语的义译和音译表述,让人阅读起来颇为费劲。但给人留下深刻印象的还是小说中所涉及的民俗以及和这些习俗相互关联的场面,例如阿良与清玉月下约会,定情物腰带,月夜下跳竹竿舞等等,画面唯美而传神,极具黎族本土特色。当然正如有些研究者所言,《黎乡月》离原味的黎族作家文学还有一段距离。按照姚斯的时代视域理论分析,对于黎族人或者有着浓厚黎族情的读者而言,民族的同一性,让作者和读者具有了相似的文化背景和审美体验,读者对作品的阅读理解呈现出一种定向性的期待,这种期待是生活式的,因为受到相对界域的限制。[①] 换言之,黎族人看待《黎乡月》时更多用自己

---

① 朱立元:《当代西方文艺理论》,华东师范大学出版社,2005年版,第102页。

的生活感悟去审视作品中体现出的场景，这种期待视域往往更为深刻和透彻，如果没有想象中的满足，他们就会有所失望。正如李政芳在《期待视域下的〈黎乡月〉》中就曾这样写道：

"重读《黎乡月》，并没有得到想象中的满足，倒是有些许失望，或许因为小说的名字给予太多的期待。月下的黎乡，在我的记忆中是那么幸福、快乐、激动：每当圆月当空，几乎村村的上空都会回荡着竹杆声与笑声，还有刚学跳竹竿舞的小孩子的笑闹声；在榕树下竹林中或隆闺旁，则不时传来约会时轻唱的情歌。还有月光下队里开会时小孩子围在奥雅边上听他轻声讲故事，队长讲话的声音，男人们烟筒不时闪烁的火光，妇女手不停地织渔网、编草篓，以及大人结稻秆计算工分的模样……但小说以《黎乡月》为名，写得比较多的并不是想象中月一般美好的黎族风土人情，也不是想象中月一般瑰丽的黎族文化，……因此无法突出黎乡所具有的特色。"①

20世纪90年代初，龙敏开始了《黎山魂》的创作，这是一部用重笔描绘黎族风情的长篇小说。既然要重笔描绘，又是要具有鲜明本土色彩的长篇小说，不可避免地要在字里行间体现出浓浓的"黎味"来，各种黎族特有的风土人情、习俗礼仪等都要真实而客观地反映在作品中。作为有着50万字的黎族作家文学第一部长篇小说，龙敏整整耗时8年，留心每个走过的村庄，及时记下自己所看

---

① 李政芳：《期待视域下的〈黎乡月〉》，《文教资料》，2011年第6期，19-20页。

到的、听到的各种黎族的事情。为了更好地了解黎族讲究吉日的婚姻习俗、择地起坟的丧葬习俗等，八年来，龙敏仔细观察并亲自参与了黎族山村很多生产、生活、婚丧嫁娶以及节庆活动等，就连唱黎歌、跳黎舞都要参加体验。有时村里发生吵架，闹离婚等情形时，村民找他调解，龙敏又成了"民间法庭庭长"。龙敏说："丰富多彩的黎族风情，为我写长篇小说奠定了基础。村里村外的老阿公、阿婆、兄弟姐妹等等，都是提供写作素材的对象，只要深入生活，扎在黎族老百姓中，就有写不完的文章。"①

当然，习俗作为一个民族的区别性标志之一，也是民族文化的重要构成部分，民族文化的保护问题直接关系到一个民族的发展问题，我们看到了黎族作家在文学创作时，都自觉或不自觉在以文化记录历史、用历史来承载文化，他们都在承载着对黎族文化全方位的记录和探讨的使命。他们或应和时代的要求，将黎族文化和社会历史融汇在一起；或以纯文学的视角、凭借新思想观念来重新探究黎族的历史与文化。这是黎族文化和文学不断继承和发展的过程，也是一个黎族作家自我审视和对传统进行不断的审视和探究的过程。

第三节　黎族作家文学作品中的宗教性渗透

宗教可以说是世界上最为复杂和难以理解的事物之一，德国哲学家恩斯特·卡西尔就认为："在人类文化的所有现象中，神话和宗

---

① 陈运强：《花香来自泥土情》，《今日海南》，2003年第6期，第40页。

教是最难相容于纯粹的逻辑分析。"① 对于原始人而言，所谓宗教信仰就是他们的正常世界。而原始宗教是人类宗教发展的最初形态，是原始社会的产物，也是原始文化的开端。原始氏族社会的宗教其基本特点都包括对食物、繁殖、祖先、死亡、自然万物以及社会群体的神秘观念的祈求敬拜，并由此发展出对超自然体之神灵的信仰及崇拜。正如恩格斯所言，"最初的宗教表现是反映自然现象、季节更换等等的庆祝活动。一个部落或民族生活于其中的特定自然条件和自然产物，都被搬进了它的宗教里。"这就是说，对人类最有影响的自然力成了原始人崇拜的对象。黎族创世史诗《五指山传》中不乏这样的崇拜：有对天的崇拜、山的崇拜、动物的崇拜、植物的崇拜、祖先的崇拜等等。这些原始崇拜和信仰千百年来在黎人中影响深远，就比如"雷公"：

黎母山位于我国海南省琼中县，宋范成大撰《桂海虞衡志》中有云："（海南）岛之中有黎母山，诸蛮环居四旁，号黎人"。清人陆次云撰《峒溪纤志》中云："相传太古之时，雷摄一卵至山中，遂生一女。岁久，有交趾蛮过海采香者，与之相合，遂生子女，是为黎人之祖，因名其山曰黎母山"。

在海南岛思河的峒上，有一座高山，有一天雷公经过这里，觉得这里是繁殖人种的好地方，便带来一颗蛇卵，放在这座山中。过一些时候，雷公把蛇卵轰破，就从卵壳里跳出一个女孩子来，雷公便给她起了个名字，叫"黎母"。黎母就在山里生活

---

① [德]恩斯特. 卡西尔：《人论》第92页，上海译文出版社，1985年出版。

下来，后来从大陆渡海来了一个到山里采沉香的年轻人，遇到了黎母姑娘，两人后来结了婚，生了许多子孙后代。子孙为了纪念自己的祖先，便把这座高山叫做黎母山，它的后人就称为黎人。①

神话传说中的黎母则是黎族的始祖女神，"雷"即是后人所谓的"雷神"或"雷公"。黎族俗称"雷"为"雷公鬼"，并将之视为天界中最大的神，在黎族民间有着"天上怕雷公，地下怕祖公"的说法。

一般民族的宗教都在形成期具有原始宗教的性质，黎族的宗教也不例外，他们的原始宗教就是黎族民众固有的宗教信仰，在大自然的神奇威力之下，他们以自然万物为幻想的依据，从而形成了"有鬼无神"的世界。一切自然存在的动物或植物都被加以人格化的幻想。例如天鬼、地鬼、猴子鬼等，并在此基础上又进一步将幻想对象横移到人，而演变为对祖先的崇拜和对英雄的崇拜，正如王海所言，"黎族的宗教是一种原始宗教，在一般黎族人的心理世界中，除了人的现世，就是'鬼'的世界。"②

黎族宗教的"原始性"并没有受到其他民族宗教信仰，尤其是汉民族道教信仰的过多影响，相反在这些外民族宗教传入的过程中，黎族宗教进行了自然的吸收和消化变为其原先就信奉的类型。例如汉族英雄海瑞到了黎族宗教里成了英雄崇拜的对象海瑞鬼。因为宗

---

① 《中国少数民族神话选》，西北民族学院研究所印行，1983年，第162页。
② 王海、江冰：《从远古走向现在：黎族文化与黎族文学》，华南理工大学出版社，2004年出版，第45页。

教的有"鬼"无神，以致黎族宗教始终处于一种原发状态，这种原发的宗教信仰更多表现对自然的一种敬畏。在黎族人看来万物有灵，这是与海南岛相对独特的自然环境是密切关联的。黎族人的自然崇拜主要是对天、地、山、水，以及和自己生活息息相关的事物，诸如煮饭取暖的火、盖房建庙的石头、烧饭的灶，以及狩猎和种植所涉及的动物和植物等，都被赋予灵性和加以"鬼"名，黎族人不仅对这些事物进行一定仪式的祭拜，还在言语上进行禁忌。

可以说，在黎族文化中占有重要地位的还有黎族的民间信仰。黎族同大多数少数民族一样，有着自己民族特有的宗教信仰。这种原始宗教延续了几千年，其原始宗教的质地已经随着时间的流逝发生了演化，以致原始"宗教性"淡化，许多观念及行为演变为民间民俗，成为黎族民间具有很强的民众性的民间信仰。因此，把黎族的原始宗教，称为"民间信仰"更为恰当。黎族民间信仰的核心是"万物有灵""灵魂不灭"。这种"灵魂"被黎族人统称为"鬼"。在黎族人看来，凡是有灵性的自然物、实物以及其鬼魂都会作祟于人，导致人生病。为了消灾避祸，唯一的方法就是对这些自然实物之"鬼"顶礼膜拜。这些传统的民间信仰已经渗透到黎族人的血液中，融入到黎家人生活的方方面面，就连日常言行中也透露出对"鬼"的敬畏。

黎族作家们也大多在黎族村落生活过，对黎族的习俗风情非常熟悉。黎族民间信仰也成了作家们表现黎族生活的一个重要组成部分。例如亚根的《婀娜多姿》中就有很多对黎族民间信仰的描写：

处置"禁母①""道公②"作法占卜和驱鬼等，都有细致地描写。正如亚根在《婀娜多姿》的后记中写道："这些故事属于我的早已过往了的祖辈人生。按理说对老黄历不应该投入太多的生命兴趣，而应当向往与寻觅更新鲜的，再说新鲜的东西已经如云聚于眼前，正等待我去关注。但是，作为文学应该头尾顺序，文学的发生与伸延有必要从哲学的视角出发，对人类的文明过程作出不能断代的回顾与检视，至少也需要我们对人类的碎屑的生命形式来一次哪怕是粗略的重新记取和整理出新"。③

《婀娜多姿》并没有停留在对这些黎族民间信仰仪式的描写上，而是对这些传统的民俗进行了重新审视。小说的主人公之一妩斑，幼年时父母被寨主当作"禁公""禁母"杀害，嫂子也被当作"禁母"遭追杀而被迫离开家逃亡在外，哥哥在嫂子逃走后由一个正常人变成了傻子。这是对黎族传统宗教中的恶俗的揭露与鞭笞，体现了黎族作家对本民族传统文化的重新审视，这也是黎族作家文学创作逐渐成熟的表现。而龙敏的《黎山魂》将黎族地区特定时期的政治经济、社会结构、部落斗争、族系关系、饮食方式、服饰工艺、婚丧习俗、爱情情趣、传说神话、歌谣谚语等融为一体。除了《婀娜多姿》和《黎山魂》这两部作品外，还有很多作品涉及黎族宗教和民间信仰的描写，形成了黎族传统文化在作家文学作品中的独特

---

① 禁母是指被黎族人认为最邪恶的禁鬼附身的，有巫术且能危害他人的女性。男性被称为禁公。
② 道公是黎族民间信仰仪式的主持人，也可以说是巫师、巫医。《中国黎族》中认为道公是跟道教相联系的，但是黎族地区的道公虽说是道教传入后的产物，他们对道教的概念是极模糊的。其巫术活动主要是查鬼看病治病，道公一般都精通卜术。
③ 亚根：《婀娜多姿》，作家出版社，2004年版，第306页。

呈现。

第四节 黎族作家文学作品中的历史性承接

黎族有着悠久的历史，黎族作家们在文学的创作中，经常回顾本民族的过去，打量本民族蹒跚跋涉的沧桑历史。在吟唱一个民族漫长的发展历程中所经受的苦难和辛酸的同时，发掘出一个民族的文化底蕴和民族精神、发掘出一个民族的民族特性。

1943年8月，为了反抗国民党的残酷剥削和统治，王国兴（黎族，1894—1975）联合王玉锦等人发动和领导了"白沙起义"，并任起义总指挥。受挫后，他主动寻找并接受共产党的领导。王国兴是黎族人民的英雄。作为后辈的诗人黄学魁，以饱含敬意和仁爱之情的笔触，在《拜谒首人王国兴之墓》里写下了那段历史：

> 我霎时看清了你戎装的威武
> 看清了你身后迎风的"三山国王"之旗
> 剑影寒寒
> 旌旗猎猎
> 为了美丽的家园
> 为了足下的一山一水一草一木
> 你仿佛仍时刻准备挥动手中的利剑
> 出征！

也写下了他拜谒王国兴时的感想和沉思：

> 我未曾见过你
> 亦不可能真的见到你
> 然而你却天天都在我的心里
> 在我的脑海里
> 在我的血泱里
> ……
> 今天我以晚辈的身份
> 朝于你的府前
> 你端坐在屋里
> 我伫立在门外
> 沉默，是我们最好的交谈
> 沉默，是你赐予我最好的教诲
> 沉默之极
> 我仿佛听到你一声如雷的嘱托：
> 孩子，前进……

这个"已成化石""铭于我骨"的热血先驱形象，正是黎族人民坚定不移的斗争信念和百折不挠的进取精神的写照，也是一个民族生命和灵魂的显现。

黄学魁植根于黎族文化和现实生活的肥沃土壤之中，他的创作不论写山、写水、写人，都像一个虔诚的信徒，怀着一颗"朝圣"的心，仰望着黎族人的英雄和世世代代生长的高山、河流和土地，赤诚的袒露真情，启示人们透过灵魂纯净地去思考、去追忆、去探寻、去开拓。

黎族文学发展史上具有标志性意义的、将黎族文学的发展推向新的高度的，是龙敏的长篇小说《黎山魂》。它也是一部反映黎族社会历史的作品。

《黎山魂》是以黎族近代史中领导黎族农民反抗清政府残酷统治、攻打清政府设在黎族地区的反动衙门的黎族农民首领——那改为原型进行创作的，讲述了清末发生在海南乐东地区黎族部落的故事。作品通过对"巴由、波蛮两大部落几代人的恩恩怨怨及相互仇视和残杀最后又统一起来，共同反抗官府的民族欺压进而揭竿起义的悲壮过程"[①] 的描写，"表现出黎族人民热爱自由、勇敢善良、不畏强暴的精神"[②]。

小说以主人公那改的一生为主线，由巴由、波蛮两大部落的恩怨情仇，串联起周围36峒黎族社会的生活全景图，生动地再现了特定时期黎族人民的生存状态。正因为这样，评论家周伟民在评价《黎山魂》时认为："就文体学的意义上说来，这是一部长篇小说；但细读全文，它是黎族命运的编年史，也是一部黎族的道德史：即黎族到底对人类做了些什么？作为一个民族，它在民族学、民俗学上为人类生存状态的多样性贡献了些什么？"[③]

亚根的长篇小说《婀娜多姿》是黎族文学史上继龙敏的《黎山

[①] 王海，江冰：《从远古走向现代》，华南理工大学出版社，2004年，第181页。
[②] 王海，江冰：《从远古走向现代》，华南理工大学出版社，2004年，第181页。
[③] 周伟民：《见证的文学——评黎族作家龙敏长篇小说〈黎山魂〉》，海南日报，2003年8月24日（副刊）。

魂》后的第二部长篇小说。它同样是历史题材，也同样是反抗斗争。小说主要描写的是民国时期黎族人民抗击外辱的反抗斗争。主人公寨主诺木，在成长过程中依靠自己的德才赢得了同胞的拥戴。为了保卫家园、维护黎寨的安定，他与汉族游击队联手抗击外敌，率众浴血奋战。他们虽然打退了外敌，但却失去了很多弟兄，失去了好妹妹妩斑，也失去了所保卫的金矿。

《黎山魂》和《婀娜多姿》的创作颇具现实主义风格。两位作家都没有回避人性中的丑恶，同是一个民族的成员，其中也有内奸、有败类，他们胡作非为、欺压自己的民族同胞。然而，这丝毫也掩饰不了民族整体精神光彩的显现。作品中的"大"人物也都是有血有肉、有七情六欲的常人；反面人物，如《黎山魂》里的帕帮、《婀娜多姿》里的诺游仁和昭里等，对这些沦为敌人或外贼帮凶的人物，也并非简单地将之作为丑恶的集合来进行描写，他们也有常人的情感流露，贴近生活，人物形象立体、生动。

龙敏在《黎山魂》的前言中这样写道："一位朋友问我，你为什么要写年代那么久远的题材？我回答说，凡是我祖先走过的脚印我都要写。这是我作为黎族后代的责任。无论这些脚印是大是小、是美是丑、是善是恶，都曾经在这块土地上走过，留下了无数悲欢离合的故事，这些故事无不在黎族子子孙孙的心灵中代代相传。作为他们的后代，我们引为自豪。"[1] 由此我们不难看出，黎族作家创作中选择历史题材，不但是一种文学创作的历史性承接，更多的则是出于一种沉甸甸的民族责任感，这种民族责任感也正是黎族民族

---

[1] 龙敏：《黎山魂》，南海出版公司，2002年版，第1页。

性的体现。

　　文学艺术的创作是源于社会生活的，因此，具有鲜明的时代特色。对于黎族作家而言，既要传承、彰显本土特色，又要将文学创作的题材和社会的主流进行有机融合。如果不能走出小我，一味追求"黎味"，可以说这不是对传统文化的传承，而是故步自封的割裂。所幸，黎族作家文学创作从发轫之时就充分意识到这点，紧贴时代主题，以当时的伤痕文学为借鉴创作了一批文学作品，基本实现了文学创作的历史性传承。黎族作家注重用当代的眼光看待黎族文化，注重关注黎族人民生活发生的变迁，注重用文学的笔墨去描述人们的迷茫、思考和奋进。

　　在黎族作家的意识中要传承和表现出黎族自身的本土特色，但又必须融入社会大趋势、主流的发展，因此，在创作时就自觉同时代接轨。以龙敏和黄明海为代表，他们的小说创作充满了"当代性"，在文学创作中，注重指涉当下，以鲜明的立场、清晰的逻辑和严肃的写作态度，把现实呈现在作品中，把对理想的描述理性地传递给读者。他们注重和时代同频共振，与黎族人为主要阅读对象的大众在审美期望和探究新事物上保持一致，具有明显的当代精神。以龙敏的小说《黎乡月》为例，小说直接把视域放在包产到户政策之下的黎乡，可以说无论是作者还是读者，对这段历史都是记忆犹新，对于《黎乡月》的内容能够轻易理解与接受，也能深刻体会到小说中所描述的农民之间的矛盾和争执，即无一不沾染包产到户、土地分配之下的利益冲突，同时更能理解小说中人物的偏见与狭隘。

　　可以说，黎族作家文学作品的普遍特点是能够及时捕捉时代信息，真实地描绘出本民族人民的生活变迁和思想风貌。因此，对

"文革"前后黎族人民生活状况的描写也是黎族作家文学创作的内容之一。亚根的长篇小说《老铳·狗·女人》所反映的是"文化大革命"期间鹿仙村的人们在"以阶级斗争为纲"的时代背景下的不同遭遇。龙敏的《老蟹公》《年头夜雨》均反映出历史迂回使国家遭受了一场灾难,也使一个民族的心理发生了扭曲,随着历史的变迁,世风的颠倒得到了矫正,人民实现了本性的回归。

符玉珍的散文《年饭》通过描写黎家的年夜饭反映出"四人帮"的横行霸道给黎家人带来的痛苦,以及党中央拨乱反正之后黎家人的幸福生活。当"我"满心欢喜地回家吃年夜饭时,却发现餐桌上看不到黎家传统菜——糯米鸡,母亲难过地道出了原因:"……哎!要是不'割资本主义的尾巴'、不扫'土围子',别说十只,我五十只也拿得出来杀给你们吃"。在那个时期的广大农村,受到"四人帮"的极大摧残,大批农田荒芜,农民收成大减,生活十分贫困,劳作了一年,却连顿像样的年夜饭都吃不上。"四人帮"被粉碎之后:

又记得春风送暖,百花吐艳,粉碎"四人帮"后的第一个除夕晚上,我又站在了自己家的门槛上。

呵,房子里亮堂堂的,多年没刷过的墙壁已经粉刷一新。正堂中,除了毛主席和周总理的画像外,整个房子几乎都贴满了各式各样的年画。一阵扑鼻的香味使我不得不把眼光落在屋中央的圆桌上。呦,今年的菜肴花样可真不少啊。瞧,"糯米鸡肉"!我喜欢极了,扔掉行装,操起一双筷子,挟了一块"糯米鸡肉"往口中这么一塞,嘿,真香!

"拜年喽。"随着喊声,全家人簇簇拥拥向屋里涌来,那全身上下一新的衣裳,更显得精神抖擞,满脸红光。

前后两次"年饭",情景迥异,心情一悲一喜。通过今昔对比,将主人公的情感表现得淋漓尽致。用两次不同的"年饭"揭示出党的正确路线是广大农民的命根子,形象地展示了粉碎"四人帮"之后黎家生活的巨大变化。

这些作品在格调上都带有明显的"伤痕文学"的色彩,所反映的主题都集中在两个生活侧面上:一是反映本民族人民在"文化大革命"期间遭受的影响;二是反映党的拨乱反正及改革开放后新时期的社会变革,给本族人民带来的经济生活的变化和思想观念的变化。这是觉醒了的一代人对刚刚逝去的噩梦般的反常的苦难年代的强烈控诉,以清醒、真诚的态度关注、思考生活的真实,直面惨痛的历史。黎族作家文学的这类作品中不仅呈现出一幅幅"十年浩劫"时期的生活图景,还深刻地揭示出:一个民族的发展与时代的变化之间所具有的不可分割的联系。

再以黄明海的《书给狗读了吗》为例。黄明海在2012发表的小说《书给狗读了吗》是一部以反映我国当下教育体制问题的现实主义长篇小说。小说直面现实,作者以文学手段剖析了应试教育这个沉重而敏感的话题。作品以南方某市为背景,通过多元社会环境的渲染,在应试教育这个指挥棒下,将杨疑、向巧舞、戈戟、陈煌佳等为典型的学校领导、教师、学生以及学生长不同的生存状态、情感纠葛和价值取向,进行充分的展示。

故事发生地点在我国南方某城,以男主人公杨文许独子杨疑因车祸意外死亡的悲剧开场,以倒叙的形式记述了在多元化思潮激荡的社会背景与以应试教育为宗旨的教育环境下,南平市第二高级中学的师生、家长各自富有代表性的生存状态、相互间的情感纠葛和多元化价值观之间的矛盾和碰撞,从而引发人们对"唯分数论"教育生态弊端的反思和追问。作品充分发挥了长篇小说的优势,塑造了众多出身各异,性格具有代表性的人物群像,从而通过描绘不同人物不同的生活背景,流畅自然地以全景式多角度的方式展示出当下社会复杂的现实环境。杨疑是黄明海塑造的理想化人物,作为学生,他成绩优异,厌弃一味死读书的传统做法,积极参加各种实践活动,努力追求自身的全面发展,并积极向老师和校领导表达自己对学校教学管理的看法;作为朋友,他关心同学,不仅在学习上互相帮助,更以自己的学识和经验为舍友解决心理上的困惑;作为子女,他始终对父母保持理解和尊敬,即使自己正确的做法不被母亲所理解,他也极力避免母子间的正面冲突。"疑"是杨疑在思想和行动上最鲜明的特征,他质疑学校军训的模式化管理太过浮于表面,质疑早读课的学习效率,质疑学校阻止落后生参加高考来提高升学率做法的正确性。小说中一系列的故事以一个鲜活生命不幸消逝为起点展开,从而引发读者对当下教育生态残酷性的拷问,同时呼吁教育的正本清源。

值得一提的是,在黄明海的笔下,杨疑的"质疑"不是青春期少年一味以自我为中心的狭隘逆反心理,而是在对生活现象深入思考下抓住问题本质提出的一针见血的质疑。杨疑清楚地认识到当下的社会现实,但他依旧相信坚持人格独立,追求科学,追求真理的价值意义。杨疑对真理的追求使他在现实中屡屡碰壁,先是被罢免班长的职务，接着在学生会竞选中被除名，在一次又一次地写检讨中被舍友出卖，心灰意冷地搬出学校，最终因为与学校的教学理念不合而面临或放弃高考或主动退学的两难境地，以致在巨大的身心压力下，因精神恍惚在过马路时出车祸身亡。

与之形成鲜明对比的学生形象是他的舍友雷杰，雷杰是一个典型的只会死读书的应试型中学生，他的母亲对他严苛不仅在于要求他完成巨额的学习任务，更在于对他的思想进行全方位的管控。每次考完试，雷杰都要一板一眼地向母亲汇报，以得到母亲的认可为唯一标准，以致他成了一个什么行动都需要请示母亲的傀儡，变得冷漠自私，唯利是图，走上了卖友求荣的道路。可以说，无论是杨疑的英年早逝，还是雷杰的人格扭曲，都是教育体系僵化导致的巨大悲剧。促使这个不可理喻的现实难以被改变的，则是以校长向巧舞为代表的教育官僚。

向巧舞作为南平市第二高级中学的"执政者"，其所作所为都是以自己的利益为优先：为了提高学校的本科升学率，她逼迫百分之三十的应考生与学校签订协议，自愿放弃高考机会来换取一份毕业文凭，否则就会被以各种理由退学；她独断专行，将国家和人民赋予的责任视为自己的私人权力，只因以戈戟为代表的优秀教师的意见和做法与她的利益不符，就予以强势的反驳和压制；作为教师，她过早地丢弃了自己的教学本职，亦无心在学术上钻研，所有的精力都投诸教育官场的勾心斗角；对于学生，她缺乏为人师表的基本师德，只为报复杨疑的质疑，就决定剥夺其参加高考的权利，间接导致了杨疑的死亡……向巧舞的形象集中了教育体制内部所有黑暗面，反映了黄明海对于教育体系劣根性的深入思考。

小说人物众多,每一个不同身份的出场人物都揭示了社会生活的一部分真相。杨疑基本和同龄人打交道比较多,通过杨疑的视角,读者们了解了被迫学习绘画的舒曼不能实现学习声乐梦想的痛苦,知晓了辍学的涵子不得不在未成年打工养家的艰辛,促使人们进一步反思我国青少年真实的生存处境。与向巧舞接触的大部分都是与教育行业相关的人,其中的董奕典是一个办教育培训学校的生意人,他对教育一窍不通,通过贿赂各个中学校长来获得培训的生源,收取高额的培训费,他的所作所为揭示了市场经济环境下,教育过度产业化的弊端。杨疑的父母杨许文和秋宁分别是国家公务员和医院护士,通过他们的经历,读者进一步深入了解了官场残酷的权力倾轧,以及部分医务工作者所处的医闹横行、法制不健全的工作环境。

难能可贵的是,《书给狗读了吗》聚焦于中国的教育生态,但又不为题材所束缚,它不仅深入揭示了师生矛盾,家校矛盾,亲子沟通矛盾,培训辅导班的暴利等教育界的问题,还对我国当下热点的社会矛盾和问题进行了全景式的展示,如食品安全问题,出租车市场问题,医患纠纷,艺术市场的乱象,中年婚姻危机等等。黄明海在小说中不仅仅分析了中国教育生态的残酷,还将教育体制的弊端放到当下整个社会大环境中加以分析考察。他指出,正是由于当下中国整体利益至上的浮躁社会风气,才导致了教育体制僵化的问题迟迟得不到改善,只有每个人从思想上改变唯利是图的价值取向,才能从根源上解决大中小学"唯分是图"的教育观,让杨疑的悲剧真正不再重演。

当然,黎族作家不仅努力在作品中表现出对本民族优良文化传统思想的继承和褒扬,同样也注重对人物内涵的深度发掘。在王海的小说《芭英》中，母亲不仅对芭英讲述了文身的详细流程和禁忌事项，也同样讲述了一个关于文身的悲壮传说。当时政府已经禁止文身这个黎族传统文化习俗，小说中芭英母亲所讲述的文身传说，我们可以更多地理解为作者借以对黎族祖先表达的纪念。小说中，芭英母亲一方面自觉接受了黎族民族的习俗，所以才会给自己的女儿讲述传说；另一方面又毫不怀疑政府号召禁止旧俗，所以当芭英质疑时，她表现出的茫然，不仅符合人物因认知的局限无法进行逻辑正确的解答，也隐晦而客观地反映出作者和读者心中的思考。正如作者王海的评价："愚昧和质朴的混合，是整个民族的一种普遍特征"。

第三章

黎族作家文学的题材来源

民间文学是各民族文学的源头和母体,是各民族民间文化的结晶,是民间宗教观念、伦理道德、风俗习惯的重要载体,也是民间口头艺术表现手法的总汇。由此决定了民间文学是作家文学的母体,是增加文学创作的源头活水。马克思曾说过:"希腊神话(民间)不只是希腊艺术(上层)的武库,而且是它的土壤(源泉)"[1]。作为希腊艺术的源头、土壤和母胎,希腊神话不仅揭橥了历史上的人类童年时代发展得最完美的阶段,而且充满了美妙绮丽的幻想和清新质朴的气息,至今"仍然能够给我们以艺术享受,而且就某方面说还是一种规范和高不可及的范本"[2]。因此也有人曾评价:"希腊神话是整个西方文明的历史摇篮和精神源泉,是躁动不安的西方思想文化超越性发展模式的内驱力"[3]。高尔基在《个性的毁灭》中写

---

[1] 马克思:《政治经济学批判·导言》,《马克思恩格斯选集(第二卷)》,人民出版社,1995年,第28页。
[2] 马克思:《政治经济学批判·导言》,《马克思恩格斯选集(第二卷)》,人民出版社,1995年,第29页。
[3] 傅守祥:《西方文明的历史摇篮和精神源泉——试论希腊神话和传说的民族性与现代性》,《中南民族大学学报》,2006年第1期,第130页。

道:"各国伟大诗人的优秀作品都是从民间创作的宝藏中汲取滋养,自古以来这个宝藏就曾提供了一切富于诗意的概括,一切有名的形象和典型"①。作家文学源于民间文学,并从中吸收养分,民间文学对作家文学的题材、思想内容、艺术形式、语言等多方面产生了深刻的影响。同时,在作家文学的作品中也记录保存着民间文学,将大量的民间文学素材进行再创作,这也能够体现出文学的民族性。当然在有些作家文学的作品中,由于作家考虑不周,自觉或不自觉地改变民间文学的原型,这点是消极的一面。

  黎族的民间文学也对作家文学产生了深刻的影响。黎族民间文学,质朴、野性而神秘,充满神奇的原始魅力,是黎族文学历史长河的源头,其种类齐全,体裁多样,内容丰富,凡人类早期口头创作的文学品种,在黎族民间文学中都能够找得到。无论在题材的丰富性,作品的数量,还是艺术创作的水准上,黎族民间文学都丝毫不比其他民族逊色。另外,黎族在过去是没有本民族文字的,1957年才创制了拉丁字母形式的黎文,但是没有得到广泛的推广和使用,因此,黎族的民间文学基本都是通过口耳相传的形式代代传播,在某种程度上避免了汉族儒家封建文化的影响,保留了原始社会时期黎族人民文化精神的鲜活性,是人类文明形式中重要的文化资源和样本。以作品的丰富程度,学界的研究成果来看,黎族民间文学都大大超过了黎族作家文学,可以说,黎族民间文学是黎族作家文学最直接的资源宝库和成长土壤。其中,黎族民间文学以民歌最具特色。黎族民歌短小精悍,形象鲜明生动,富于比兴,语言上节奏感

---

① 高尔基:《个性的毁灭》,见《论文学》续集,冰夷译,人民文学出版社1979年版,第63—64页。

较强。这使得黎族作家的创作中有相当一部分作品采用了民歌的形式和表现特点。黎族作家文学中的小说一般都有较强的故事性，善于描写曲折、复杂、吸引人的情节，这与黎族民间故事的特点相一致。多彩的黎族民间文学是黎族作家们丰厚的文化宝藏和取之不尽的素材园地。

第一节 黎族作家文学对黎族神话传说的继承

神话作为人类认识自我的方式，它既是一种思维形式，又是一种世界观和方法论。黎族从洪荒时代的口头文学开始就有了关于远古时代的神话和传说。它们叙述宇宙万物和人类的起源，解释洪荒时代充满神奇的世界，塑造战胜自然的理想化的英雄人物，叙说名胜古迹、山川地域的特点和风俗习惯的由来等。它们以鲜明的主题、纯朴的风格、生动的形象，构成了独具一格的民族艺术特色。这些神话传说流传至今，可以说在黎族民间，每一处名山秀水、每一奇特的土特产品和民风民俗，都附着一个美丽动人的神话或传说，而这些神话传说的精髓也在黎族作家文学中得到了广泛的继承和弘扬。

黎族诗人黄学魁的创作总是穿越在黎族古老的神话和传说中，挖掘着民族文化的丰富矿藏。如他的诗歌《致鹿——写在"鹿回头"雕像前》：

　　你穿行的言语
　　和奔驰的歌曲

都早已在一个古老的部落

彻底地神话

你美丽的里程

和辉煌的回首

已铸成了一支永世浪漫的绝唱

灿烂我们的世界

净化我们的心灵

在每一天的纵歌里

在每一夜的传说里

你使我深深感悟

什么是完美

什么是高尚

关于"鹿回头"的传说是黎族民间文学中一则神秘又充满无限诗意的风物传说。黎族民间流传着这样的歌谣：

黎家心中的歌，像天上的星星一样多；

黎家优美的故事，像五指山上的树叶一样多；

九万九千支歌，最动听的是鹿回头的歌；

九万九千个故事，最美的是鹿回头的传说。

相传古时候，五指山里有位远近闻名的年轻猎手，越高山穿密林，去追猎一只灵巧的梅花鹿，一直追到了榆林港。大海挡住了鹿的去路，猎手正要向鹿射箭，只见小梅花鹿一回头，霎时变成一个年轻漂亮的姑娘。他们结为夫妻，在南海之滨过着快乐而平凡的生活。今天在三亚的大东海边，竖立着鹿回头的雕像，诗人黄学魁在雕像前，从这则"永世浪漫的绝唱"中感悟生命，在与民族文化的对话中懂得了"什么是完美""什么是高尚"，并以诗为媒，向读者诠释着这段古老的传说。

黄学魁的很多作品都蕴含着黎族的神话传说，如《朝你而来》等。

实际上，我们能在多部黎族作家文学的作品中找到黎族神话传说的影子。例如，董元培的《南叉河道真情》中提及的关于南叉河由来的传说；亚根的《婀娜多姿》以"山与海"的传说和鹿回头的传说作为"引子"，开始了整部小说的叙述；龙敏的《黎乡月》里写到了黎家人在辛苦劳作了一天之后，夜里围着火堆谈古论今，"人们从远古的武轼[①]到近代的造福于民的英雄那改"无所不谈。

这些作品对神话传说的引入，有时候因为它是文本所要表现的地域的符号，如"鹿回头"；有时候地域的符号恰恰影射了具有封建宗法制社会意义的家族，以及所包含的天然的联系与矛盾，如"南叉河"，它名字的由来是当时人们悲惨生活的写照。还有些作为流传于某个地域的"神话原型"所呈现的象征性意义是深刻的，例如在《黎乡月》中在新农村建设的背景下所讲述的武轼的传说。

此外，亚根在长篇小说《老铳·狗·女人》中描写了鹿仙村男

---

① 黎族神话中堵江造福于民的英雄。

人、女人和"狗"三个不同的而又有着密切关联的世界。对这个夹在男人和女人世界中间的"狗的世界"的描写，借助了神话的隐喻功能，可以说是黎族作家文学对神话思维的一种延续。通过贯穿全篇的对"狗的世界"的描写，把男人和女人世界中所无法直接表达的赤裸裸的肉欲和纠缠不清的利益交易清晰地呈现了出来。并且，将"狗"性与"人"性做了对比，通过创造一个通灵的"狗的世界"，深刻地剖析了"文化大革命"期间鹿仙村的男人和女人们的心理和情感。同时，给"狗"赋予人的思想感情和性格特点，又是黎族传统宗教文化中"万物有灵"思想的一种体现。这部长篇小说反映了亚根对生活的思考，以及在创作手法上的新尝试。应该说他的这种创新意识是值得肯定的，但是，这种创新在与小说情节的融合方面还是存在问题的，特别是在阅读中很可能会使读者产生一种突兀感，人的世界与"狗的世界"的切换和衔接不够流畅。尽管如此，我们也可以看出黎族作家为黎族文学的发展付出了艰辛的劳动，并且是敢于创新的。虽然仍有不足之处，但我们坚信在未来的创作中他们会逐渐地成熟起来。

　　黎族作家在对黎族神话传说的继承和弘扬中，展现了黎族祖先对自然、神灵、先祖、英雄的崇拜等，还借助神话的隐喻功能，与所要表达的人生感悟或者所要塑造的人物形象建立了潜在的联系，由此将神话意识提升到一个哲学与美学相统一的艺术境界。黎族的神话传说涉及的内容比较广泛，如神明开天辟地的创业神话（《大力神》），祖先繁衍的起源神话（《黎母山的传说》《加纳西亚鸟》），人神相争的斗争神话（《雷公根》《兄弟星座》）等等。这些神话传说在千百年的流传中，渐渐凝结升华为黎族人民艰苦创业、开拓创新、勇于抗争等民族精神内核，并体现在黎族作家的文学创作中。以抗争精神为例，黎族人民自刀耕火种的原始社会时期就在五指山地区生存发展，因此有关五指山的神话传说基本都含有与神明妖魔相斗争的情节，展示出黎族人民以顽强的生命意志征服自然的斗争历史。这种不屈不挠的斗争精神在黎族民间故事中都有广泛的传播和继承，在黎族作家文学，如龙敏的《黎山魂》，亚根的《婀娜多姿》等小说中都有着浓墨重彩的描写。

进入新世纪后，面对层出不穷的时代新挑战，黎族作家文学中斗争精神所指涉的对象也更为多样。符永进的中篇小说《赖乖山寨》内涵层次十分丰富，一个重要的表现就是作者所塑造的理想人物、传说中的大英雄的儿子共琶因所面临的斗争对象十分复杂。共琶因的父亲是赖乖山寨的民族英雄，生前做了两件惊天动地的大事，其一是他将个人生死置之度外，以一己之力把十几个猎手都束手无策的大黑熊制服杀死，维护了村寨的安全；其二是在日军侵华时期，一队日本兵进入村寨，烧杀抢掠，强暴妇女，无恶不作，在寨民们都敢怒不敢言的情况下，共琶因的父亲为了保护妻儿率先杀死了日本兵，带动了寨中猎手们跟随他一起反抗，将侵略者一网打尽。"没有他带头杀日本兵，寨民们将没完没了受到侮辱和残害"，"全寨男女老少没有人不为这个大英雄而自豪而骄傲"，文中关于共琶因父亲的描述充满了民间传说的夸张色彩，共琶因父亲作为黎族人民反抗精神的集中体现，已经成为一种传说中的民族精神象征。作为传说中的大英雄之子，共琶因同样获得了村民的看重，"个个敬重他如同寨里那个奥亚鼎（神父）"。因此，在新的社会历史背景下，当村寨再一次遇到危机的时候，共琶因同样肩负起了带领村民反抗压迫走出困境的责任，然而对比父亲的经历，共琶因所面对的形势有了新的变化。在共琶因父亲时代，寨民们面对的只有来自自然环境（凶残的大黑熊）和外部侵略者（侵华日军）的危机，正邪对立十分明确，斗争的方式也比较简单，只要靠武力进行压制，拼尽全力将对方打倒即可。共琶因生活在新中国成立后的新时代，虽然村寨地处偏远，没能顺利开通公路拉上电线，但寨民们依旧能通过各种手段用上手扶拖拉机等生产工具，看上电视了解山外面的大千世界，而旧时代的斗争方式也在新的社会规则面前碰了壁。由于《野生动物保护法》的制约，寨民们的猎枪已经上缴政府，面对前来抢夺蔬菜和粮食的山猪和猴子，他们无法像新中国成立前那样击毙野兽，只能用最原始的方式驱赶，却收效甚微，以致只能向政府申请救济粮；而寨里的村主任僵化执法，不顾寨民们的困境，一味压制抗议，禁止寨民们采取自救手段。面对不能杀死的野生动物和不能盲目反抗的无能村主任，共琶因只能通过智取的斗争方式维护村寨的安宁。一方面，他支开村主任，秘密召集寨民集资购买制作火药的材料；另一方面，他带领村民在不过度伤害野生动物的情况下保护好农作物后，依旧想方设法摆好酒席，宴请前来视察的乡干部，最终在得到乡干部的认可后，顺利化解了村寨的搬迁危机。

值得深思的是，在小说结尾，作者设置了一个意味深长的情节：部分寨民酒后吐真言，他们违背共琶因用火药只是吓走山猪和猴子以维护农作物安全的本意，枪杀了山猪和猴子，一边自吹自擂自己才是寨中英雄，一边责怪奥亚鼎和共琶因阻止他们打猎的做法。显然，比起父辈，共琶因们所面临的斗争对象更多了，不仅有来自自然环境威胁的野生动物；只懂得僵化执法，溜须拍马，脱离黎乡人民群众的村主任；还有麻木落后，随波逐流，冥顽不化的寨民们——而他们也正是共琶因付出心力和智慧所维护的对象。符永进这一故事情节的设置，给黎族神话传统中的斗争精神增添了一层时代的悲剧色彩：英雄之子共琶因作为作者塑造的理想中的时代新人，为了平衡自然生态环境与黎乡人生存发展的矛盾，解决国家政策与民族民间文化传统之间的分歧，必须拥有比父辈更多的斗争智慧，面临更多的斗争挑战——他们领先于民间社会思潮的做法，并不能得到全部黎族同胞的理解，这令人不由得将共琶因的形象与鲁迅笔下"孤独的战士"联系起来。

"如果说神话属于人类最初的文化形式和精神成果，对文明的发展起到至关重要的作用的话，随着历史文化语境的变化、科学技术的日新月异，神话与神话思维对人类社会的影响似乎在逐渐减弱。然而，这只是问题的一个方面。问题的另一个方面是，神话与神话思维作为人类精神文化的无意识的结构，它稳固地沉积在人们的心理深层，依然对文明与文化的发展，尤其是对宗教、文学、艺术、哲学、美学、心理学等人文学科起着深刻的影响。"[①] 因此，在提倡黎族作家文学创作的开放性的同时，黎族作家在创作中也要适当运用神话思维，这对于建立一个兼具开放性和民族性的黎族作家文学体系是有帮助的。

[①] 赵善华：《"白鹿"意象与神话意识——论〈白鹿原〉》，《学海》，2001年第3期，第132页。

第二节　黎族作家文学对黎族民间故事的借鉴

民间故事是具有时间、地点、人物、情节等要素的口头叙事文学。在民间文学作品中，它是与神话、传说相并列的三大体裁之一。与神话和传说相比，民间故事是不存依傍、不拘场合讲述的"纯文学"，具有源于生活又高于生活的典型性，与作家文学中的小说有相似之处。黎族的民间故事品种齐全，内容尤为丰富多彩，并且很多黎族民间故事中的典型形象，跟我国其他民族或西方民间故事中的典型形象相类似。如《阿德哥和七仙妹》是汉族民间故事"牛郎织女"的一个翻版，故事中高度赞扬了七仙妹的善良以及她和阿德哥的忠贞爱情；而《后母煮谷种》讲述了继母虐待一对勤劳的兄妹，最后被毒蛇咬死，得到惩罚的故事，这一继母形象，跟格林童话《杜松树的故事》中的继母形象十分相似。跟其他民族的民间故事一样，黎族民间故事也是从多方面反映了本民族具有民族特色的社会形态、社会生活、风土习俗，以及他们的伦理道德、宗教信仰、审美观念等等。表现形势和手法上也经常采取三段式的叙事方法，即"三迭式""三复式""三回合"，以及运用对比与尖锐、辛辣的讽刺手法等。黎族作家文学善于运用民间故事推动情节的发展，展现民族特色。

黎族的传统观念认为，妇女在世不文身，死后就得不到祖宗的相认。黎族人认为，女子进行文身既是美容，又是宗族的美德。在受文身之前，先由母亲对少女进行文身风俗的传统教育，使其心甘情愿地接受文身。龙敏的小说《黎山魂》中，那改的继母用传统的民间故事对15岁的女儿阿练进行文身风俗传统教育：能歌善舞的美丽姑娘阿芯受到年轻男人们的倾慕，男人们都来邀请她跳舞。阿芯很善良，有求必应，通宵达旦的跳舞让她吃不消了。于是她在自己的脸上画出纵横交错的花纹，想让男人们认不出她来；但还是被认出来了，而且男人们一致认为阿芯脸上的图案非常美丽动人，这样就招来了更多的男人。阿芯就让所有的姑娘都在脸上画上跟她相似的图纹，让男人们分辨不出谁是她。后来，姐妹们认为姑娘的脸上画上花纹，会显得更加美丽、更能招来男人们的喜欢和追求。反之，脸上没有花纹的姑娘就受到冷落。为了让花纹永久地留在脸上，姑娘们采来多种树汁，涂在花纹上，让树汁与血混合在一起，黑蓝色的图纹便永远留在了姑娘的脸上。再后来，女人们根据自己的喜好，设计出本支系、本部落的图案，使外人一目了然，一看就能分辨出是哪个支系、哪个部落的女人。当阿练对文脸提出质疑的时候，母亲又继续讲故事：有个女孩子到了文脸的年龄，其他同伴都文了脸，只有她誓死不文脸。长大以后，她被同族的单身男人嫌弃，连外族的鳏夫都看不上她。虽然她长得美丽动人，但是在众男人的嘲讽下，她的美丽慢慢枯萎，变成了一个憔悴的老太婆，最后在凄苦中死去。因为没有文脸，她的灵魂也不被宗族的祖先收留，成了孤魂野鬼。

  小说接连用两段民间故事来"教育"阿练，突出体现了文身在黎族人生活中的重要性。在王海的小说《芭英》中，同样有芭英母亲向芭英讲述文身习俗的情节，而这一情节也同样有着深刻的内涵。和阿练所处的时代不同，芭英生活在解放后，此时黎族文身的习俗已经在政府的宣传阻止下渐渐被禁绝。芭英没有体验过文身——对黎族女人来说的"好大一件事",她对文身的理解,和对成为一个文化意义上黎族女性的想象全部来自母亲的讲述。母亲不仅对芭英讲述了文身的详细流程和禁忌事项,也同样讲述了一个关于文身的悲壮传说:昌化江下游一户穷人家的女儿亚贝,自幼聪明美丽,长大后与青年猎手亚贵相爱。然而另一个寨子的恶霸老夹对亚贝的美貌垂涎已久,趁亚贵上山打猎的时候将亚贝强抢霸占。亚贵回来后,骑上花鹿拼杀至老夹大院中,救出亚贝。两人被老夹率领的家丁追到昌化江源头的峭壁,亚贵寡不敌众,身负重伤奄奄一息,亚贝不甘受老夹侮辱,用红藤刺在脸上猛扎猛刺,毅然将自己毁容。老夹见亚贝容颜不复,心狠手辣地命令家丁将她推下山崖。大难不死的亚贵和亚贝养好伤后,从此扎根在大山中,建立家园,生儿育女,拥有了美满的人生。与《黎山魂》中阿练母亲的文身故事不同,芭英母亲所讲述的文身传说更多地是对祖先的纪念:"亚贵和亚贝就是我们黎人的祖先,女人绣身绣脸就是教人不忘祖先。"富有深意的是,对于文身这一黎族文化传统在当代政府被禁止的现状,接受民族旧俗,又绝不怀疑人民政府号召正确性的芭英母亲,无法在芭英提出质疑的时候给出一个逻辑自洽的解答。对于芭英母亲的这种"茫然"的描写,作者显然是用现代思维对黎族文化传统进行多层次的深入思考。

  黎族文身,历史悠久。文身是黎族社会遗存的特殊民俗现象,初见者无不为之惊叹。自汉代开始,已经有文字记载,这在世界的民族族群中是一种罕见的文化现象。关于黎族文身的起源问题说法众多,海南大学黎族研究中心主任孙绍先教授提出,文身是黎族母系氏族社会的遗存。他认为,古代时妇女在黎族村寨中的地位很高,女人结婚后都是居住在娘家。黎族文身是母权制的产物,是原始宗教——自然崇拜、祖先崇拜、图腾崇拜的产物。

三千多年来,黎族世代沿袭着祖先传下的文身遗规,传承着族群固有的标志。文身的起因,究竟是一元的或是多元的,因为历史久远,而且黎族过去没有自己的文字,故缺乏本民族的文字记录,现在已不可考证。2006年的调查显示,随着黎族与其他民族的不断融合交流,这种黎族特有的妇女文身如今已经很少看到了,目前黎族妇女中有文身的只剩下一千多人。现在年轻的黎族女孩已经不再文身,只有在深山中的部分黎族村落里一些50岁以上的老人身上还能看到这种原创性文化现象。吴泽霖先生说:"文身是海南岛黎族的'敦煌壁画',世界上还不知道有哪个民族像黎族这样保存了3000年,至今还能找到它的遗存,实在是一个奇迹。"[①] 世界上还有一些民族有文身的风俗,如非洲的贝宁人、卢古鲁族人、戈戈族人,美洲的印第安人等。在当代中国仍能见到文身的民族有海南的黎族、台湾的泰雅族以及云南的独龙族。云南的独龙族,虽然至今仍保留着文脸和文身的习俗,但一些民族在脸、身上留下的只是一些文烙的散点;相比之下,黎族的文身,的确是非常壮观的刻在人体上的"敦煌壁画"。

黎族作家文学的作品中还经常出现"后母"的形象,如龙敏的小说《同名》、王海的小说《五指山上有颗红荔枝》等。这跟黎族民间故事中的"后母"形象有着密切的关系。黎族民间故事中有很多是讲述后母虐待非亲生子女的故事,例如《后母煮谷种》中的

---

① 王学萍:《黎族传统文化》,新华出版社,2001年,第189页。

"后母"。而在黎族民间爱情故事中，主人公往往爱憎分明，追求恋爱自由、婚姻自由，是这类作品的共同主题，构成这类作品的矛盾对立面主要有三个方面：一是妖魔鬼怪；二是皇帝或者有钱有势的人；三是居心恶毒的后母或兄嫂。这些爱情故事中有一种有趣的文学现象：凡是男女爱情的矛盾对立面是妖怪的，最终失败者必然是妖怪，有情人终成眷属；如果对立面是皇帝，其结局是皇帝可悲，恋人可喜；对立面是后母的，失败者却大多是青年情侣，跟《后母煮谷种》中的后母一样受到惩罚的不多，即使有"光明"的结局，也是情侣"化鸟"在天堂里终成眷属。为什么会导致这种文学现象，的确是一个值得深思和探索的问题。但从另一个角度来说，这又为黎族作家文学的选题提供了借鉴，以致于在作家文学中出现了很多像《同名》和《五指山上有颗红荔枝》这样的，为"后母"正名的作品。

寓言故事同样是世界各国民族文学的重镇，其作为一种民间文学体裁有着独特的魅力。民间寓言往往以动物、植物、器具等为比喻对象，以讽喻的手法对日常生活中的人或事物进行理解和价值评判，以言简意赅的文学描写阐释意味深长的人生哲理。黎族民间文学中亦有丰富的寓言故事，它们常常以海南地区的动植物为主角讽喻人类社会的现实，达到阐释生活道理，巩固社会生活秩序，传播民族美德的目的。如《老树和乌鸦》讲述老树为了在大旱灾中拯救伙伴，无私地将自己储存的水源分给他人，而贪婪自私的乌鸦不顾别人的需求和老树善意的提醒，拼命地喝了很多水，结果把自己的胃给胀坏了，以致永远都不能唱歌。寓言所透露出来的训诫之意不言而喻，慈悲的老树有着帮助他人和无私奉献的崇高精神，象征了现实生活中品德高尚的善人；贪婪的乌鸦自私自利，只顾自己的欲求而不顾他人的生存需求，最终的悲催下场也是对其自私行为的惩罚。整个寓言故事都体现了黎族传统社会的道德价值判断。

另一则寓言故事《水族舞会》讲述了珍珠贝和虎斑贝姐们俩的故事。珍珠贝外壳粗糙黝黑，长得其貌不扬，虎斑贝外壳光滑亮丽，印着瑰丽的花纹，是位漂亮又骄傲的姑娘。一次姐妹俩参加海底水族的舞会，虎斑贝的美貌吸引了很多水族请她跳舞。得意忘形的虎斑贝嘲讽自己看不上的追求者，暗暗奚落姐姐珍珠贝俗气的外貌，和同样外表华丽的鹦嘴鱼纵情跳舞，搅得其他人都不能舞蹈。太阳被虎斑贝的所作所为惹怒了，它收起了阳光，让整个舞池一片黑暗，导致舞会的中断。面对众人的指责，又羞又恼的虎斑贝束手无策，只能掩面哭泣。此时，珍珠贝张开自己紧闭的外壳，捧出自己珍藏的夜明珠照亮舞池，又以自己优美的舞蹈带动光影，使夜明珠银白的光芒闪现无数的彩虹，美不胜收。此刻，面对光彩照人的珍珠贝，虎斑贝才开始意识到自己的骄傲是多么肤浅，她惭愧地向姐姐认错，最终得到了大家的原谅，太阳又放出光芒照亮了舞池，水族们又开心地继续欢乐的舞会。这则寓言将谦虚谨慎的珍珠贝与张扬自傲的虎斑贝做对比，尖锐地批评了虎斑贝的目光短浅和盲目自大，称赞了珍珠贝虚心真诚的做人美德，给人留下深刻的印象。

上述两篇黎族民间寓言有着十分鲜明的艺术特色：首先，以动物为喻，并以其习性外貌特征来阐释形象性格与推动情节发展。如认为乌鸦"呀呀"的叫声是因为过度饮水而搞垮身体的叹息；虎斑贝会炫耀自己美丽的外表；盛产珍珠的珍珠贝是谦虚守礼的性格等等。其次，对场景的描述充满了海南的地域人文风情，如对水族舞会的描写无不令人联想到南国绚丽多彩的美景。最后，故事的情节以及角色的性格都指向人类的现实生活，揭示了人性中的种种矛盾和问题，有着多层次的审美内涵。

　　不少黎族作家在文学创作中，都对黎族民间寓言的创作手法有所学习，最为鲜明的自然是体现在现代的黎族寓言创作中。符永进的散文《金丝鸟》以黎母山中动物们弱肉强食的生存现状为喻，暗示了人类社会对自然生态环境的巨大影响。黎母山有着种类繁多的动植物，每天上演着一幕幕和睦相处却又悲欢离合的场景，生机勃勃，热闹非凡。漂亮的金壳螺贪恋石板上的美食，不顾妈妈的反复告诫，离开了水面，被天敌金丝鸟所抓。然而金丝鸟却是一个极具同情心的理想主义者，面对美食，它的觉悟超越了弱肉强食的森林法则，达到了高度的道德自律。金丝鸟从自身感受出发，同情金壳螺的遭遇，并由衷地欣赏金壳螺的美丽，克服食欲的本能，将金壳螺送回安全的溪水中。始料未及的是，金丝鸟的这项圣举却将自己暴露在危险中——被天敌山鹰所抓，被捏得血肉模糊。愚钝的山鹰记起金丝鸟有毒不能吃的说法，饥饿难耐中向同伴寻求解答，却没有得到回应，反而遭到了更强大的动物的嘲笑。就在山鹰求叫不止的时候，一发子弹将它击毙猎杀，喧闹的森林一下子归于瑟缩的沉寂。在人类文明的先进和霸道面前，自然界弱肉强食的生物链变得不堪一击，"啊！宇宙与自然，比枪声更可怕的还有什么呢？"结尾点明了开篇埋下的伏笔：黎母山的悲观，"如今这个大千世界远不如先古了"，原因是很多动植物都销声匿迹——在人类过度狩猎的影响下灭绝了。

　　符永进的《金丝鸟》以动物隐喻人类社会的创作手法和简明绚

丽的艺术特色基本都是继承自黎族民间寓言的创作传统，但是在作品的深层内涵上又有了进一步的发展和突破：民间寓言的目的一般在于阐释自然物的现象和规律，并以之指涉人类社会中的矛盾与冲突，达到通过传统道德判断实现训诫的目的；《金丝鸟》在肯定金丝鸟理想化的人道主义精神，哀悼其不幸命运的同时，抨击了盗猎者的冷漠和残酷无情对自然生态不可逆转的伤害，完成了黎族民间文学从与自然抗争主题到黎族现代作家文学呼吁与自然和谐共处主题的反转与回归。

黎族作家文学的很多作品中都有对民间故事的借鉴，这种借鉴除了内容上有助于故事情节的发展之外，也增强了作品的故事性和文化内涵，同时，对黎族民间文学的传承也起到了积极的作用。

第三节 黎族作家文学对黎族史诗、歌谣的吸取

史诗是一种古老的文学样式，是以长篇叙事为体裁讲述英雄人物（来源于历史或神话）的经历或事迹的诗。《五指山传》[①] 是黎族的创世史诗。黎族还有很多民间叙事长诗，如《甘工鸟》《巴定》等。民间歌谣是民间短篇诗歌，是"民歌"和"民谣"的合称。广义的民间歌谣包括各民族民间史诗、民间长诗和短歌，狭义的民间

---

① 民间称为《吞德剖》，"吞德剖"翻译成汉语是"祖先歌"的意思。"吞"是"歌"，"德剖"是"祖先"。黎族人说话采用倒装句，和英语类似，与汉语不同。2005年被海南省列入全省第一批非物质文化遗产保护名录的以哈应语口传的《吞德剖》，就是目前黎族地区发现的最长最完整的黎族创世史诗。《五指山传》由孙有康、李和弟搜集整理，暨南大学出版社1990年出版。

歌谣则指短小的民歌、民谣、儿歌、童谣等。这里取其狭义上的界定。民间歌谣在中国文学史上，占有十分重要的地位，是诗歌和文学的始祖。民间歌谣是黎族民间文学的主要体裁之一，是最富有民族特色的部分。

黎族史诗和歌谣是黎族作家和诗人的创作源泉之一。新中国成立以来，黎族地区的文艺工作者相继搜集整理黎族歌谣，并编印成集。很多黎族作家在文学创作的同时也在对黎族民间文学进行搜集和整理，如龙敏、王海、亚根等人。黎族歌谣也大量地出现在作家文学的作品中，这为黎族民间歌谣的传承作出了贡献。

高照清创作的组诗《蛙声萦绕的村庄》中最后一首《黎家山歌》，深情地描述了黎族人民在唱山歌时所表现出的对生活的热爱：

> 在黎家村寨
> 无论是大人还是小孩
> 人人都盛满一肚子的山歌
> 只要一张口
> 山歌就落满一地
> 山歌哟
> 沾染上大山的灵气
> 年年岁岁、岁岁年年
> 把黎家人反复喂养
> ……

在诗人的叙述中，山歌已经和大山一样，成为哺育黎家人成长，赋予黎家人勃勃生机的民族文化资源，代代相传。诗歌描述了孩子、祖母、妹子、后生所唱山歌的不同内容和特点，给予不同题材和内容的山歌以审美的评价："老祖母张嘴/把一段封存久远的故事翻出/一曲柔情万种的情歌/年轻了老祖母的心"，诗句既写出了黎族民间诗歌口耳相传的传承特征，更阐释出了山歌赋予黎族人民永恒的生命力。姑娘们在山上劳作时唱着劳动主题的山歌，"她们把满篓满篓的山歌/朗朗地倾倒在山坡上/把山坡山坳/涂抹得温情脉脉"，作者采用通感的修辞手法，让无形的山歌实体化，被装在竹篓中，倾倒在山坡上，形象生动地描写出人与自然和谐有序的共处画面。夜晚，妹子和后生互唱情歌，交换对彼此的相思之情，令彼此的感情更加成熟坚定，"喂饱了那份相思之苦/也喂熟了那个苦尽甘来的爱情"。诗歌结尾，作者以山兰酒作比，生动地描写出山歌中蕴含的黎家人对生活的热情："在喜庆的日子里/山歌喷发出/更强烈更蓬勃的生命力/轰轰烈烈地溢满山村"。酣畅淋漓的诗歌语言，丰富热烈的民族情感，独特瑰丽的审美表达，让高照清这首赞美民间歌谣的作家歌谣更显示出黎族传统民间文学对黎族作家文学深远的影响。

卓其德的《美满的歌》《浪花》两部民歌集共有630余首黎族歌谣作品，共分为咏史篇、喻世篇、百花篇、情爱篇、警策篇、喻理篇、教学篇、对答篇、歌曲篇9类。其中有200首是有卓其德创作的新民歌，其余的是对黎族民间歌谣的搜集和整理。卓其德创作的黎族民歌，表现手法丰富，形象鲜明，语言生动明快，声韵流畅。他的创作往往比较直接，通过原汁原味的地方语言，生动、形象地反映发生在黎族人民中的大小事件，具有浓郁的黎族风情。另外，他的创作在构思、表现手法和技巧等方面吸取了黎族史诗和歌谣的创作特点，具有鲜明的民族民间文学特征。

　　黎族史诗《五指山传》的诗句长达三千多行，共分 8 章，叙述了黎族先民所想象和追忆的有关日月形成、民族起源的内容，汇集了黎族人民劳动生产、生活习俗、婚姻以及天地鬼神、禁公禁母等神话、传说故事，艺术形象和民族性特征突出。《美满的歌》的首篇《欲听前朝我来比》，也是一首叙事民歌，是卓其德创作的民歌中最长的一篇，分 28 节，共计 112 行，内容是咏唱黎族的近代历史。作品在唯物主义史观指导下，忠实地描述了从"光绪做王卅四年"一直到"三中全会"后百年来的黎族社会面貌。《欲听前朝我来比》从创作构思到表现手法等诸多方面都受到了黎族史诗《五指山传》以及其他民间歌谣的影响，吸取了它们的精华。需要指出的是，《欲听前朝我来比》讲述的不仅是黎族的历史，更是整个中华民族的历史。从这个角度来看，民族性方面有所淡化。但是，作者用富有民族色彩的艺术形式参与了现代中国历史的叙述，体现了他自觉的历史意识以及独特的审视眼光。另外，以民间歌谣形式记录和传播历史，显然是广大黎族老百姓所易于接受和乐于传播的，这样也继承和发挥了民间文艺所具有的那种历史的、社会的、政治的、经济的、民族的、语言的等多方面的作用，其重要意义不容忽视。

　　卓其德创作的新民歌，内容丰富，题材广泛，思路开阔，尤其是其中很多首歌谣是从不同侧面反映黎族人的性情气质，揭示黎族的民族精神和形象的，蕴含着深厚的民族情感，达到了一定的境界。另外，同其他少数民族的民歌一样，黎族史诗和歌谣中经常用到比兴、夸张、对比、排比、隐喻等手法，这些手法在卓其德的创作中也多有运用。如《溪水流流溪水清》：

>>> 第三章 黎族作家文学的题材来源

> 溪水流流溪水清,
> 人不呆愚定灵精,
> 十个灵精九勤快,
> 勤快的人定精灵。

由流动的溪水清引出勤快的人一定精灵的道理。作者因事因物因景而发,由此及彼,贴切、形象又通俗易懂。

再如《哥讲的话侬不信》:

> 哥讲的话侬①不信,
> 干干树头都出根,
> 竹竿晒衣都出笋,
> 灶火烧薯都轮藤。

干枯的树头能生出根来,晒衣的竹竿能长出笋来,放在灶火中烧烤的薯能长出长条的藤来,简直是天方夜谭,令人难以置信。此歌连用三个事物打比方,夸张地突出了在这位女子的心目中,那位男子满嘴花言巧语、根本就不能相信。这样的比方从生活中来,又夸张得有趣,普通百姓能凭借自己的生活常识做出判断,而且易懂。

再看看《傻嫂嫁呆哥》:

> 傻嫂嫁呆哥,

---

① 黎语"我"的意思,黎语和海南话出现相互借用词语的情况,"侬"是黎语借用海南方言中的"我"。

75

> 都如瘦田插老秧，
> 都如败糟煮薄酒，
> 都如烂锤打破鼓。

三个以排比句式出现的比喻，同样具有浓厚的生活韵味，而且更加朴实和浅白、生动形象、幽默风趣，不免令人开怀大笑。

当然，还有采用隐喻手法的，如《青山青灵青波波》；采用对比手法的，如《没衣的人死不寒》。

此外，卓其德的创作中还有很多是展现黎族人民当代生活风貌，歌颂党、歌颂新时代的。如《如今跳舞很时髦》：

> 如今跳舞很时髦，
> 不少人总识两步，
> 慢三慢四算什么，
> 探戈伦巴更娇嫩。

黎族人民本来就善舞，但是在新时代，黎家人的生活中不再只是传统的跳柴舞、舂米舞，而是出现了慢三、慢四、探戈、伦巴这些舞种。这些现代气息，为我们描绘了一幅新时代的黎族社会生活的风景画，富有时代感。卓其德的创作，主要贡献在于他吸取和运用了黎族创世史诗和民间歌谣的丰富多样的表现手法，再一次显示了黎族歌谣的生命力、活力和魅力。

除了卓其德，其他黎族作家在诗歌创作中，同样对黎族民间歌谣的艺术手法有着继承和借鉴。黎族民间歌谣在千百年的流传过程中，受到了汉语诗歌很大影响，主要表现在音调韵律上，其类型一般为"四句歌仔"，每句歌谣的字数都是相同的，读之有种古朴的深意蕴含其中，一般称为"汉词黎调"，叶传雄的《咏百花廊桥》、黄培祯的《祭拜黎母山》、曾繁景的《黎安港》等诗歌都采用这种体现黎汉文化交融的艺术手法。黄培祯的《祭拜黎母山》，每句七字，用韵古雅："圣女神魂化祖先，生灵福地盖苍川"，透露出《诗经》"六艺"中"颂"的端庄肃穆，展示出独特的民族文化内涵。

歌谣是黎族人民纯朴感情的艺术传达，它们不刻意雕琢，正如明末李笠翁所说的"全去粉饰露天真"，呈现出质朴无华的自然本色之美，也正是这种本色之美给了它们强大的生命力。

不仅黎族的诗歌创作受到了史诗和歌谣的影响，黎族小说的创作中也出现了大量的民间歌谣。例如亚根的长篇小说《老铳·狗·女人》中劳禾和妩兰对唱起爱情的歌谣：

　　花开跟前心颤动，
　　想要摘花心不忍，
　　一怕有荆刺手心，
　　二怕名花有主人。

妩兰对唱到：

　　妹妹单单哥单单，
　　哥妹交情名声芳，
　　同是苦树结苦果，

孤独人配孤独人。

这段对唱虽然是劳禾讲述的民间故事"比歌招亲"的配唱歌谣，但事实上劳禾在利用它试探妩兰是否接受他的爱，妩兰也用歌谣作为回应，接受了劳禾的爱。

王海的小说中同样穿插着大量的民间歌谣，小说《芭英》开头描述芭英出嫁时，芭英和母亲唱哭嫁歌的情境。芭英对与洛佬的婚事不满，一路心不在焉，在"陪亲娘"的提醒下才慌慌张张唱起来：

恼气父母贪人财，
不问家门好与坏，
狠心来把女儿嫁，
好像牛崽随处卖。

面对女儿充满怨念的控诉，母亲回唱：

女崽生来要出嫁，
男崽生来要当家；
莫怪父母心肠狠，
婚娶都是命定下

……

唱哭嫁歌是部分黎族支系民间婚礼仪式的重要内容，这里虽然女儿和母亲都是在心事重重的状态下唱得走口不走心，但歌谣的内容却暗示了芭英后来的命运悲剧,可以说,此处哭嫁歌已经成为小说文本的有机组成部分,不仅展现出浓郁的黎族民间风情,更为小说整体悲剧的感情基调埋下了伏笔。

黎族人民是伴着歌谣生活的,歌谣是黎家人生活中最常见的表达情感、描述生活的方式。黎族人将劳动生产、婚恋喜庆、哭丧祭祀、迎宾欢乐、痛苦和幸福、理想和追求、憎恨和钟爱,都化作一首首歌谣。如龙敏的长篇小说《黎山魂》中提到的:劳动中的《舂米谣》、打猎时儿童唱起的《围猎歌》、结婚时的《迎亲调》和《嫁女歌》、葬礼上的《哭父调》。黎族作家文学中对黎族歌谣的运用,也是黎族作家们生活化写作的体现。

在黎族作家中,王海对黎族文学的关注是多方面的。他在小说、散文等文学创作,黎族文学批评,黎族民间文化的整体性研究,黎族民间文学的收集整理等各个领域都取得了一定的成果,而对黎族文学整体较为全面的把握也给他的文学创作带来独特的视角和更为丰富的内涵。在王海的创作中,有一个引人注目的现象。1980年,王海在海南琼中的老家收集整理了《巴定》和《吞挑峒》两首黎族民间长诗,为黎族民间文学的整合研究做出了非凡的贡献。对这两首长诗的记录和整理也给王海带来了深刻的影响,主要体现在两方面:一是王海对黎族民间长诗的形式有了更深入的思考,提出了黎族也有民间抒情长诗的观点;二是在1988年,王海创作了小说名篇《吞挑峒首》,2007年又发表了小说《芭英》。显然仅从小说的题目上,就不难发现这两篇短篇小说和两首黎族民间长诗之间的联系。

众所周知,乔伊斯是爱尔兰著名的现代派小说家,他的代表作《尤利西斯》以象征性的艺术手法和深入表达现代爱尔兰人复杂的内心世界和精神风貌著称。《尤利西斯》的象征性主要体现在小说结构是对照荷马史诗《奥德修纪》的故事情节巧妙地组织起来的。乔伊斯精心设计主角——一个平凡到平庸的现代爱尔兰人布罗姆一天的行动轨迹,将之与古希腊传说中的大英雄奥德修斯(即尤利西斯)在海外十年多的漂泊历险经历联系起来,通过强烈的古今对比,暗示了现代西方人的庸俗堕落,以及精神上的萎靡,古希腊热情洋溢的生命力和高尚的英雄气概已经在现代西方社会难觅踪迹。乔伊斯作为西方现代主义作家代表人物之一,在文学创作上一直勇于探索,追求创新,《尤利西斯》对象征性主题的采用突破了旧现实主义文学传统的窠臼,将现代小说艺术推向了新的发展。虽然现在并没有充分的证据表明王海创作《芭英》是受到乔伊斯的影响,但并不妨碍我们以《尤利西斯》和《奥德修斯》之间的互文性为启发,来探索王海的小说创作与黎族民间长诗之间的联系与深意。

《吞挑峒》讲述了一对姐弟因父亲受到后母的蒙骗与挑唆,被遗弃在深山中。后来姐弟俩在仙女的指导下学会了耕作技术,从此在山中务农,幸福度日。在被叔叔发现后,姐弟俩控诉父亲的不仁不义,拒绝下山回家,并诅咒后母被蛇咬——后来后母果然被毒蛇咬死。《巴定》则是一部表现爱情悲剧的黎族民间长诗:巴定早有心仪的爱人,却在父母的强迫下嫁到远方,受尽夫家的欺凌。她奋力抗争,毅然决然地踏上回家的路。然而巴定回家后,却遭到了兄嫂的冷落和父亲的驱赶,万般无奈下,她只能再回到夫家。通过分析,可以看出《吞挑峒》与《吞挑峒首》在情节设置和主题立意上都相去甚远,而《巴定》和《芭英》之间则存在着深刻的联系,因此这里我们只探讨后两者之间的内在联系。

在故事情节上，巴定和芭英的命运非常相似。巴定有相爱的人，但迫于父母的压力，不得不嫁给无情郎，从此生活在婆家的压迫中；芭英与比献相爱，因为洛佬卑鄙地从中作梗而失去了与爱人结合的机会，从此沉浸在对名义上的丈夫洛佬的怨恨中。然而，面对相似的悲剧命运，二人的态度和对抗方式却完全不同。面对不幸的婚姻，巴定采取的是坚决抗争的态度，直接选择离开夫家出走；与之相反，芭英尽管有足够的理由与洛佬离婚，却在一次次的犹豫和自我惩罚中徘徊不前，依旧在无望的生活中沉沦。在巴定生活的时代，家族长辈对子女有绝对的控制权，巴定遭遇的一切不幸的根源几乎都来自父亲的独断专行。芭英生活在新中国成立后，随着现代文明影响在黎族民间的不断扩大，诸多传统习俗如文身等已渐渐消逝，长辈对子女的控制也被削弱（尤其对于芭英报复洛佬的做法，芭英的公婆甚至因愧疚和心虚而予以纵容放任）。

和巴定被父亲实际上的驱逐相比，芭英内心的绝望则来源于生父对母亲和自己在文化意义上的抛弃：走出大山成为军官的父亲与母亲离婚，从此脱离了黎乡的社会文化环境，了解事实真相的芭英在感伤中断绝了追求山外精彩世界的念头。参照乔伊斯在《尤利西斯》中对象征手法的运用，读者可以感受到，作为长诗《巴定》的收集整理者和《芭英》的创作者，王海是如何对黎族女性的社会生活处境以及黎族时代社会的变化做出思考的。芭英的母亲常对芭英哀叹："女人是苦鬼投胎"，而芭英也为摆脱和母亲一样的经历而挣扎过，结局却依旧是以无奈收场，由此可见黎族女性的命运有着深刻的历史遗传性，芭英的遭遇显然是巴定的命运在黎族现代社会的延续。一方面，社会经济的持续发展和先进思想的不断传播，撼动了古老的封建道德，使黎乡的年轻一代看到了更广阔的世界和更多样的生活方式；另一方面，黎乡民间封建迷信等落后思想虽然遭到了一定冲击，但依旧根深蒂固地存在于人们的脑海中，阻碍着黎族人民进一步的发展。生活在现代社会，拥有着比巴定更多选择的芭英，却像现代爱尔兰人布罗姆失去古希腊大英雄奥德修斯的生命力和英雄气概那样，丧失了巴定身上黎族传统女性所拥有的强大行动力和斗争精神。芭英仍旧深爱着比献，厌恶洛佬的自私和软弱，却又不忍拒绝公婆小心翼翼的挽留；既向往山外的多彩生活，却又没有离开当下环境的勇气，成了一个时代转型夹缝里的"中间人"。王海对芭英们命运悲剧性的揭示，促使着人们对少数民族在时代中的发展方向做出追问和思考。

在艺术手法上，《芭英》和《巴定》都有着浓郁的抒情色彩。王海在文学评论专著《从远古走向现代——黎族文化与黎族文学》中，曾详细分析过《巴定》作为黎族民间长诗的独特性。他认为，《巴定》虽然有完整的故事情节，但是叙述过程中并没有对实际的生活事例展开具体描述，如巴定的父母为什么要将她远嫁，婆家是如何和欺辱巴定的，巴定回家后兄嫂是如何冷落她的，这些都没有细节性的描述，"主要是以故事为框架去承载人物的感受，以便抒发感情"。

相较其他的黎族民间叙述长诗中具体可感的人物形象，《巴定》除了主人公巴定外，其余人物的形象都比较模糊，与之相对的是诗歌抒情性的显著增强。《巴定》主要是以第一人称视角进行叙事，着重表现人物的内在情感，有着丰富细腻的心理描写，并以情景交融的方式加强了诗歌的抒情性。通过分析，王海认为《巴定》是黎族特有的民间抒情长诗，并得出黎族民间文学肯定存在抒情长诗这一文学体裁的结论，虽然四年后由陈立浩主编的《黎族文学概览》并没有采纳王海的意见，依旧将《巴定》归纳到黎族民间叙事长诗之列，但我们依旧能感受到《巴定》在抒情手法运用上的成功。王海对《芭英》的创作几乎延续了他对《巴定》艺术手法的解读，整篇文章同样是以女主人公为主要视角进行叙述，母亲、比献、洛佬等人物形象都是以芭英的认识为基础刻画的，层层深入的心理描写把芭英内心的渴望、矛盾、痛苦、绝望等复杂的情感淋漓尽致地表达出来，特别以海南热带壮绝的森林景色来存托芭英被压抑的生命力的艺术手法，更是展现出一种酣畅的审美感染力。

第四节　黎族作家文学对黎族谜语、谚语的运用

谜语属于民间文学中的一种特殊的韵文形式作品，它通过猜谜的方式来培养和测验人们的智力水准，是人民大众智慧的一种集中表现。谜语大致形成于先秦后期，到魏晋南北朝时较为定型，隋唐时，渐至成熟。拆字、离合、会意、谐音、别解等谜语佳作大量涌现。我国关于谜语的记录和研究开始的比较早，在《说文解字》中，谜，"从言、谜"，基本道出了谜语的本质是一种具有迷惑作用的语言艺术。春秋战国时代，诸子百家的作品中就有部分谜语作品，此时的谜语被称之为"隐语"，其中以荀子的《蚕赋》最具代表性。此后，《汉书·东方朔》《文心雕龙·谐隐》《黄山谜》都将谜语作为一种特殊形式的文学作品加以记录和研究。在人民的生活中，谜

语的运用是多方面的，在政治生活中的运用多为严肃而高深的，在朝堂之上或用于谏言申诉，或用于验明忠心，在日常生活中也会用于生活仪式或宗教活动。但黎族的谜语相较而言则更多的是以朴实、鲜活的风格出现，通过口耳相传的形式流传于民间，培养黎族人民的智力，丰富黎族人民的生活，活跃黎族人民的思维，体现黎族的文化特色。

作为一种语言技巧和语言艺术，黎族谜语是黎族人民长期以来对生活和事物不断观察、分析、比较、概括的结果，是黎族人民朴素的科学观念同巧妙的艺术想象相结合的产物。它植根于黎族人民的日常生活中，不仅有着不可忽视的认识教育、培养智力和启蒙儿童的作用，从一定程度上也体现了黎族人民丰富的思想情感。其题材广泛，内容丰富，上至天文，下至地理；人文景观、日常生活、恋爱婚姻、农事劳作等，无不入谜。黎族谜语也是很多黎族人民茶余饭后的一种娱乐游戏方式。

龙敏的《黎山魂》中有一段儿童围坐树下猜谜语的描写：

> 月色溶溶，大酸豆树下，一群孩子围坐着，那改给大家出谜语：
>
> "你们猜，'一块无边坡，撒满了羊屎。'是什么？"
>
> 阿练抢着猜到："哥，是夜里的天空和星星。对吗？"
>
> "对！小机灵鬼。"那改夸道。
>
> "一棵大伞千片叶，半空沙沙响。是什么？"
>
> "是椰子树。"那耿猜中了。
>
> ……

"一个嫩小孩,一触就流泪。是什么?"

"还是木瓜。"那贵猜中了。

"青碗盖白碗,白碗盛甜水。是什么?"

"是椰子。"大家一齐猜中。

……

"好喝手难抓。是什么?"

"是水,是水。"大家一齐猜中。

"好吃留种难。是什么?"

"蘑菇。"大家一齐猜中。

"皮癞但心甜。是什么?"

"是菠萝蜜。"阿芳猜中了。

"幼时酸,熟后甜。是什么?"

"是芒果。"那耿猜。

"不,是酸豆。"阿练反对说。

……

　　黎谜的创作者往往注意观察、分析、比较各种自然现象和自然环境以及人体的各个部位,并由此展开艺术的联想,构成五彩缤纷的谜语画面。比如"一块无边坡,撒满了羊屎"(星空)。黎族谜语的表现手法,常见的是描写和比喻,如"一棵大伞千片叶,半空沙沙响"(椰子树)、"青碗盖白碗,白碗盛甜水"(椰子)。黎族谜语还有一种重要的表现手法——拟人化,如"一个嫩小孩,一触就流泪。"(木瓜)。龙敏这段"儿童猜谜"场面的描写,形象地展现了黎家儿童无忧无虑的平静生活,这同后面的各峒之间的矛盾斗争时期以及清政府残酷的民族镇压与统治时期的艰难困苦的生活形成了鲜明的对比,深化了主题。

龙敏在《黎山魂》中涉及了几乎黎族民间文学中所有的体裁,神话传说、民间故事、传说、民歌、谜语、谚语等,并与小说的情节发展融为一体,充分体现了作者对黎族民间文学的理解和对长篇小说这一形式的驾驭能力。

黎族谜语也有一些不可取的东西,比如有的省略太多,过于简单;有的表现谜底的事物特征不够突出,不够鲜明;有的甚至用一些庸俗的形象、特征来表现。

谚语是民间集体创造、广为口传、言简意赅并较为定型的艺术语句,是民众丰富智慧和普遍经验的规律性总结,它能用简单通俗的话来反映深刻的道理。严格意义上来说,谚语是一种由劳动人民口头创作的形式短小,内容丰富,且带有哲理教育意义的文学体裁。在《礼记》中认为"谚,俗语也",《说文解字》中认为"谚,传言也",《文心雕龙》中认为"谚,直语也",这些都从一定程度上说明了谚语的特点。国外对谚语也有所描述,认为谚语是"日常经验之女儿","街上的智慧","高尔基对于人民语言大花园中这一争妍斗艳的奇葩曾给予高度评价:'谚语和俗语典范地表述劳动人民全部的生活经验和社会历史经验。'它们生动形象,精炼爽口,浅显易懂,音乐感强,深为人民群众所喜爱并广为传诵。"[1]谚语多半在民间口语中广泛流传,表达人们丰富的社会生活经验,闪耀着人民智慧的光芒。黎族谚语反映的内容涉及社会生活的各个方面,是黎族

---

[1] 付万荣:《汉英谚语中的民族特色初探》,《泰安师专学报》,2001年第1期,第71页。

人民智慧的结晶,其主要内容有认识自然和总结生产经验,以及对一般社会生活的评论,并以传授经验知识和讽刺不良现象以及表扬好人好事的居多。如关于农业生产方面:有田无牛便成荒;关于实践与学习重要性方面:刀要磨才利,狗要带才灵,人要教才精;关于嘲讽性方面:一次错,百次怕,怕如狗蹈火,等等。

谈起风景秀丽、物产丰富的五指山,黎族人民用"五指山是百宝箱,百宝箱里百宝藏"的谚语来赞美它,表达内心中对家乡的深情和骄傲。说到淳朴的民风,黎族有"路不拾金,夜不闭户"的谚语。为了团结友爱,互助发展,黎族人民创作了"花与叶相配,山与水相随"的谚语进行启迪和教育。

各个民族都有谚语,其思想内容具有一定的一致性,但是因为历史文化、生产方式,生活习惯,物产风貌的不同,形成的谚语在表述方式上也就具有一定的差异性和民族性。

如汉族谚语:

三个臭皮匠,顶个诸葛亮。
熟读唐诗三百首,不会作诗也会吟。

黎族谚语:

椰子槟榔根在土,人在千里心想家。
女送槟榔是待客,男送槟榔是定亲。

两组谚语可以清晰地看出各自的民族性。汉族谚语中诸葛亮是三国时代蜀国的政治家、军事家,被称为智多星,是智慧的象征;在文学领域《唐诗三百首》是汉族文学作品的典范,精选的都是诗歌中的精华,时常诵读自然能渐渐懂得吟诗之道,所以两句汉族谚语的民族特色溢于言表。同样黎族谚语也是立足于本民族的社会生活,海南素来有椰岛的美名,椰子树和槟榔树不仅是黎族人民生活中最常见的,更是黎族先民崇敬的神明,是黎族民族文化的支撑。黎族儿女与椰树槟榔树朝夕相处,相依相存,一旦离开故土,想起那一片葱翠的椰树林槟榔树林,思乡之情就油然而生。不仅如此,黎族人民世代素有嚼槟榔的习惯,也有"槟榔婚俗"的传统,黎族男女的恋爱、婚姻生活中,槟榔也起到重要的作用,在恋爱、定亲、迎亲的各个环节中,都能看到槟榔的身影。黎族青年崇尚自由恋爱,双方的交往也都是以槟榔为媒介,就像民歌里面唱的:

石子落井探深浅,送口槟榔试哥心;哥食槟榔妹送灰,心心相印意相随。

当男女双方情投意合,男方便会携带礼品去女方家求亲,礼品中必须要备有两串槟榔干、两把鲜蒌叶和一盒螺灰。女方同意婚事的话,就会收下礼品,热情招待宾客。

黎族作家文学十分善于运用黎族谚语,如亚根的《婀娜多姿》中,巴二磨刀时出现的谚语:在刀石上斜划几下,刀刃就锋利了,这就是老谚中的"平磨的刀刃赛不过斜划的刀刃";诺六打骂他的傻儿子时,谚语又出现了:"打不着山猪打黄猄,欺弱怕强"。恰当地运用谚语可使语言活泼风趣,增强文章的表现力。

在黎族人民的生活中，谜语和谚语已经成了一个民族继承传统智慧的工具。黎族作家文学作品对黎族谜语和谚语的运用，使作品更贴近生活，更具有民族特色。黎族民间故事和民间歌谣，已经被人们所认可，但黎族谜语和谚语却乏人问津。实际上，黎族谜语和谚语的蕴藏量相当的丰富，而且独具特色，是黎族民间文学不可缺少的一部分。《海南民族文学作品选析》《五指山风韵——海南少数民族文学作品探析》和《从远古走向现代——黎族文化与黎族文学》，这三部涉及黎族民间文学研究的专著中，都没有对黎族谜语和谚语进行研究和探讨，只在《黎族民间文学概说》[①] 和黎学新论文丛——《黎族民族文学》卷中有蜻蜓点水的研究。因此，在黎族谜语和谚语的研究方面还有很多工作要做，还有很多的空白等待我们去填补。

---

① 韩伯泉、郭小东（均为汉族）编著，完成于1984年，由广东民族学院民族研究所编印交流，没有正式出版。该书主要从黎族神话传说、黎族传统歌谣、黎族摇篮9曲、黎族革命歌谣、黎族民间叙事长诗、黎族谜语与谚语、黎族民间歌手等几个方面对黎族民间文学进行分析讨论。

第四章

黎族作家文学的历史沿革与文化症候

黎族的文学严格上说，应该分为黎族人民口头创作的民间文学和黎族作家创作的书面文学。探究黎族作家文学的历史沿革，绕不开对口头民间文学的梳理，两者从根本上讲没有完全地割裂，而是一种重叠式的承接和交替。另一个问题就是对黎族作家群体的产生有必要做一些说明，作家群体的出现和更新换代实际上不仅推动了文学的整体性发展，客观上也已形成了自然的分水岭。这两个方面是对黎族作家文学发展沿革进行梳理前需要首先讲清楚的问题。

先谈一谈黎族作家群体的诞生及其简单分段，这里主要借用王海、郭蕤两位研究者对黎族作家群体的分段判断。作为这个群体的一员，王海曾对黎族作家群的形成，有很客观的描述："黎族作家文学起步于20世纪70年代末期，之前没有作家书面文学"[①]。而郭蕤则认为："1996年11月中国当代少数民族文学研究会第6届年会……这可视作是这个作家群在萌芽之时的一次号召与集结""2010年5月，海南省作家协会举办当代黎族文学研讨会……可视作这个

---

① 王海：《成绩与问题》，在海南三亚"中国当代少数民族文学研究会第12届年会暨黎族文学研讨会"上的发言，2014年7月27日。

作家群已成雏形""2014年7月中国当代少数民族文学研究会第12届年会期间,特意主办黎族作家文学专题研讨会,……黎族作家群已然形成……初具规模"[①]。

对于黎族口头文学的分析主要包括四个时期,之后交替发展为黎族书面文学,结束了黎族文学发展单一化的局面,实现了历史性的跨越,黎族文学走上了真正繁荣发展的阶段。具体分析由如下四个阶段:

一是萌芽阶段。口头文学的萌芽期,实际上也是黎族文学的萌芽阶段。这个时期是以口口相传的文学产生为标志的。黎族社会经历了一个相当漫长的无阶级社会,没有统治者,人们之间没有利害冲突,唯一的敌人就是大自然。因此黎族文学的萌芽阶段就是反映人与自然争斗的内容。他们通过丰富的想象力和创造力,创作出一系列的远古神话和传说,在这些神奇的神话世界中,我们了解了黎族的起源和洪荒时代中那些理想化的英雄人物和他们的英雄事迹,如《洪水的传说》《大力神的故事》等,这就是黎族先民处于远古时期给我们带来的口头文学的折光。同时还产生了一些反映美好道德观念的故事。

社会始终在发展,随着生产力的进步,黎族社会进入了阶级社会,私有制产生的同时也伴随着阶级矛盾的产生,表现在口头文学方面,就是社会题材更加广泛,很多民间故事和神话中既有对坚贞爱情的颂扬,也有对人民辛勤智慧的褒赞,同时也有揭露统治阶级丑恶嘴脸和对悲惨生活的慨叹。这时,口头文学中的民歌和民谣占

---

① 参见郭蕤,《论黎族作家群在新世纪的崛起》,《民族文学研究》,2015年2期,第158页。

据主流，在黎族的传统民歌中有着生活、劳作、爱情、祭祀婚姻仪式和摇篮曲等内容，各种题材的歌谣表现形式也不同，比如生活歌曲基调哀怨低沉，劳动歌曲曲调昂扬有激情。到了1926年前后，一些口头文学随着时代的变迁已经上升到文学自觉性的高度，这一时期出现了很多控诉战争和反对压迫的曲子，如《穷人叹》《国贼来了民遭殃》等，也有反映黎族人民保家卫国的爱国主义情怀的作品，如《鬼子不灭不收枪》《伤员住在你茅屋》。这些歌谣，赋予了黎族文学时代特色，是黎族口头文学中浓墨重彩的一笔，但是遗憾的是，这些口头文学，极大部分没有被整理和抄录，所以只能说是一种低层次的文学，和其他民族文学相比，仍然是处于萌芽阶段。

二是发展阶段。新中国成立后，稳定的社会环境使得各个民族的文学都得到了迅速的发展，黎族口头文学也不例外，可以说从建国初期到"文革"之前，是黎族文学的发展阶段。虽然黎族口头文学是绚烂多姿的，但是由于过去没有抄录整理，致使很多珍贵的文学财富湮没在历史的尘埃中，新中国成立后，党和政府高度重视黎族文化和文学的发展，在20世纪50—60年代，一些口头文学被整理在案，随着生活发展，一些新的民间歌谣又不断涌出，例如歌颂共产党和毛主席的歌谣《翻身全靠共产党》《毛主席来过五指山》，歌颂民族团结的歌曲《黎汉一家亲》，歌颂妇女的民歌《风吹书声门过门》等。黎族人民有了自己的歌手。此外黎族民间文学的搜集整理工作也在如火如荼地进行，挖掘和整理出黎族文学第一部长篇叙事诗歌《甘工鸟》，但这也是口头文学的产物。这一时期的黎族文学还未出现真正意义上的作家文学，因此黎族文学的形式是较为单一的，除了歌曲民谣外，文学的很多领域如（小说、戏剧、散文）

等仍然是空白的。因此横向比较，黎族文学发展仍然是缓慢的，层次较低的。

三是扼杀摧残阶段。"文化大革命"十年浩劫，刚刚勃发的黎族文学也被彻底否定，不但遭到批判、查禁，很多文学作品还被销毁，黎族文学就这样被摧残在摇篮里，黎族歌手沉默了，取而代之的是样板戏；黎族的口头文学黯淡了，直到十一届三中全会的召开，真正意义上的黎族文学才得以改头换面，进入新时代。

四是复苏繁荣阶段。黎族文学目前的发展是令人欣喜的。不但色彩斑斓的民间文学复苏了，而且党和政府高度重视黎族文化的保护工作，先后组织各种形式的调查队、采风队深入黎族地区进行民间文学的搜集整理工作。1983年《黎族民间故事选》出版；1984年《五指山风》出版；1990年《黎族民间文学概说》出版。

第一节 黎族作家文学创作的萌芽与正式序幕

在中国少数民族作家群中，黎族作家群的地域元素及特色较为鲜明。王海、郭蕤两位研究者都认为，黎族作家群体的诞生从一开始就具有了鲜明的地域特色，其本土元素和民族性体现较为明显，但由于黎族聚居在海南岛，其族群与文化具相对严密的封闭性与自主性，其群体的文化底蕴和骨力有待进一步提升。而且作为书面表达的文学创作，在黎语衰竭汉语普及的新形势下，本土化语言的口译、意译已逐步不被人所接受，尤其在汉语取代黎语成为主体和母语的时候，迫使作家群体以开放的姿态接受外来文化的改造，并自觉或被迫改变着文学创作的风格。

黎族作家文学的发轫可以说是作家群体的自我身份认同和思考的一个结果。对于具有强烈自我意识的作家而言，首当其冲要担起对文化转变为文学的功能性改造。这个过程是痛苦、迷茫、困惑和艰辛的。地域文化的特质带来文学创作的后期发力不足，加之汉语普及的冲击，面对如何在传承中发扬、如何在创作中融入、如何在文学中彰显民族特性等等诸多问题，他们在重重压力下破土而出，可以说是中国文坛不小的震动。

黎族作家创作的萌芽应该源于对黎族民间文学的收集、整理和出版，具体时间可以界定为从新中国成立初期到"文革"之前，这个时期也正好是黎族民间文学的发展期。这个时期主要是对反映新时代的歌谣进行了收集和整理，同时对民间文学也进行了挖掘和整理出版，其中产生重大影响的是整理出版了黎族的第一部长篇叙事诗歌《甘工鸟》。值得一提的是，在海南黎族苗族自治州的广东民族学院中文系，资料齐全底蕴深厚，不仅培养了一大批黎族文学工作者，而且还有效激发了首批黎族作家参与发掘黎族口头文学，为黎族作家文学的开局奠定了良好的基础。其中作为黎族作家领军人物的王海就是由民间文学收集工作转为书面文学的创作，并以此作为自己进行文学创作的原动力。

20世纪70年代末，黎族作家如龙敏、王海、王艺、董元培、马仲川、符玉珍等依托《五指山文艺》，在文坛崭露头角。1979年，王海在《五指山文艺》发表了黎族文学史上第一篇短篇小说《采访》，这是黎族作家文学的开端，标志着黎族作家文学时代正式拉开了序幕。可以说，黎族作家文学在改革开放的浪潮中发轫，实现了本民族从口头文学向书面文学的历史跨越。此后，符玉珍的散文《年饭》、龙敏的《年头夜雨》、黄学魁的《东方夏威夷》发表并获得全国少数民族文学创作奖。

龙敏的文学创作从一开始就注重将浓郁的"黎"味和现实生活进行有机融合，他在作品中成功塑造了一个道德情操和心理素质都很"黎族"的艺术形象，在黎族读者群体中引起强烈反响。他在作品中描绘出一幅幅充满着山野味的五指山风光和鲜明黎族民族生活气息的图画，他在语言运用上注重使用民族生活特色的生动比喻，将黎族的习俗和风土人情，鲜活地展示给了读者，给人留下了极为深刻的印象。

而当时只有 26 岁的王海，则是一个受过高等教育的黎族青年作家，他在其创作的文学作品中，结合自己收集黎族民间文学的收获，以把握黎族的民族精神为价值导向，注重反映黎族人民的生活状态。可以说，王海在对黎族传统文化吸收的基础上，把文学创作推向了更为广阔的生活领域，以一种独特的思维方式，在描绘黎族人民生活中阐述自己的哲理性思考。"王海式"的思考不仅形成了其创作文学作品的深度和鲜明特色，也为其转型到文学评论做了较好的铺垫。

我们应该看到，"对于一个只有近三十余年作家文学发展历史的特定的少数民族而言，这批书面文学成果能够以独立著作的形式面世，无论如何都是具有着某种特殊意义，代表了黎族文学创作的整体性突破"[①]。

但值得注意的是，黎族作家文学自正式拉开序幕以来，一直到

---

① 王海：《成绩与问题》，在海南三亚"中国当代少数民族文学研究会第 12 届年会暨黎族文学研讨会"上的发言，2014 年 7 月 27 日。

20世纪末在文学创作的数量上并不是太多。在文学创作的类型上除1986年龙敏出版了他的第一部中篇小说单行本《黎乡月》外，大多都是发表在地方刊物的短篇小说、散文或者诗歌。这些作品篇幅短小，信息含量较少，在题材和内容上都相对滞后，并没有引起人们太多的关注，对文学作品进行评价的专著只有作为高等院校教材的《黎族民间文学概论》（上册、下册），由文明英撰写，分别于1985年和1987年由中央民族学院民语系语言所编印。

可以说，对黎族文学的分析和研究，基本只是在黎族作家极小的群体里进行传播和自我定位，没有得到文坛的广泛关注。而我们都知道的是，认识必须从现象出发，才能最终实现对本质这个目标的判断，这正是文学评论之于文学作品的重要性所在。黎族作家文学从萌芽到发轫，过程是艰辛的，成长也是脆弱的，需要给予足够的耐心和鼓励。但要扩大影响，让黎族作家文学走出去，站起来，需要将黎族文学的研究形成一个文学现象，因为文学现象是认识研究文学的基础。虽然没有现象级作品的出现带来轰动效应，但黎族作家文学构成现象的主体要全，要广，参与度要高，要扩大创作文学作品的黎族作家群体，要在更广、更高的载体和平台上发表作品，要让阅读作品的人更多、层次更高，要让研究黎族文学作品的人也更多，这或许就是黎族作家文学从发轫起就需高度重视和认真加以解决的问题吧。

<<< 第四章　黎族作家文学的历史沿革与文化症候

第二节　黎族作家文学创作的原发与蓬勃兴起

进入21世纪之后，黎族作家文学开拓了崭新的局面，实现了历史性的突破，无论在数量和质量上都有了长足的发展，从体裁看，诗歌、小说、散文、文学评论以及对民间文学的梳理都有，涉及的题材也是自古到今，较为齐全。

从2000到2018年，黎族作家共出版（短篇）小说集3部，分别是龙敏的《青山情》，2002年由南海出版发行；王海的《吞挑峒首》，2012年由武汉大学出版社出版发行；李其文的短篇小说集《火中取炭》由海南出版社出版，在2017年1月7日由海南省作家协会、海南出版社共同主办，海口知和行书局协办的"九人——海南作家原创作品首发式"中首发。

其间，诗文集（含诗集、诗书画集、旧体诗词集和旧体诗集）20部，主要是符凤莲的诗文集《真实的瞬间》，2000年由南海出版公司出版发行；黄照良的诗集《山兰香飘飘》，2002由中国文联出版社出版发行；董元培的诗集《放歌五指山》，2009年由南方出版社出版发行；黄学魁的诗集《热带的恋曲》，2009年由南方出版社出版发行；黄照良的诗集《山海行踪》，2010年由作家出版社出版发行；黄培祯的诗书画集《笔架仙峰》，2010年由中国文联出版社出版发行；傅天虹主编的诗集《黄照良短诗选》，2012年由银河出版社出版发行；胡天曙的旧体诗词集《翠轩流韵》，2013年由中国文联出版社出版发行；叶传雄的旧体诗集《黎山放歌》，2013年由中国文联出版社出版发行；郑文秀的诗集《水鸟的天空》，2013年由南方出版社出版发行；谢来龙的诗集《乡野抒怀》，2013年由中国文联出版社出版发行；黄培祯的旧体诗集《榔寮风骚》，2014年由南方出版社出版发行；郑文秀的诗集《可贵的迹象》，2014年由作家出版社出版发行；郑文秀的诗集《梦染黎乡》，2014年由远景出版社出版发行；金戈的诗集《木棉花开的声音》，2014年由南方出版公司出版发行；李其文的诗集《往开阔地去》，2015年由漓江出版社出版发行；胡天曙的诗集《黎乡秋声》，2015年由中国文联出版社出版发行；小岛（本名胡其得）的诗集《鱼在海的眼睛里停留》，2016年6月由西南师范大学出版社发行；唐鸿南散文诗集《在山那边》，2018年1月由团结出版社发行；李其文主编的陵水诗人群体创作精华的诗集《出生地：陵水诗歌选》，2017年1月由长江文艺出版社发行。

近20年，黎族作家出版的散文集（含文集、作品集）共有13部：分别是亚根的散文集《都市乡村人》，2004年由作家出版社出版发行；邢曙光的散文集《春雨》，2005年由作家出版社出版发行；董元培的散文集《旅路足音》，2006年由海南出版社出版发行；葛君的散文集《三亚情思》，2007年由广东旅游出版社出版发行；唐崛的散文集《南渡江源》，2008年由海南出版社出版发行；苏庆兴的文集《拥抱大海》，2011年由学林出版社出版发行；胡天曙的散文集《溶溶黎山月》，2012年由大众文艺出版社出版发行；符永进的作品集《一叶归根》，2013年由南方出版社出版发行；邢曙光的散文集《黎山彩锦·春雨（上集）》，2014年由作家出版社出版发行；邢曙光的散文集《黎山彩锦·秋风（下集）》，2014年由作家出版社出版发行；黎山处士（叶传雄）主编的诗文集《美好加林》，2015年2月由团结出版社出版；高照清的散文集《黎山是家》，2018年1月由团结出版社发行；胡天曙的散文集《竹雨轩笔耕》，2018年2月由团结出版社发行。

21世纪以来，黎族作家创作出版的长篇小说共有17部，分别是黄仁轲的长篇小说《张氏姐妹》，2002年由中华文化出版社出版发行；龙敏的长篇小说《黎山魂》，2002年由南海出版公司出版发行；亚根的长篇小说《婀娜多姿》，2004年由作家出版社出版发行；黄明海的长篇小说《你爱过吗》，2005年由花城出版社出版发行；邹其国的长篇小说《哩哩美》，2006年由海南出版社出版发行；亚根的长篇小说《老铳·狗·女人》，2006年由作家出版社出版发行；亚根的长篇小说《过山流风》，2008年由作家出版社出版发行；黄明海的长篇小说《色相无相》，2008年由花城出版社出版发行；黄仁轲的长篇小说《大学那些事》，2009年由光明日报出版社、内蒙古人民出版社出版发行；黄明海的长篇小说《楔子》，2009年由花城出版社出版发行；亚根的长篇小说《槟榔醉红了》，2011年由作家出版社出版发行；廖堃的长篇小说《鬼叫门之人皮灯笼》，2012年由作家出版社出版发行；廖堃的长篇小说《兰宫密码：盗墓贼的诡异经历》，2012年由中国华侨出版社出版发行；黄明海的长篇小说《书给狗读了吗》，2013年由花城出版社出版发行；黄仁轲的长篇小说《猫在人间》，2015年由南方出版社出版发行；邹其国的长篇小说《岁月如歌》，2016年由海南出版社出版发行；黄明海的长篇小说《心近地远》，2017年由花城出版社发行。

黎族作家还收集整理出版了民间文学多部，撰写了文学评论专著1部，分别是龙敏、黄胜招搜集整理的民间故事集《黎族民间故事集》，2002年由南海出版公司出版发行；王蕾搜集整理的民间故事集《穿芭蕉叶的新娘——五指山黎族民间故事集》，2010年由海南出版社出版发行；黄培祯搜集整理的民歌集《保亭黎族歌谣》，2014年由南方出版社出版发行；2018年4月分别由孔见、亚根、李焕才、王卓森和邓天庆主编的海南民歌精选系列丛书首发，该套丛书由南方出版社出版，包括《黎族民歌经典选本》《崖州民歌经典选本》《儋州山歌与调声经典选本》《临高哩哩美渔歌经典选本》。特别是2004年，王海与汉人江冰合作的黎族文学评论专著《从远古走向现代：黎族文化与黎族文学》，由华南理工大学出版社出版发行，又引发了人们对黎族作家文学新的关注。

  这里我们对黎族作家创作的诗歌、散文、文学评论以及收集整理的黎族民间文学等不做过多探究，主要就几部长篇小说进行简要分析。可以说，在黎族作家文学发展史上，上述几部黎族长篇小说都显示出具有标志性意义的某种突破。以作家龙敏的为例，作为黎族第一代作家的代表人物，龙敏的成长始终让黎族作家文学不断实现新的突破。黎族作家文学从第一部短篇小说《采访》拉开序幕，到第一部中篇《黎乡月》让黎族作家文学引起热议和关注，再到第一部长篇小说《黎山魂》，让王海和龙敏成为黎族作家文学创作的领军人物。长篇小说《黎山魂》是作家龙敏的典范之作，也是他多年实践经验、创作探索以及生活积累的结果。小说取材于清朝末年的一段史实，以一种纪实的手法铺展开来，作品中涉及的人名和地名都有出处可循，例如作品中主人公那改，则是历史上真实的存在，他曾领导黎族农民攻破了乐安城，他所领导的农民起义曾经震撼整个崖州地区，这些在《崖州志》上是有记载的。而小说中的乐安城则是明代崖州府派驻黎族地区的屯兵城堡，也是崖州府设在本地区的一个派出机构，至今仍有遗址存在。龙敏始终扎根黎族人民生活的这块热土，以鲜明的黎族本土特色，让人耳目一新，可以说他的文学作品，包括不断挖掘整理的民间文学作品，都已经成为人们认识和评价当代黎族作家文学的重要依据之一。《黎山魂》更是借助黎族传统文化的底蕴，以厚实的内容和宏大的艺术架构呈现给读者，成为人们认识黎族传统文化的一个很好的介质。

随着新时代的发展，黎族作家们的文学创作事业也走向了繁荣和发展，这种蓬勃兴起应该是黎族作家群体原发性走出狭小空间，站在时代的高度，以一种透视的眼光来评判本民族的历史和客观、冷静观察黎族人民当下现实生活的结果。无论是龙敏的《黎乡魂》、亚根的《婀娜多姿》《老铳·狗·女人》等长篇小说的问世，还是黄明海《你爱过吗》《色相无相》《楔子》《书给狗读了吗》和《心近地远》五部尖锐现实主义小说的连续发力，黎族作家的站位始终渗透和洋溢着浓浓的黎族之情，那是扎根的地方，那是家的味道。他们用笔端连线历史，描绘黎族独特的生活画面、人物形象、风俗人情、劳动场景等等，他们的作品在传承传统文化之际，更多的是展示新时期或者在社会重大变革过程中，黎族人所体现出的民族意识和民族精神的新流向，本土特色鲜明，创作实践个性化较为明显。例如"龙敏坚持现实主义创作方法，力求在广阔的历史背景中对黎族社会生活进行全景式的观照；亚根着意在创作形式中注入现代观念，努力在种种人和事的描写中展现特定时期的民族社会生活形态；黄明海执着地在平和的叙述中把握人的情感流动，通过细腻的描写展示人的精神世界。他们的作品不仅体现了创作形式上的突破,改写了黎族文学史上没有长篇小说的历史,也体现了作家们各自不同的艺术追求和探索,从而将黎族文学的创作水平推向了一个新的高度"[1]。

第三节 黎族作家民族身份自我认同及文化症候

民族的东西或许不一定是最好的,但却是属于自己的。对于少数民族作家而言,他们的思绪中始终绕不开的是对传统的传承和发扬。这不是孔乙己的"茴"字有几种写法的守旧和孤芳自赏,而是一种情结,一种此地生我、养我的深深眷念,不仅希望自己能够对本土的文化、习俗有所保留和继承,更期望通过自己的笔端去描绘和呈现本民族的乡土人情,正如龙敏在《黎山魂》的前言中写道:"所有的奇风异俗都是真实的,它们在历次搜集和发表的资料中是绝对没有的"[2]。很多黎族作家在创作中都有意识地记录、传承和保护黎族文化,这是非常值得肯定的。人类的历史进程是一个传统继承的过程,同时又是在传统继承的基础上不断对传统进行审视和否定的过程。在黎族作家文学的作品中,除了对黎族的文化进行了多方位的记录和探讨,还应跟上时代的步伐,将黎族的文化与现代文明相对照,以新的思想观念去考查黎族的文化、反映黎族社会、揭露矛盾。这也成为许多黎族作家创作中的一种自觉,体现了黎族作家

---

[1] 王海:《黎族长篇小说创作探析》,《民族文学研究》,2010年第4期,第35页。
[2] 龙敏:《黎山魂》,南海出版公司,2002年版,第1页。

文学在创作中"民族性"与"现代性"的碰撞。

但是世界绝大多数民族在发展过程中都是以开放的姿态呈现的，其他民族文化的传播，势必对其产生影响，尤其当外民族文化较为强大时，往往都有被同化的趋向，黎族文化的民族性也同样面临这个问题。就像亚根接受采访时所说的，"黎族的原生态文化随着时代的开放，被其他文化逐步同化，这是不可避免的，也是比较悲哀的事情，但没办法回避。我们只能采取一种抢救的态度。其中一个方法就是，用艺术的手法把它整理下来。同时，我们也要有一种开放的心态，民俗的东西可以被异化被趋同，但是我们另外可以创造一些新的东西"①。

我们探究黎族作家文学的民族身份认同，其实归根到底是一个文学的民族性问题，或者更准确地说是一个少数民族文学的民族性问题。在文化自信的大视域下，中国文学一直寄希望能融合到世界文学的大格局中，在世界的文坛上被认可、广泛得到接受，这是文化全球化的大背景，也是每个黎族作家在进行文学创作时需要正面审视的问题。本土化的文学能够走出去，如果通过与其他文学乃至西方文学进行交流和相互融合的话，会不会摒弃了自己的民族性？黎族作家的民族身份认同，让他们始终在文学创作中和本民族的文化血脉进行相连，以期能够在文学作品中显现出黎族文化独特的美学意蕴和文化色彩。实际上，也存在一些人站在普遍命运、共同话题的大框架下进行文学的创作，他们所追求和展现的是普遍的共识，因此把共同性、世界性作为文学的最重要价值取向，在潜意识里对

---

① 《"离开黎族，我就不是一个作家"——黎族当代作家访谈》，文艺报2013年4月3日第5版。

文学创作的民族性进行否定，认为是落伍的，滞后的，已经成为明日黄花。

在笔者看来文学创作能够被人接受，尤其共性的人性认知，随着时代和社会的变迁，人性认知的普适性会有所改变和调整，正如黎族作家的创作一样，有些对"文革"进行反思，有些对改革社会进行描述。但在共性的基础上，文学的创作应该是多元化的样态，而不是样板的一元化，保持民族身份的认同，可以避免文学创作中抽离民族性，对于力量薄弱的黎族作家群体而言，虽然在作品创作上很难兼顾到民族性和美学意蕴的完美结合，但至少在创作过程中可以将独特的文化特质和文学作品自有的美学品格有机融合。民族性不是保守性，黎族作家对民族身份的认同，直接投射到文学创作的实践中，他们更注重用具有鲜明民族性的东西来装饰、填充自己的作品，好让自己作品充满浓郁的黎族生活气息。龙敏、王海、黄明海等人都在做这样的事情，他们期望在作品丰富的艺术想象中能够传递给读者这样的信息：什么是黎族，什么是黎族原汁原味的生活，什么是黎族的精神和理想等等。

黎族作家的这种症候是大多少数民族作家都存在的。他们的困惑更多是来自现实的冲击和妥协。他们往往寄托于文学作品的描绘来强化民族身份的认同性。黎族作家创作的文学作品主要是以黎族人民的生活为描写对象和基本内容，展示的是黎族社会的思想文化内涵，具有鲜明的民族性特征。很多作家都参与和目前仍在做的一项工作就是对黎族民间文学进行最大化的收集整理和出版。这种民间文学的收集和整理，其目的有二：一是对黎族的传统文化进行传承弘扬，二是从中不断汲取新的创作灵感，这个可以从龙敏、亚根、

<<< 第四章 黎族作家文学的历史沿革与文化症候

王海的小说中得到大量验证,他们小说作品充满了黎族浓郁的乡土特色,饮酒、宴请、婚丧嫁娶等习俗在作品中多处可见。而且他们的作品从一开始就表现出典型的黎族温煦特征,黎族独有的村寨、山水等,都是作家们创作本土民族文化特色的题材。另一方面黎族作家还在作品中表现出对家乡的深深眷恋之情,对习俗的怀念之情,例如家乡的一山一水,树木、花草、月亮、星星、小鸟等大自然常见的事物都成了他们描绘和称颂的对象,这在散文集和诗歌中表现得尤为明显。

同时,黎族作家民族身份认同带来的第二个文化症候,即面对厘清语言文字与文学民族性关系处理时的苍白。黎族口头文学、民间文学历史悠远,但书面文学、作家文学时间不长,最为关键的是黎族有自己的语言,但黎文创制之后没有普及使用,绝大多数黎族人已被汉语同化,可以说黎语,但无法书写和辨认黎文。正如龙敏所说:"我创作时会'用到'3种语言。第一个是黎语,黎语是打腹稿。为什么要用黎语呢?就是如果你不用黎语打腹稿的话,那跟其他民族不是一样了吗?在修改中,用海南话,为什么用海南话呢?因为对海南人,你不讲海南话不行啊,他们听不懂啊,这是第二关。第三关是普通话,就是定稿了,这时得用普通话,因为它传播广。所以整个过程就是,黎语翻译成海南话,海南话翻译成普通话。"[①]龙敏说的是一个实际现状,也是黎族作家创作异常艰辛的地方。黎族作家要运用汉语表现自己的民族生活,要抒发自己的民族情感;而且他们的作品又是以海南岛和黎族社会生活为时空大背景的,这要求黎

---

① 《"离开黎族,我就不是一个作家"——黎族当代作家访谈》,文艺报 2013 年 4 月 3 日第 5 版。

族作家不仅要纯熟掌握汉语的写作技巧,能够体会汉语文学创作的气韵,还要了解海南话的腔调、语气,俚语口语化等,这样人物的塑造才能具有神韵和鲜明的特色。当然对黎族传统文化的精通,又可以让他们在创作时审美意识具有了自觉的民族认同感,在细节的描摹上能充满民俗的气息,作品的"黎味"和浓浓的海南风情也就更为醇厚,这一切对很多作家而言是需要付出很多才能够达到的一种境界。

一部好的黎族作家文学作品,应该是民族的、开放的,也是世界的。他们需要在黎族色彩和时空架构下,以现代的意味阐述对现代生活的内心体验。他们的反思和自省应该是突出的,他们抒情的意象是海岛、热风,是独木皮鼓、黎族织锦,是藤编、是船型屋,山兰酒。作品中的话语流动的应该是充满热舞节奏和韵律的黎语情调,画面和情节则弥漫着黎族文化的氛围。黎族作家文学要在故事和意境、思考和探索中蕴含强烈的民族情感,单纯的汉字表达不能也不应该掩盖他们作品的民族性特征。对于黎族作家而言,始终在思考如何接纳汉民族乃至其他民族的长处来不断丰富自己的文学表现力,让黎族作家文学更具有民族性的鲜活力,使得民族性的血脉始终在文学作品中涓涓流淌和浸润着,并且能够用他民族文字来书写本民族的文学,实现民族认同的历史使命。

第四节 黎族作家文学创作若现若隐的症候

在社会大发展的视域下,黎族作家文学的创作如何避免和外民族作家创作的同质化?这个问题不是新问题,当龙敏的中篇小说

《黎乡月》出版时,一些读者和评论家就对小说题材的同质化提出了看法:黎族发生的,其他地方也在发生。黎族作家进行创作时还需要考虑到读者的阅读期待,还有作品本身的民族性等问题,往往在艺术技巧上有很大的削弱。例如在纯粹黎族生活题材的创作中,亚根的《婀娜多姿》《老铳·狗·女人》里的黎乡风光和黎族习俗,相较来说更像是一件漂亮的"外衣"。亚根在一次全国少数民族作家创作研讨班上的发言中谈到,通过学习交流,他认识到自己的作品存在三个方面的不足,一是结构意识不强,不能很好地安排事件的起因、发展,分不清情节的轻重和缓急;二是没有学会写细节,使小说陷入一种泛泛而谈的窘境;三是作品缺少悬念。① 亚根所说的这些是黎族作家在文学创作中的典型问题,这些问题在其他黎族作者的创作中也不同程度的存在。客观地讲,针对时下同题材作品的创作,黎族作家需要付出的更多,要想打造精品和更高审美格局也更难。

"在中国少数民族作家群中,黎族作家群的地域元素及特色较为鲜明。其族群与文化具有相对严密的封闭性与自主性。"② 但是,黎族作家民族性的身份认同,加之长期封闭的人文地理环境的潜移默化,以致黎族作家多多少少都在文学作品中表现出自主性症候带来的影响,以及由此对文学创作带来的迷茫和困惑感。黎族作者的这种自主性往往出现在文学作品对黎族传统文化的传承和展现方面。

---

① 参见石彦伟、赵晏彪《做中华多民族和谐盛世的记录者和传播者——全国少数民族作家"祖国颂"创作研讨班侧记》,中国作家网 http://www.chinawriter.com.cn。

② 郭蕤:《论黎族作家群在新世纪的崛起》,《民族文学研究》,2015年第2期,第157页。

以龙敏的《黎山魂》为例，作者在作品中运用了大量的历史资料展示黎族的民族性，当然这种展示作者是基于象征的意义，以此来折射出黎族人团结互助、诚实守信，以及勇敢善良的优良传统和不畏强暴、淳朴乐观，以及坚强刚毅的民族精神。龙敏作品的民族性表现尤为强烈，他用还原的笔法营造逼真的艺术表现，结合自己独特角度的思考，去引导、驱使读者去认识那些被掩盖了的、为人们所遗忘的黎族丰富的民族历史资料。正如龙敏在书的前言中说的："我不想让它们在无形中消失，决心把濒临失传的本民族风情介绍给读者"[1]。作家的本意是好的，但也正因为如此，作品中过于刻意的风俗铺展，不仅过于全面细致，而且内容繁杂，让作品在整体流畅性上出现卡顿，寥寥几笔可以描述的场景，因为需要展现这些习俗，甚至还要不厌其烦介绍一些来龙去脉，客观上使得"故事和人物所应该承载的民族生活内蕴一定程度上被掩没在繁杂的枝蔓中了"[2]。

而黎族作家大多属于60年代之后的群体，经历过"文革"之后的他们对黎族文化习俗和生活是有隔阂的，有些人甚至连黎语都不会讲。但在参与黎族民间文学的整理过程中，他们对已经被严重破坏的黎族文化生活，表现出一种强烈的怀念，他们奔走，他们呼唤，他们更用自己手中的笔来展现这些传统的、文化的东西。他们怀着浓浓的民族情结来创作作品，但格局没有上升到自觉层次，导致功利性痕迹过重，往往使得作品在对民族灵魂、民族精神的探究上不够深入，在作品艺术性和传承性功能发挥上产生不和谐，甚至矛盾，这是黎族作家在民族身份认同下出现的封闭性文化症候。而且较为

---

[1] 龙敏：《黎山魂》，南海出版公司，2002年版，第1页。
[2] 王海：《黎族长篇小说创作探析》，《民族文学研究》，2010年第4期，第36页。

普遍的现象是,作者把迷茫和困惑投射到作品人物中,读者的阅读也会受到影响,导致读者对作品的阅读理解深度不够。例如王海的《芭英》中出现的芭英母亲关于文身的困惑。再如黄仁轲的《最后一条筒裙》中母亲的困惑,在小说中,母亲以自己珍藏的筒裙述说着自己的不解:

"我这一生,织过无数条筒裙,除了自己穿,其他的都送给了别人,现在就只剩这么一条,原来要给你姐姐出嫁用的,可是她不喜欢。于是我把它留了下来,想给你哥娶媳妇当聘礼,可是你嫂子也不要。"

我们知道,一个民族区别于其他民族的显要标志之一就是各具特色的服饰。筒裙作为黎族女性的服饰,是黎族区别于其他民族的标志之一,同时也是其文化身份外显的物质形式。在母亲看来,筒裙这个珍藏之物,是自己一份深情和厚爱的延续,但送给自己的女儿女儿不要,送给儿媳妇儿媳妇也不要。这种对传统服饰筒裙难以割舍的心情,对于没有经过黎族传统文化熏陶的人来说,是很难理解的。而作者则通过"对母亲筒裙情节的聚焦,表现了年轻一代的生活与审美已汇入现代节奏,而母亲却怀着一份珍藏的筒裙晚辈不喜欢、送不出去的深深遗憾,这种遗憾里,有对民族身份模糊化的落寞和无奈之叹。"[1]龙敏在谈到"被同化"的问题时说:"这确实是一个严重的问题。我自己已经'被同化'了,因为从穿着和讲话

---

[1] 詹贤武:《黎族作家的文化乡愁与返乡之旅》,《海南大学学报》,2015年第4期,第112页。

方式来看，你很难看出我是黎族的。这是一种潮流，你抵挡不了。现在，很多黎族年轻人不唱黎歌，不穿黎族的服装，生活方式也完全变了。以前，还有很多年轻人唱黎族民歌，现在很少很少了。就是我们几个老人一起喝酒时唱一唱。这次你唱给我听，下次我唱给你听。但我们不必对这种现象悲观，不同的文化之间应该有交流，有交流就会有同化。当然，我们要保持住自己的个性，就是祖先留下来的优秀的文化遗产。"①

  黎族作家的文学创作还要警惕当前时代的一种文化症候，就是消费心态和贴标心理。以民族性跻身中国文坛确实具有得天独厚的优势，这个优势就是排他性和唯一性，黎族的很多文化习俗虽然有汉民族和其他少数民族融入的痕迹，但一旦定型成为固定程式后，就具有了黎族的唯一性标签。有些作品为了传承而没有灵魂的展现，为了表现作品的"黎"味，甚至将和情节推动毫无关联、又无任何寓意的黎族习俗风情都堆砌在字里行间，以此标榜黎族作家的身份。或许作者没有功利心——一定要借此打造和充实民族文学，但无形中降低了作品本身的艺术格调。在当下，消费型社会的基本形态已经对我们的文化产生了重要的影响，随着网络小说的火爆，这种文学短视消费心态也日趋见长。黎族作家群体需要耐住性子，在提高文学艺术表现上多下功夫，在传承传统文化内涵上多下功夫，让文学的民族性成为文学艺术张扬的个性，让艺术的魅力在民族精神的浸润下更显光彩夺人。

---

① 《"离开黎族，我就不是一个作家"——黎族当代作家访谈》，文艺报 2013 年 4 月 3 日第 5 版。

第五章

黎族作家的群体观念与艺术趋化

文学的发展始终与时代社会的发展有着密不可分的联系。新中国成立后，海南部分黎族聚居区域直接从原始公社制度跨入社会主义制度，实现了生产关系的极大飞跃；而黎族文学也从民间口头文学阶段逐渐孕育出属于本民族的作家文学，因此与其他作家群体相似，黎族作家文学的诞生同样有着鲜明的时代性特质。在中国新时期文学初期的复苏阶段，文艺领域的各个组织，如文联、作协、影协等陆续恢复；《收获》《当代》《花城》等大型文学刊物和省市所属的文学刊物，如雨后春笋般开始恢复出版，更有很多省市所属的刊物开始创刊。到1980年，仅省级以上的文学刊物就超过了200余种，为新时期的文学发展提供了新的阵地。

海南本土文学杂志《五指山》，作为黎族作家文学诞生的摇篮，于1978年正式出刊。《五指山》最初名为《五指山文艺》，是以"内部刊物"的形式发行，1980年12月更名，面向广东全省发行。虽然基于海南建省的体制原因使之一度停刊，但作为黎族作家文学创作的主要平台，《五指山》在培养黎族作家人才，推进黎族文学发展方面有着举足轻重的历史作用。2013年8月，《五指山》杂志在五指山市正式复刊，与其他地方文学刊物一样，重新承担起新时期国家对于地方文化整合的任务，一如既往地发挥自身鲜明的民族文化特性。

第一节　黎族作家群体诞生的时代性特质

　　黎族作家文学诞生于20世纪70年代中后期至80年代初，此时"文化大革命"刚结束，在思想解放的浪潮中，新时期文学担任了为社会思潮拨乱反正的先锋，亟须在彻底批判以往的文化专制主义的同时，重新建立新的文艺体制。

　　相较汉族的现代作家文学，黎族作家文学的发展几乎是一开始就处于固化的语境当中。黎族作家没有经历新文化运动的争辩，也缺乏文化精英所倡导的"五四"启蒙文学的传统，他们所拥有的创作资源几乎都源自黎族民间口头文学和汉族作家文学。另外，由于黎文未得到很好的推广和使用，以致一批以汉字进行写作的黎族作家对汉族文学创作进行亦步亦趋的模仿，其创作无论从主观还是客观上都显示出与中国文坛主流文学思潮的趋同。其中，较为典型的即是对"农村——乡土"题材的文学作品创作。

　　在漫长的封建历史时期，中国是以农耕为主的农业国，自"五四"新文化运动兴起，农村和农民就成为各类文学体裁所描写的对象。在中国现当代文学史中，"乡土文学"的概念由来已久，而"农村"题材的小说也屡见不鲜，但关于二者之间联系与区别的探讨却延续至今。乡土小说流派由鲁迅开创，对中国早期白话文小说的成熟和发展有着重要的意义。在打破旧有的封建文学传统,创立属于新时期的新文学审美观念时,故乡和土地永远是作家精神的归宿。周作人认为:"……因为无论如何说法,人总是'地之子',不能离地而生活,所以忠于地可以说是人生的正当的道路。现在的人太喜欢凌空的生活,生活在美丽而空虚的理论里,正如以前在道学古文里一般,这是极可惜的,须得跳到地面上来,把土气息、泥滋味透过了他的脉搏,表现在文学上,这才是真实的思想与文艺。"①

可以说,对土地的热爱,对故乡的眷念,几乎是所有民族作家文学创作的根基,黎族作家的文学创作中同样不例外。无论是龙敏的短篇小说《共饮一江水》《卖芒果》《年头夜雨》、符玉珍的散文《年饭》、亚根的散文《山中月色》等作品,几乎都聚焦于海南黎乡的农村,有着浓郁的乡土人文气息。但严格来说,此时的黎族作家所创作的作品并不能完全归类于"乡土文学"的范畴中。有研究者曾提出早期黎族作家创作的缺陷:过度描写政治口号,对黎族的风俗文化的书写缺少以本土为根本的联系,只单纯地表达出时代发展对民族历史的表层影响,而非深入民族精神内核。关于"乡土文学",茅盾曾做过评述:"我以为单有了特殊的风土人情的描写,只不过像是看一幅异域的图画,虽能引起我们的惊异,然而给我们的,只是好奇心的餍足。因此在特殊的风土人情而外,应当还有普遍性的于我们共同的对于运命的挣扎。一个只有游历家的眼光的作者,往往只能给我们以前者;必须是一个具有一定世界观与人生观的作

---

① 周作人:《地方与文艺》,《周作人自编文集·谈龙集》,第10-13页,河北教育出版社,2002年。

者，方能把后者作为主要的一点而给与了我们"①。

在茅盾看来，一个民族面对新的时代转型时，对于作为农村的故乡，对乡土的想象，不应只用"游历家的眼光"仅仅提供一些在其他人看来"特殊的风土人情"，而应涉及时代的冲击对民族固有心理的碰撞。在鲁迅的乡土文学创作中，其创作核心之一为"乡愁"。这种"乡愁"有着丰富的思想内涵：一方面来自鲁迅对故乡即将消失的人事物的留恋和伤感；另一方面则源于现代理性人文观念烛照下对停滞落后的宗法社会的感叹，更有对故乡人身上国民劣根性怒其不争的悲哀。显然，在黎族作家的早期创作中很难看到这样的时代特质，也就无法定义其作品为"乡土文学"。"农村题材小说"起源于20世纪30年代左翼文学对乡土文学走向的时代把握，其重点开始由文化批判转变为阶级批判，并最终在赵树理"山药蛋派"的小说创作中达到一个高潮。在赵树理的小说中，农村社会一改20年代乡土小说中沉闷凝滞的氛围，成了时代特质之"变"的主体。小说描述了时代转型时期农村社会经济、政治、文化等各方面的变革，紧跟政治潮流走向，展示出欣欣向荣的新时代农村生活图景，给新中国成立后的农村题材小说创作带来巨大的影响，一度让农村题材小说成为社会主义革命的编年史。与高度政治化相对应的是，尽管小说仍然以农村为舞台，但是地域的风土人情已经成了背景的装饰物，丢弃了对风土人情的展示，使农村和农民的生活成为政治背景，而非关注的焦点，这是农村题材小说与乡土小说最为深刻的区别。因此在文本特征上，早期的黎族作家作品更多地趋近于"农村题材

---

① 茅盾：《关于乡土文学》，《茅盾全集》第21卷，第89页，人民文学出版社，1991年。

小说"。

  黎族作家群在诞生初期，正是"伤痕文学"影响最为深刻的时期。大部分知青上山下乡的生活经历，使农村题材小说在新时期文学初期占有相当的比例。而且大多数黎族作家是 50 后、60 后，他们对原始的民族文化及生活基本上是隔阂的。具有时代敏感性的首批黎族作家在创作时，难免受到这一时期创作风格和创作手法的影响，加之黎族文化在当时的经济建设及政治运动中遭受到严重的破坏，以致此时的黎族作家文学难以触及民族文化精髓以及民族文化心理的本质。

  但是这个群体以及作品的出现是黎族文学走向作家文学的一个标志、一个突破。正如王海在中国当代少数民族文学研究会第 12 届年会暨黎族文学研讨会发言时所说的那样，"显示出黎族作家文学已经进入一个新的历史发展阶段。"[①]

  随着时代的发展，越来越多的黎族作家已经接受了高等教育，有了更为开阔的视野。在与其他民族甚至异国文化的碰撞中，民族自觉的意识在其创作中有了更鲜明的体现。以王海为代表的黎族文学评论家更以挖掘黎族民族精神内核为己任，创作了一系列以探讨时代转型时期黎族农民的心理变化为主题的小说，以审视的眼光重构黎族民间风俗的历史意义，很大程度上摆脱了黎族作家文学政治传声筒的处境，为黎族作家文学的发展做出重要贡献。

[①] 王海：《成绩与问题》，在海南三亚"中国当代少数民族文学研究会第 12 届年会暨黎族文学研讨会"上的发言。2014 年 7 月 27 日。

第二节　黎族作家群体自觉肩负的文化传承性诉求

黎族先民的迁徙为海南岛带来了古百越文化，在开发海岛的过程中，逐渐形成了具有地域特色和民族特色的黎族文化。

一是传承性与多样性。在黎族文化的发展脉络中，百越文化最为丰富多彩，发展脉络也比较清晰。海南岛地处华南和东南亚地区的中心，两种文明在此交汇，黎族文化不仅受到我国南方远古文化的洗礼，也不同程度沾染了东南亚远古文化的气息，黎族文化多样性由此而来。从纵向上来看，黎族文化历史悠久，深邃古老；横向上看，由于空间区域的宽广，体现出多元、丰富、融合的特点。

二是缓慢性与不均衡性。由于所处的地域和历史原因，黎族经历了数次迁移，从海南岛的北部区域不断向岛南和岛中部迁徙。在明清时代，海南岛的民族分布格局就已经固定，汉族居民主要分布在海南岛的周边和北部，而黎族和其他族居民主要分布在海南岛的中部、南部以及环岛周边小部分地区，这种格局的分布，不仅对黎族的社会经济产生了重大影响，也促进了黎族历史文化的繁荣与发展。和汉族相比较，黎族的社会化进程非常缓慢，一部分黎族同胞直到新中国成立前夕，还是处于半原始半封建化状态。在黎族社会内部，由于自然原因和社会原因的差异，导致社会经济文化发展也有很大的差别。比如在黎族和汉族交汇的区域（三亚、万宁、儋州等市县以及乐东、东方、昌江、白沙、保亭）等市县的部分地区，封建自然经济已经根深蒂固。"位于山区地方的琼中、白沙、乐东、昌江、东方、保亭等市县的大部分地区仍然具有原始社会经济残留,而位于原白沙、保亭、乐东三县交界则还属于原始社会父系氏族公社的'合亩'制经济。"[1] 黎族在同一个区拥有三种社会经济形态,这种情况与其他少数民族相比,是极其罕见的。社会经济的不均衡势必会导致历史文化发展的不均衡,黎族文化发展也因此呈现出多元化、不均衡化、缓慢化等特点。

俗话说,一方水土一方人,地域的自然资源决定了当地人的生存方式,是铸造当地民族精神的根本。黎族的山山水水,自然风物,都在黎族作家的作品中有所体现。其中作家、文学评论家王海的经历和创作最为典型。他虽是黎族人,却生在内地长在内地,可以说对黎族习俗和生活习惯并不熟悉,但他自己对黎族身份的心理认同,驱使他有责任、有义务去进行黎族传统文化的传承,可以说是一种民族的情结,也是他内心深处早已扎根的民族心理的驱动。我们知道,文化适应具有一定的情境依赖性,而文化认同则是个体对于所属文化以及文化群体内化并产生的。早期的黎族作家们虽然出生于20世纪50、60年代,由于历史的原因,黎族传统文化被大肆破坏,这个群体严格上说并没有继承到黎族传统文化,但是他们对源文化高度认同,使得他们希望和自己的文化根源重新联系,所以他们会积极探寻自己的文化根源。他们自觉参与黎族民间文学的收集行为就很好地说明了这一点。他们周围虽然没有此类文化群体可以参照,但是他们会强烈认同祖先的文化。

作为少数民族作家群体,由于一直以来处于相对的文化弱势地

---

[1] 韩伯泉、郭小东. 黎族民间文学概说 [M]. 广东民族学院民族 研究所. 1984. (19).

位，黎族作家更鲜明地体会到了全球化浪潮以及现代性思想冲击所引发的焦虑，对于本民族的文化传承的强烈诉求多方面地体现在他们的文学活动中。他们亲力亲为，前往黎族乡村，将口耳相传的黎族民间文学以文字的形式加以保存，整理出《吞挑峒》《巴定》《甘工鸟》等一批黎族优秀的民间长诗；在文学创作中追溯、展示曾经的民族文化记忆，创作出《远去的船型屋》《最后的一条筒裙》《消失的闺隆》等散文作品；更有以王海为代表的，有着鲜明的民族自觉的作家以文学批评的方式，向黎族文坛、向中国文坛强调传承民族文化的重要性。

黎族作家群体的新生力量则对传承民族文化有着自己更为深刻的解读。80后作家李其文是黎族新生代作家之一，他创作的《风吹唢呐声》是一部有魔幻现实主义色彩的短篇小说。小说风格颇为独特，全篇以全村看电影这一事件为故事情节，以一个依山傍水的海南乡村为舞台，表现村民们的生活状态。文中充满了"死亡"的意象，环绕着村子的山上布满坟墓，河水边流传着淹死女人的传说。特别是主要人物瞎子冲，他是给人做法事的唢呐手，擅长吹"死人曲"，以致吹别的乐曲会越来越接近"死人曲"，"有时候他是不自觉地，但不排除故意的成分"。

死亡是文学永恒的主题之一，但在审美创作活动中，对死亡的描述从来都伴随着"向死而生"的希冀。在李其文的文学创作中，对民族文化传承的诉求一直都非常鲜明。小说中，村民们对待死亡是矛盾的：一方面，他们惧怕死亡，厌恶唢呐手瞎子冲吹"死人曲"；另一方面又选择性地遗忘放电影的浅水滩曾淹死过几个年轻的女子，又为在幕布上"亲眼目睹"一场战争带来的血肉横飞的死亡感到光荣。黎族有崇拜"祖先鬼"的文化传统,他们深信死去的先辈以灵魂的形式依旧留存于世,并影响活着的人,始终对死亡充满了敬畏。而现代的影视作品往往以暴力血腥的画面吸引观众的眼球,死亡的传统意义被消解,成为娱乐大众的刺激性元素。显然在文本中,传统和现代对待"死亡"的两种态度形成了鲜明的对立。然而,除了瞎子冲和老人,村里所有人都去看电影,"整个村子好像被掏空了,被洗劫了一般"。村子被"掏空",暗示古老的黎村民间秩序被现代性生活方式所打破,对死亡敬畏的传统逐渐为人们所抛弃。在黎族民间风俗中,法事的仪式是活人和死人交流互动的重要渠道。作为一个长期以口耳相传的方式传承历史记忆的民族,法事的仪式在文本中几乎成为黎族文化传承的象征。"瞎子冲已经记不清他给多少死人吹过唢呐,但他每次吹唢呐时都面无表情。用他自己的话来说那是对死亡的敬畏,对死人的哀悼,对死者家属的同情",显然瞎子冲并不是把吹唢呐当作一个补贴家用的渠道,而是认真地将其作为一种与故人、与祖先对话的方式。他不理会妻子的不理解,也不在意村里人的嘲弄,相信儿子在山中看见死去的故人的说法,坚定地吹着自己的唢呐。他吹的唢呐声,"最后跌落尘土,与棺木同腐,与莽草同长"。唯有敬畏死亡,才能尊重生命,才能在生生不息的循环往复的传承中理解世间万物,这正是黎族民间"万物有灵"的原始宗教内核。李其文用"死人曲"的唢呐来暗示传承民族文化传承的诉求,将生命的生与死和文化传承有机结合起来,给人以无限的审美想象空间。

当然,总体上看,黎族作家群体在表现民族意识方面,都有着自己的风格,都能较好地进行思考和研究,较好地把握住民族精神的流向，体现黎族的民族意识和民族精神，反映黎族人民在新时期的生活风貌。但是，对于土生土长的黎族作家而言，文化传承性的诉求，特别是新时代情境下的文化变迁对黎族原已形成的社会心理系统造成了巨大的冲击，致使他们在经济交往、社会交往和价值观念等方面进行了一系列的调整，在多元化的社会生活大背景下，如何进一步提炼生活、如何提高自己的文化素质和艺术修养，就成了极为紧迫的问题。

第三节　黎族作家文学创作艺术趋化
——强烈的主体张力

虽然人文地域的隔绝，让黎族作家从一开始就显得骨力不足，而褊狭的视野，往往致使作家对生活的把握无法深入进去，有的甚至跟不上现代社会发展的步伐。但是黎族作家在多元化文化的融合中，在传承民族文化的情结下，大多仍保持了较为独特的现实批判视角，在展示黎族社会生活发展变迁的同时，主动进行自我反省，这种反省有的是深层的思考和探究，有的则表现为迷茫和困惑。一方面浓郁的民族情怀使得他们自觉担起传播传统文化的历史使命，另一方面独立的人格精神，又让他们不断进行自我改造，这种对外部环境和个体精神进行双重否定的态度，表现为文学创作上一种强烈的主体张力。不得不说这种主体的张力源于黎族文化传统的长期积淀，是民族基因的烙印。在此，我们有必要对黎族自然人文环境的人格化张力进行简单探讨。

第五章 黎族作家的群体观念与艺术趋化

一、山的文化：记忆和开拓

海南岛地形为四周地平，中部山岭高耸，以五指山等山地为核心，约有一半左右的土著黎族人民生活在中部山区。从原始社会开始，他们就以刀耕火种的方式在大山中顽强地拓荒开垦，生存发展，繁衍生息，因而在黎族作家的创作中，雄奇壮美的大山往往是黎族人民开拓精神的象征。

五指山位于海南岛中南部腹地，因拥有岛上最高的山峰五指山而得名，古称通什峒，"通什"是黎语的汉字海南话译写，读 tōng dā（海南话读音），黎语中"通什"指的是"一大片田地"的意思。五指山自古以来便是黎族聚居区，黎族民间有无数关于它的神话传说。龙敏在散文《黎族先祖拓荒地：上满》中，以雄健古朴的笔力描述了古代黎族人民在五指山地区创业的壮阔历史："古老而雄伟的五指山像一位超级巨人，朝夕俯瞰着神奇亘古的上满原野。古的山、古的水、古的岩、古的木、古的道、古的藤、古的藓……这里的一切充满着原始古韵，古得稀奇、古得怪异，是一片亘古的净土，是黎族祖先拓荒之地——水满上村遗址"。作者并没有亲眼见过黎族先祖刀耕火种的拓荒场景，但是并不妨碍他把黎族的民族集体记忆和水满村遗址历史遗留景象结合起来，用文字还原成一幕幕鲜活生动的史前黎族人民的拓荒场景，并想象先祖们在面对大山恩赐时的欣喜和满足，在面对饥饿疾病时的困窘和苦痛；想象他们在竹竿和木叶中的欢愉和情爱，想象他们祭祀祖先时的虔诚和希冀。在龙敏的笔下，海南岛的大山与黎族先祖的喜怒哀乐生生死死紧密地联系在

121

一起，铸造了黎族民族精神的根基。

在金戈的作品中，大山依旧持续孕育培养着现代黎族人的开拓精神。七仙岭位于海南保亭黎族苗族自治县，因有七座山峰并肩而立，像七位窈窕端庄的仙女身披薄纱伫立于云雾之中而得名，是海南省名山之一。金戈在散文《七仙岭我家的后花园》详细记述了"我"在七仙岭成长生活的人生经历。在开篇，作者就自得地表示："七仙岭是我家的后花园"，当地居民主人翁的从容心态溢于言表。

  七仙岭风光秀丽，热带原始森林，古木参天，碧波万顷。七座"苗条"的石峰并肩而立，富有女性的柔美与娟秀，有别于泰山的雄伟壮丽。山腰上云雾缭绕，群峰间云絮飘飞，暮霭涌动。山中宁静幽远，绿意盎然，赏心悦目，心旷神怡。

长短句错落有致的文字细致地描述了七仙岭秀逸的自然风光以及独特的南国风情。虽然七仙岭山势险峻，但"我"从小就和同学们一起在尚未开发、还没有路的情况下，频繁穿梭在倾斜的石壁间，顶着山风和潮寒登上峰顶，上中学后，我更是频繁登山，七座山岭大部分"都留下我的足迹"。

在金戈的笔下，登山不仅是一种野外活动，一种自我存在的证明，更是与大自然亲密接触的最佳方式："狭小的峰顶虽不平坦，但绿草和灌木倒葱茏。风吹来，草木轻摇，躺在其间，仰望蓝天白云，倾听风声，真是惬意。对于我，是一种享受"。常年在七仙岭学习工作生活，这个"后花园"已成为"我"灵魂的归宿："假有心浮气躁、心神不宁，可捧几捧清泉泼在脸上，顿时神清气爽、心静如水了,心底也如同这幽静的森林一样一尘不染。"显然,在作者笔下,"我"的存在已经和七仙岭的自然风情融为一体,"我"感受着七仙岭的美好,享受着七仙岭物产的恩赐,而七仙岭也在潜移默化地影响着"我"的审美价值取向,塑造着"我"作为黎乡人的精神情感风貌。

黎族人民的历史,几乎就是一部在大山中开发的历史,叶传雄的《矿山听声》以"听觉"为主要感受方式的新鲜的角度,描述了黎族人民在工业化时代于深山中生产的壮阔场景,并予以欢欣鼓舞的赞美:"这矿山之声,正是矿山之魂啊!"然而随着时代的进一步发展,人们越来越意识到过度开发给自然环境带来的压力与破坏,环境保护的理念逐渐成为黎族作家创作以山为主题的文学作品时的中心思想之一。龙敏曾忧心忡忡地在《黎族先祖拓荒地:上满》中写道:

> 一天,有几位衣着朴素的戴眼镜者,带着设备和仪器,风尘仆仆地沿着古道来到上满原野。先是对这个充满诗情画意的境界大肆赞叹一番。然后,用仪器测测量量,比比划划,吵吵嚷嚷,仿佛是把现代的钢铁与水泥强加到这里亘古的上满原野来。禽兽们惊讶得目瞪口呆,生怕捣毁它们天然天成的安乐窝。山民们也不解地问道:"要干嘛不能撕毁它的自然娇美的容颜,求求你们!"眼镜们回答:"不!决不!我们只是拂去蒙在它面容上的时光尘埃,让它更加璀璨亮丽。我们要秉承古上满人的意愿,将千年的黎族历史文化浓缩在这块亘古神奇的原野上。"
>
> 山民们只能说,但愿如此……

时代在发展，黎族人民与山的关系也在不断发展进化，从最初的刀耕火种的自然开发，到身心与精神风貌都被山感染被山同化，到依靠发达的工业文明加大向山的索取，直至进一步理解山，保护山，真正实现人与自然的和谐发展。黎族作家笔下黎族人民与山的独特历史，从一个侧面生动地展示了黎族人民生活发展的时代轨迹。

二、水的文化：生机和净化

水是人类文明发源的基础，每一个古老的人类文明都是与江河湖海紧密地联系在一起。海南岛地处南海，岛上有154条河流奔腾入海，淡水资源和海水资源都十分丰富。黎族人民生活在海南岛上，终年感受南海的风浪洗礼，自然也创造出一份富有地域民族风情的"山水文化"。

羊许云《最美不过家乡水》记述了一条流入海南岛三大河流之一昌化江的无名小溪，细致描绘了溪边一年四季充满勃勃生机的风景，赞颂溪水拥有如"母亲博大的情怀"，无怨无悔地给予黎家人生活所需的资源，"是水给这片土地带来了生机和灵性"，"家乡的水总是那么的清澈甘甜，令长年奔波在外的游子们梦绕魂牵。缠缠绵绵的家乡水哟，无论我身在何方，你总是温情脉脉地流过我的心扉，在我的心目中，你永远是那么的清纯，那么的壮美！"

在黎族的原始宗教认知中，水不仅孕育生命，更能对人类的灵魂实现净化，能达到驱除恶鬼的目的。在黎族作家的审美想象中，黎家人在现代社会遇到的疑惑和困难，通常可以在以"水"为象征代表的民族文化中得到净化和抚慰。王艺的小说《纯心浴》开篇介绍了海边一个村寨的习俗，"青年男女结婚的那天，新娘、新郎必须在送嫁伴娘和寨里所有的小伙子的伴陪下，到海湾去洗澡，举行'纯心浴'的黎家婚嫁仪式。意思是，结婚的人，要把自已婚前所有不纯洁的信念洗掉，去莠存良，使自己从结婚那天起，真正成为一个正直善良，心灵纯洁的人"。

《纯心浴》中的果芬是一位美丽好强的黎家少女，她向往城市生活，考上技工学校后在陶瓷厂当工人，是家人的骄傲。然而，因为一次生产事故被误认为是责任的承担者，加上拒绝厂长的不怀好意的要求，果芬被厂里开除，被迫回到家乡，遭到村里人的猜疑和母亲的抱怨。多重打击让果芬情绪低落，甚至改变了对社会和人生的看法："真正为别人的人是不存在的，……她觉得社会上的人在变，变得很自私，变得不纯洁了"；甚至"连原来她认为最美好的黎寨，也变得不美好了，最善良、最纯洁的寨里的人，也不那么纯洁了"。在好友芝秀和爱人打山的开导和鼓励下，果芬在寨前的海湾边感受海风的吹拂和海浪的涛声间，意识到"大海并不是为了得到才去爱"，真正领悟到"纯洁"的真意：无论遇到怎样的困难和挫折，都必须不变初心，保持奉献的精神。果芬决心留在家乡，和打山一起为家乡的发展贡献自己的力量。结尾，果芬和打山在婚礼上手捧鲜花进行"纯心浴"的仪式，显然是黎族传统美德在市场经济时代的回归，表达了作者王艺对新时期黎族社会现状的思考，对黎族传统精神文化的期许和信心。

小说《海湾》中，作者谢来龙在题记中对黎乡海湾深情地描述：

>它从不因为哪一期的潮汛肆忌而拒绝接纳，也从不因为哪

一期的潮汐迟来而放弃等待,就连那小鱼、小虾和流落的贝壳,都一视同仁,统统揽到怀里,尽心的呵护。它让每一个心情充满了期待。

在谢来龙的审美关照中,海湾已经成为包容博爱的象征,所有的生命理想都能在海湾中找到归宿。

三、物产文化:生命和进取

海南所特有的丰富物产,如芒果(龙敏《卖芒果》)、榕树(苏文殷《山崖上的榕树》)、木棉(马仲川《深山木棉红似火》)、山兰(董元培《山兰熟了》)、荔枝(王海《五指山上有颗红荔枝》)等等都在黎族作家作品中有着广泛的描述。

榕树是南方常见乔木,因其枝叶茂密,无论冬夏都绿叶长青,在湿热的环境中生命力顽强,时有独木成林的壮丽景观,常常被人们赋予开拓进取、奋发向上的精神象征。在苏文殷的审美世界里,从岩石缝隙中努力生长的榕树幼苗更有着迎难而上的坚韧品质,甚至成为"我"心灵的寄托和前行的动力:

> ……在一块嶙峋的岩石下面,冒出一棵不很大的榕树。也许是一棵被鸟衔落在悬崖下的榕子萌芽长成的吧。它冲开岩石的挤压,勇猛向上,下枝被挤弯了,但露出岩石上的枝干却依然笔直向上。它使我感到慰藉。以前,我总想:当生活中遇上坎坷时,就会使人失去对明天的美好寄托,更甚者,就会使人

失去少年时代那色彩斑斓的梦!过去想象的奋斗目标只能成为一片没有生机的枯木。现在,当我注视着这棵不屈的幼苗时,心里却要说,那些悲叹不过是弱者的哀怨罢了。我徘徊在没有路径的山坡上,静听林涛的长吟,流露出一种怄恨和伤感。

哦,榕树。我骤然感到它是如此异常熟悉和亲切,它曾引导我从愚惰中挣脱出来,隐藏着我少年时代多少痴迷的梦啊!它又继续给我新的幻想和憧憬未来的勇气。

木棉同样是一种生命力顽强的热带及亚热带地区大乔木,它耐干旱,根系深扎土地中,抗风力强,再加上树形高大,颇具阳刚之美,自古以来就被称为"英雄树"。马仲川深情地将木棉和黎族民族英雄王国兴联系在一起,将它当作老一辈人民族气节和家国精神的象征:

我们黎家有一首老歌谣唱道:"木棉树哎英雄树,木棉花开英雄来;英雄就是亻赤大军,救赤黎家出苦海!"这歌谣唱了整整半个世纪!我们黎家把木棉树称为英雄树,我曾为之困惑过,我请教我的父辈。父辈们说,木棉树长得高大挺拔,一心向上,那红红的花,就是英雄流的鲜血。我听后相信了。因为这里边没有丝毫的牵强附会,没有半点的矫揉造作,有的是感悟,一种形似神似、情真意切的感悟。

海南地域自然环境是黎族作家在创作中的重要表现内容,不仅表现出黎族作家创作鲜明的地域特征,展示出独特的民族风情,更是黎族作家创作的灵感来源和情感归宿，是黎族文学的物质和精神双重意义上的根基。据此，黎族作家们以对环境变迁的评判和审视，来内省自己的精神世界，在融入社会发展主流的"当代性"下，进行传统文化的展现和传承。其中最具代表性的作家当属龙敏和王海两位作家。

龙敏怀着浓厚的民族情怀，一头扎进了黎族作家的行列，他汲取黎族民间文学中的养分，不断迸发出创作的灵感。他更是用"猎人的眼睛"，紧盯时代步伐，在对外部环境变迁的描绘中，探究黎族自有的精神和内核。或许成才的经历让他多了对传统的顾忌，或许创作的灵感来自对自我内心世界的否定。他创作的短篇小说诸如《青山情》《老蟹公》《卖芒果》《年头夜雨》《忏悔》等，虽然都取材黎族生活但所反映的却是时代变迁下的新时期黎族的新人、新事、新风尚。

例如《卖芒果》，原来以物换物、以草结计算的黎族，在商品经济的冲击下，出现了商品交换的形式。再如《老蟹公》里，我们看到了黎寨实行联产承包责任制的兴旺景象，看到了黎族人民传统的勤劳、朴实、忠厚、善良的品质，在社会生活中，在青年一代身上的"返归"。在龙敏的小说中，我们仿佛听到了黎族农民的"脚步声、扁担的摩擦声，有节奏地震动着沉睡的山洼和丛林"，我们仿佛看到了他从黎族神奇瑰丽的传统故事中汲取精华，在色彩缤纷的民族生活中掇取生活的浪花。[①]

另一位黎族作家的代表王海则是注重将笔触伸向更广阔的生活

[①] 刑植朝，《黎族文学总体观》，民族文学研究，1988年第4期，第68页。

第五章 黎族作家的群体观念与艺术趋化

领域,在现实生活的感悟中不断追求自身的哲理性思考。以他的《五指山上有颗红荔枝》为例,小说形象地反映了黎族响应政府号召在破除旧习惯之后,迎接新生活的情形。针对黎家的一些旧习俗,小说进行了新的拓展。例如黎族女人出嫁后,一旦丈夫逝世,特别是没有生育的妇女,得回到娘家去,不能留在夫家。作品中所描写的米雅婆,十六岁当了后娘之后,含辛茹苦把养子带大,但丈夫的突然去世,使得米雅婆必须按黎族的习惯,离开生活了几十年的小村寨,离开她哺育长大的儿子和贤惠孝顺的儿媳妇,离开可爱的孙子。小说这时候让米雅婆的儿子作为抗争者出场,他以和旧习俗决裂的姿态进行斗争,经过努力,终于战胜陋习偏见,让米雅婆留在自己的身边:

......

她从小就听人说过,五指山的第二峰顶,有一棵又高又大的荔枝树,每年都会结出一颗又大又甜的红荔枝。这颗红荔枝,年轻人吃了能够增长智慧,老年人吃了能够消灾解难,一世平安。但是,这颗红荔枝非寻常之人能够采摘得到,据说只有在梦中经过五指山大仙指点过的人才能找到它。米雅婆一直等待着,可这个梦始终没有来。

......

这真像是做梦,可又实实在在不是梦!米雅婆明白了,她毫不怀疑,一定是她在那次病中昏睡的日子里,她的梦魂上过五指山,吃过那颗红荔枝……

从作品中我们不但看到王海对传统文化有选择性地加以弘扬，例如黎族敬老爱幼的传统美德；这种选择性是主体意识的体现，是作者文化自觉意识的自省，作为主体张力的落脚之处则在于王海借助作品表达出一种民族性的传承要破除旧有陋习的思想觉醒。

此外，在王海的其他反映新时期黎族社会生活的作品中，我们还看到民族意识与当代意识的交融。如《月光照在小路上》写的是黎族青年男女的婚姻恋爱观的变化。按传统观念，黎族姑娘心目中最俊美的男子是猎手，但是时代变了，新的科学知识传授到农村，新的信息打开了黎族村寨的封闭的窗户，于是姑娘们便有了新的要求，她们要求自己的情人要有科学文化知识，事业上也应有所长进，所以形成旧的民族意识与当代意识的矛盾冲突。在生活实践中，她们终于抛弃了旧的民族意识，选择了进取心强、肯把学到的知识为农村的生产实践服务的回乡知青。而原来的猎手也被新的思想所感染，从而下决心向他（她）们学习。总之，在王海的行文中，人们会看到这个有着黎族血统而长期居住在城市的黎族作家，他总是以自己本民族的眼光来看自己民族的发展，用自己的情感和审美心理来描写本民族的人物，以及他们在新时期的心态变化和观念更新。

第四节　黎族作家文学创作艺术趋化

——鲜明的本土色彩

进入二十一世纪后，黎族文学在创作上和理论上都有了长足的发展，以王海为代表的黎族作家们对本民族的写作定位有了更深刻的认识。黎族作家们在逐渐地摆脱对汉族文学创作单方面的模仿，努力从黎族传统文化中发掘出能够给予其他民族以积极影响的精神资源。

王海的《从远古走向现代——黎族文化与黎族文学》中提道："在环境危机、人口危机、粮食危机、能源危机之后，人类遭遇了更可怕的伦理危机：美国"9·11"事件、巴以冲突与中东战争、俄罗斯人质事件……战争阴云和恐怖事件一再向世界表明，伦理的底线丧失，人类正抛弃来自远古先辈的训诫，无情地自相残杀，比起物质世界的危机，人类精神世界的危机愈加可怕！"① 王海认同著名社会学家费孝通先生的观点，认为中华民族作为世界上唯一延续下来的文明古国，传承千年的中华文化中定有许多特有的东西，对帮助人类应对现代化中的危机能起到关键性作用，解决许多根源性的难题。同时，王海从黎族文化的独特性以及作为中华民族文化组成部分的同构性出发，认为黎族文化也具有能够提供给未来人类解决现代伦理危机的优秀文化资源，并给出了路标："路标一：自然亲和力。路标二：心灵敬畏感。路标三：男女和谐度。路标四：多元的图腾文化。路标五：黎族神话与长诗。路标六：黎锦创作的个性化。"②

值得注意的是，随着黎族作家群体的不断壮大，黎族文学创作的不断丰富，我们在许多黎族作家的文学创作中，都能够看到他们对发掘黎族文化精华，以及丰富中国文学创作主题与文化内涵的努力，其中，又以符永进的创作最有代表性。符永进不断反思并努力

---

① 王海、江冰：《从远古走向现代》，华南理工大学出版社，2004年，第4页。
② 同上，第5页、第6页。

摆脱汉族文化的同化影响，试图以黎族传统文化来丰富中国文学的创作主题与文化内涵。

以符永进创作的《天命人情》为例，这部短篇小说在2013年获得了中国小说学会"中国当代小说奖"。故事发生在抗日战争时期，以海南岛西边汉族聚居的村落金豹村遭遇瘟疫的事件为背景，以金豹村保长女儿茵麦四处寻求救援为线索，展开了一幅海南岛不同民族人民之间绝境求生的人间画卷。茵麦所生活的金豹村是被日军占领的汉民族聚居村，虽然在民国初期，因为出了几个地方官员而有了称霸一方的势力，但是在日军压倒性的武力优势面前，仍不得不畏首畏尾，以讨好侵略者换取一时的苟安。然而突发的瘟疫打破了金豹村人原本相对安逸的生活。一开始，保长莫总尕还自持曾经给日本人"开路"，与汉奸翻译以及日军随军医生很熟悉，相信以双方所谓的"互惠互利"关系能得到日本人的帮助，然而日军不但没有给予应有的医疗救治，还对金豹村进行了残酷的封锁。

现实毫不留情地打碎了莫总尕的幻想，在给女儿茵麦指明家里财产的所藏地之后，他悲痛地掩埋了自己的妻子，和惊惶不安的村民一起，万念俱灰地面对死亡的降临。被父母宠爱着长大的独生女茵麦在家破人亡的现实面前，饱受悲痛和恐惧的折磨，"这一切差点儿把她吓疯了"，但强烈的求生欲望促使茵麦鼓起勇气，按照父亲的遗嘱去寻求救援。最初茵麦想到与自己定有婚约的邻村财主之子阿元，然而令她大失所望的是，阿元丝毫不顾二人交往的情谊，把曾经的海誓山盟抛诸脑后，以茵麦可能感染瘟疫带来灭村的灾难为理由，不仅用枪威逼着茵麦将她赶走，还让人给日军通风报信茵麦的出逃。

茵麦在绝望之余，却也变得更加坚强，她按照父亲的遗嘱，去找与父亲相识的黎族首领帕圣。经历千难万险后,在帕圣之子芭稳的帮助下,茵麦不但得到了救助,更为黎族人民积极应对瘟疫,乐观面对灾难的精神所感染,对战胜瘟疫改变命运充满了信心,并在第二天脱去汉族服装,穿上黎族衣裙,以表明自己对黎族民族精神的认可和接受。小说中,不同社会阶级和民族对待瘟疫的不同态度形成了鲜明的对比。金豹村因为村里曾经出过几个民国时期的官员而飞扬跋扈,欺压周围的村庄,霸占各种农业资源,对反抗的村民进行打击报复,惹得周围的村寨痛骂他们是"黑豹村",并对金豹村进行诅咒。

但是,在瘟疫面前,金豹村引以为傲的地位和资源对他们没有任何帮助,不仅被巴结的日军封锁,还被周围的汉族聚居村落视为不详而遭到驱赶和背叛。茵麦以及金豹村的遭遇暴露了唯利是图的社会风气的弊端:在强权压迫和有利可图的情况下,的确能获得更多的资源,但是建立在相互利用基础上的合作关系显然是不堪一击的。日军和金豹村保长莫总尕的"合作"是出于殖民统治的需要,阿元对茵麦的虚情假意是对金豹村势力的觊觎,因此一旦瘟疫爆发,对日军和阿元来说,金豹村和茵麦不但失去利用价值,甚至会给自己带来威胁,所以他们只会对之加以落井下石的背叛。而黎族人民对于茵麦的求助,则是出于赤诚的同胞之情,他们不计前嫌,暂时搁置当地汉族人对黎族人的轻视,在找到治疗瘟疫的草药方后,帕圣向族人号召:"天亮前,一定要采满三牛车,明天天一亮拉去救我们的汉族同胞。记住啰,明天十五岁以上的男人全都带上急枪、弓箭。如果日本兵不让我们进村救人,我们就跟他们拼了!为了我们的同胞,为了我们有衣裤,有食盐,大家快行动吧……"这番话所体现出的人道主义精神,民族团结的深厚情谊,患难与共的实干精神，一致对外的抗争勇气，不仅震撼了茵麦，也感动了读者，让人们再一次相信，正是因为中华各民族之间有着如此强大的精神羁绊，才能够让我们的国家和民族一次又一次地度过历史难关，实现共存共荣的前进与发展。

小说中，作者对黎族民间传统文化的精髓进行了深刻的展示。面对瘟疫的肆虐和日军的残酷镇压，金豹村的汉族人看不到求生的希望，在对死亡的惊惧中迷失了自我，丢弃了基本的人伦道德。他们不敢大声表达自己的意见，"只好咽咽噎噎的忍悲而泣。一来是怕瘟神听到而再加造恶，二来怕哭出去增重恐怖感。"但是压抑的沉默并不能让他们逃离死亡的威胁，在挖坑掩埋尸体的过程中，不断有人感染瘟疫死去，"人们一下子慌了，个个弃锄而逃"，在黎族长工拼死的痛斥下，才又战战兢兢地回来将亲人的遗体掩埋。

形成鲜明对比的是，明知金豹村已经危机重重，两个黎族后生却仍然冒死潜入，只为将堂兄的遗体带回故乡，"怕是怕，但我们不能让我们的兄弟死在他乡，魂游异地"。而茵麦在被琶稳救回黎族聚居区的清泉寨后，发现当地同样存在瘟疫，但是村民们却毫不慌乱，依旧努力维持着日常生活；虽然寨边传来跳神赶瘟的鼓声，路边同样有举办丧事家庭的妇女在痛苦哀悼亲人的离去，"但从整个村看来，没有多大恐怖感，不像她那个黑豹村，布满了魔鬼的天罗地网"。黎寨的人们不仅照常喜气洋洋地举办婚嫁仪式，还热热闹闹地准备三月三节的对歌、摔跤和打柴舞。即使不断有人在唱歌跳舞时因瘟疫而倒下，依旧有人大喊着："别理瘟神，继续跳继续跳……"

需要指出的是，这并非是在末日面前醉生梦死的狂欢，而是一种直面苦难的坚强和豁达。面对瘟疫带来的死亡威胁，黎族人民一直没有放弃抗争,茵麦曾询问为什么寨中弥漫着一种难闻的味道,芭稳回答:"虽然我们不被瘟鬼所惊吓,但我们也不能白白等死,我们总得想方设法拯救自己。几个头人便发动全村上山采几种解毒草来煎,号令每时辰每人吃一大碗。"正是因为这种积极的心态和坚持抗争的勇气,才令黎族人民始终能冷静地保持自我,成功地找到自救之道。在文章结尾,符永进借茵麦之口,发表了自己的观点:

>茵麦怔怔在站场地上,样子似乎不知所措,但在她心里充满了希望。因为黎族同胞找到驱逐瘟神的方子。黎胞有救了,金豹村也有救了。心中顿然明亮,因为她突然发现,不少汉族人看不上眼的黎族人对生命的存亡是那么顺其自然,对毁灭性的大瘟疫置之度外,不受惊恐而失措,听天由命。并发现,他们有一个难能可贵的集体精神,即同甘共苦,同生共死。一个没有文化的民族,真该借鉴,引为榜样啊!

显然,符永进在小说中明确地指出了汉民族文化中存在的相互利用、利益至上、恃强凌弱、患得患失等封建主义落后文化的局限性;指出在未来可能出现的危机面前,黎族文化中所保留的,源自原始氏族的顺其自然的豁达乐观和同生共死的团结精神,反而能更好地引导中华民族儿女走出自我局限的困惑,实现民族的生存和发展。这无不体现出以符永进为代表的黎族作家们已经对本民族的优质文化精神抱有足够的自信,并能够正视黎族文化与汉族文化之间的差异,不再盲从已有的"汉族文化至上"的观点,以更为多样的视角对黎汉之间的文化交流进行审视。

第六章

黎族作家文学的话语气场与精神传承

我们常说,文学作为文化的重要组成部分,是文化的显性表现,是"锐敏之知识"与"深邃之情感"的内蕴呈现。黎族作家文学的创作大多处于社会转型期,他们的作品中充满着对人性的探索,对文化的追源,对社会变革的思考,这种话语气场虽然不是特别强烈,但是在文化精神传承的内核中,仍旧散发出美教化、厚人伦的艺术力量。《典论·论文》有云"文以气为主,气之清浊有体,不可力强而致",可见中国古人将"文"与"气"并论,可以说创作主体的"气"所反映的是其个性气质、审美风格与品性内涵。黎族作家们在社会变革的新时期,以文学书写黎族社会在这个时代的欢乐与忧伤、振奋与困顿、激情与祈盼,进而凝聚和弥漫更具生活本质和文学本真的精神。

第一节 黎族作家文学中悲剧精神的传统

悲剧美是美学的重要范畴,古希腊是最早有明确的悲剧审美自觉的国家,悲剧巨匠索福克勒斯的代表作《俄狄浦斯王》被称作人类文艺史上悲剧美学诞生的标志。悲剧通过制造戏剧性的矛盾冲突,深层次地展示出崇高、壮美等艺术情感,使人们在感受到巨大艺术感染力的同时,获得刻骨铭心的审美感受,并从中得到关于生命思考的激励和启示。《诗经》是中国文学的源头之一,其中一些基调哀伤的诗歌是中国文艺中最早蕴含悲剧美意义的作品。被迫的离别、爱情的坚贞、生命的易逝、理想与现实的冲突等等构成了悲剧审美艺术的永恒主题。黎族文学作为黎族作家抒发对世界存在的感悟,对自身民族性的理解,对自我生存方式思考的重要载体,也同样蕴含着充分的悲剧美精神。

黎族民间文学是黎族文学的研究重镇,其以题材的广泛、数量的丰富、民族风格的独特而著称,包括神话、传说、歌谣、长诗等多种体裁,相对全面地记载了黎族人民在时间长河中寻求生存发展的历史轨迹,而悲剧精神亦是其中重要的表现内容,主要分为与自然抗争的社会悲剧和爱情悲剧。

早期的人类历史,是为了获得生存资源而与自然不断抗争的历史,世界各个民族都流传着先人与自然斗争的神话传说。在人类童年时期,由于生产力低下,在大自然压倒性的力量面前,人类越发认识到自身局限性的同时,战胜自然甚至征服自然的愿望也逐渐成了普遍的文化母题。在黎族民间文学中,五指山的传说即为人与自然抗争故事的典型代表。五指山的传说有多种版本,其中较为典型的版本如下:

据说古时在海南岛有座"邪山",山上有个力量强大的妖王,暴虐无道,残害百姓,方圆百里民不聊生。"邪山"附近有个舞黎村,村里有位美丽的翠花姑娘，有天她得到一位老人指点，拥有了拔山倒海的神力。翠花为了黎民苍生，奋不顾身地与妖王缠斗了三天三夜。然而不幸的是，在顺利斩杀妖王之后，翠花突然被飓风卷走，被巨大的石块和成堆的沙土掩埋在"邪山"下，只有露出的五指变成五座并连的山峰。人们为了纪念这位为民献身的勇敢姑娘，于是把"邪山"改名为"五指山"。

这一则关于五指山的民间传说，以夸张的想象，浓厚的悲剧色彩反映出黎族祖先在五指山地区生存发展过程中所遇到的艰险和困苦。人类拥有征服自然，超越自然的决心，但又无法逃避残酷的自然环境带来的灾难和毁灭，生存的渴望总是伴随着死亡的阴影。故事中的"邪王"可以看作是远古时期食人猛兽对人们生命威胁的集中体现；"邪山"上的狂风和巨石，又象征着自然天象的反复无常，以及对人类压倒性的力量。在悲剧性的传说故事中，以翠花姑娘为代表的主人公们，总是凭借强大的意志力，向不可征服的自然力量，向自身的局限和脆弱发起无畏的挑战，在奋不顾身的反抗中证明人类生命的能量和价值。

在世界各民族的民间文学中，爱情悲剧同样是经久不衰的主题。黎族民间文学中，同样拥有内容丰富的爱情文学作品，而其中的爱情悲剧更是让人体味到其独特的悲剧文化精神。歌谣是黎族民间文学大宗，黎族人民能歌善舞，日常生活中的方方面面都能在歌谣中得到体现，其中情歌以其数量多、质量高为研究者们所称道，而不少作品中蕴含的悲剧精神更是让人回味不已。如《白藤红藤永相牵》："白藤红藤生来同，生欲相跟死相牵；生就同床合席睡，死就同棺合坟埋。"为了表达对爱情的忠诚，不惜以生死作为誓约，足见情谊之坚定。在一首《抗婚歌》中，"树叶落在头，榕叶落耳环"之句不仅传递出爱情受阻的哀痛，对压迫势力的坚决反抗，更因其对比兴等修辞手法的运用而显得韵味无穷，体现出较高的艺术创作水准。

相较歌谣，黎族的民间传说更能生动地表达出黎族人民的悲剧文化精神。《尔蔚》讲述了一个曲折动人的凄美爱情故事：尔蔚是一位居住在五指山区的美丽黎族少女，因为父母早逝而常年与兄嫂一起生活。尔蔚的嫂子自私刻薄，总是想出各种手段虐待尔蔚，但坚强善良的尔蔚从未自怨自艾，始终乐观地对待生活。一次，尔蔚在河边浣衣时偶遇龙王之子，两个年轻人一见钟情，爱上了彼此。但尔蔚的嫂子财迷心窍，贪图财主的钱财，要求尔蔚给财主做老婆，遭到尔蔚的拒绝。未达成目的，残忍的嫂子装扮成尔蔚的模样杀死龙子。悲愤的尔蔚以银针刺破喉咙与龙子殉情，二人化作两副棺材同葬于深潭。在这则经典的黎族民间爱情悲剧故事中，尔蔚对真挚爱情的执着追求，对恶势力迫害的决绝反抗，给读者留下了深刻的印象。同样殉情题材的爱情悲剧还有《鼻箫的传说》《甘工鸟》等黎族著名民间传说，作品鲜明地表现出黎族人民爱憎分明，感情真挚的优良传统，特别是其中的悲剧故事读起来令人荡气回肠，让读者不禁为其中的悲剧美感叹伤怀并赞叹不已。黎族民间文学所体现出的悲剧精神不仅是黎族先祖对自身生命局限的清醒认知，更是希望赋予听者以反抗的力量、奋发的希望，从而激发起超越性的生命能量，在向死而生中追求更高的生命价值。

黎族作家当代的文学创作中，继续传承且进一步发扬了黎族民间文学传统的悲剧精神，并更多地表现为一种对优秀民族传统式微的感伤。随着时代的发展，全球化的浪潮席卷了全世界，当东方文化在进一步与西方文化相碰撞时，古老的生存道德秩序进一步遭到了现代化生活方式冲击的危机。黎族作家队伍诞生于中国社会产生激烈变革的20世纪70年代末80年代初，由于一直以来文化地位相对弱势，他们更明显地体会到了现代性冲击所引发的焦虑。作为古老民族的守望者和书写者，他们目睹现代资本力量以一种强大的气势席卷海南岛，改变着黎族人民古老的生活秩序，瓦解着传统的道德观念。对优秀民族传统式微的感伤在他们的笔下往往转化为一种"田园挽歌"式的悲剧色彩。

　　黄仁轲的散文《最后的一条筒裙》记述了"我"接受"母亲"最后一条筒裙的经历。筒裙制作过程繁琐，工艺复杂，能织出一件筒裙，是"黎家女人一年里的牵挂"。"母亲"作为织筒裙的能手，得到村里人的交口称赞，"要出嫁的姑娘，都喜欢来跟母亲借筒裙"，这让"母亲"引以为自豪。文章中对"母亲"织筒裙的描写充满了诗意："在那日与月的穿梭中"，棉絮被捻成线，织成布；"在太阳变老的那一天"，"绣上花草、飞鸟、五彩的云"。作为黎族民间服饰最典型的代表，"母亲"的筒裙象征着黎族儿女在过去落后的物质条件下所展现出的顽强的生命力，充满智慧的创造力，互帮互助的黎族传统美德和鲜明独特的审美艺术。然而随着商品经济的发展，黎村的老老少少都开始上街买衣服穿，"不用采棉花，不用纺棉线"，省事又方便。"母亲"一生织了无数条筒裙来满足别人的期待，但她最后的一条筒裙却是女儿不喜欢，媳妇也不要。多年后，白发苍苍的"母亲"把她珍藏的最后一条筒裙交给即将回城的小儿子"我"："我老了，很快会有那么一天。我不想这么好的一条筒裙，到时白白地丢掉，你姐姐和哥哥都不想要，我就把它送给你，你要好好珍藏。"随着现代纺织技术的发展和冲击，"母亲"最后一条筒裙最终面临无人继承的困境，使整篇文章的叙述笼罩着一层挥之不去的感伤色彩，而"母亲"对自己即将死亡的平静，对筒裙制作技术难以为继现状的清醒认知，更是让黎族民间文化式微这一现实的悲剧意味更加浓厚。

和众多黎族作家前辈一样，新生代黎族女作家李星青同样深深热爱海南黎族的传统文化，在她的文学创作中，这种民族自觉的表达尤为强烈。散文《船型屋的守护者》记述了"我们"游览黎族原始村落白查村时的见闻，然而在带领读者领略过白查村地方传统节日山栏节的盛况后，李星青笔锋转向了离白查村不远更原始的村落——俄查村，"几乎没有人居住，村子里的茅草屋有些已经倒塌，整座村落空无一人"，荒村破败的景象和民间文化衰亡的速度令人心惊。即使是在政府统筹安排考虑下，作为山栏节指定举办地的白查村，也面临着民房改造，船型屋越来越少的困境——年轻人都搬到政府盖的小别墅，只有一些老人还留居在村中。文章结尾出现了一位"最后的守护者"李阿婆的形象："夕阳下，余晖映到袅袅升起的炊烟上，把阿婆的身影拉得很长很长。她就像一塑雕像，顽固而倔强地坚守着他们最后的家园。"如果说黄仁轲的"母亲"尚有"我"在城市中珍藏"最后一条筒裙"作为寄托，而李星青笔下李阿婆对船型屋的坚守则更透露出一种与不可逆的时代潮流独自对抗的悲怆。散文《外婆的黎锦》以"外婆"向"我"传授的黎族歌谣《求亲歌》为开头：

十一岁会织棉纺纱

十二岁会摇动纺车

十三岁会做针线活计

十四岁会缝衣

十五岁会织布

十六岁心灵手更巧

在我们古老的黎族村寨，外婆在我很小的时候就教我唱《求亲歌》，外婆说：年轻的时候，凡是14岁以上的女孩子，都能纺织花纹比较简单的桶。心灵手巧的阿妹织出精致的锦，其他村寨的阿哥慕名来求亲。

文中作者将"外婆"年轻时织锦作业中所蕴含的黎族历史文化深意娓娓道来，同时也对黎族优秀传统文化的逐渐消逝心痛不已：

50年前，黎族妇女不再纹身。

40年前，黎族的制陶工艺失传，黎族的传统生产工具消失。

30年前，黎族的印染工艺失传，黎族服饰退出生活领域。

20年前，黎族传统的生活用具消失。

……

许多黎族作家既是民族文学的创作者，也是民族文化保护者：如王海收集整理了黎族民间长诗《巴定》；再如虽是"90后"，未过而立之年却已经是海南省乐东县作家协会会员、海南五指山文化研究会会员、海南省黎锦协会会员、原琼州学院（现更名为海南热带海洋学院）黎锦协会第三任会长的李星青。民族传统文化的消逝不仅仅是物质上的，更是民族历史记忆逐渐被遗忘的危机，民族精神被同化的悲剧。黎族作家在作品中对民族文化追忆悲剧性的描述不仅是对黎族传统文化式微处境的清醒认知，更是对民族传统文化成果挖掘、整理和保护的紧迫性的强调。

虽然黎族作家文学对悲剧精神有不同的表达重点，但是其创作中的悲剧性故事都显示了人类的生存状况，揭示了人类生命本质的崇高与尊严，足以引起人们深刻的思考。

第二节　黎族作家文学中的诗性绽放

海南独特的地理环境造就了黎族社会特殊的自然风情和民俗文化：亚热带气候常年高温多雨，植被茂盛，山高海阔，岛上遍布着绮丽秀美的自然风光；长期地处政治边缘地带，原始社会制度的瓦解相对缓慢，民间万物有灵的原始宗教认知影响深远；口头文学代代相传，在人们的脑海中保留了无数动人的神话传说和民间故事……在黎族作家的创作中，便反映为一种鲜明而独特的诗性表达。有学者将诗性境界表达分为三个层次，即修辞诗性、文化诗性和主体诗性。其中，修辞诗性是指文本中的意象构建和语言的音乐性，文化诗性指文本所蕴含的历史维度和文化意蕴，主体诗性则指向形而上的哲学思考和生命真意的探寻。以下将围绕这三个层次来分析黎族作家创作中的诗性特征。

一、唯美至上的修辞诗性

黎族作家的文学创作表现出明显的地域性，对海南岛自然风物的唯美书写是他们作品中的重要内容：在散文中，是状物抒情，情景交融的心灵表达；在小说中，是营造气氛，烘托人物的环境描写；在诗歌中，更是寓情于景，托物言志的生命追问。如高照清在一系列关于故乡黎族山区的散文里，总是用满含怀念的语气追述黎山之美：

>……我生长在那个四季如春，风景如画的大山里，从小沐山风，淋山雨长大的，十分稔熟那片古老土地上的一山一水，一草一木，心底一直隐埋着一股深深的眷恋之情。

在高照清的名篇《黎山写真》中，黎山的一切都是那么美好：山清水秀，"十几米高的老木棉树一样根深蒂固，年年岁岁总是枝繁叶茂""山上树木最多的要数沉香树了，他们五米一小株，十米一大株，漫山遍野的疯涨""涓涓流淌的山泉一年四季汩汩不绝绵绵不断，人们在山脚下随地挖几下锄头，就会有一眼清泉汩汩流溢而出"。房屋整齐，"村寨里的房屋不算多，却十分古朴，建筑建造得错落有致，整整齐齐地挨挤在四季流清溢翠的山林中"。村寨别致，"小得不足五十户人家，就这么娇小玲珑地拥簇在山脚下闪闪亮着光""水稻田就像鱼身或鱼鳞，小寨子就像鱼的眼睛，无论春夏秋冬，寒冷酷暑，总是蕴含着一泓汪汪的翠绿，一眨一眨地透着灵气"。

值得注意的是,这一段唯美的文字描写中,作者理想中的黎山的一切是以一种相生相伴的形式和谐地存在的。正因为山青,所以水秀,正因为"自然生态环境保护十分良好,起到涵养水源的作用",自然生态实现了良性循环,村里人才吃水不用愁。而文章开头对村寨的文字"写真",更有一种别样的深意:描述村寨的句子,句句不离"黎山",写村寨之小,则一定要写"小巧玲珑地簇拥在山脚下";写寨中建筑错落有致,则一定要强调它们是整整齐齐地挨挤在山林中;写水稻田,则描述稻田是沿着山势的走向排列的;最后将黎山、村寨、稻田的组合比喻成一条灵气活泼的小鱼。

自始至终,作者都没有把村寨从黎山的怀抱中割裂开,而是通过一连串唯美的状物绘景的修辞手法,把人文环境和自然环境有机地结合在一起,并以灵动的游鱼为喻,暗示只有爱护自然,欣赏自然,接受自然的熏陶,和自然融为一体,才能获得无限的生机,从而使文章获得一种自然的诗性美。

在小说中,对黎山自然景物的描述更是俯拾皆是,以王海的小说《芭英》为例,文中有一段令人印象深刻的热带雨林景象描写:

> 黑森森的树林里,挺拔的陆均松,高直的大叶桉,粗壮的樟树,纤韧的棕榈,盘曲的古榕,蔟拥的母生,以及各种各样高矮参差,粗细相间,横扩直张的热带林木,纷纷撑起繁盛的枝叶,交错盘绕,像是搭起了一座巨大的天棚。林木枝叶间,垂吊着门帘般的榕树气根,牡丹蔓、鸡血藤、金银花、野蔷薇……相缠竞长,难解难分。地面,腐叶和朽木散发着一种山林

特有的淡淡的辛辣气味。一股汩汩的山泉从石缝、树根、草丛的底部渗出后汇成细流，然后窝留在一道长满苔藓和蕨草的小石坎后，清澈、平静，形如一面明镜。石壁上爬满了黑黑的石螺，石螺身上也长满着薄薄的柔软的藓毛，水里游动着几尾细如筷头的嘴角带须的小鱼。水边泥地上一片纤柔细嫩的水草被踏歪了几棵，留下几个不深不浅的鹿蹄印。

和高照清散文中清秀仙灵的黎山不同，这是一段充满野性张力的景色描写，有学者称之为"一幅中国文学中少见的热带雨林的图像"，其对词语的调用，对断句节奏的经营堪称华丽。

小说中，芭英经过了六年有名无实的婚姻生活，身心的压抑都到达了极致。她对无情命运抗议的方式是以一种扭曲的方式进行的：为了报复丈夫洛佬的欺骗和懦弱，她不断地和其他男性在树林深处偷情，尽管她没有对他们中的任何一个动过真心。在文章的叙述中，日常生活里的芭英表面上是平静甚至是冷漠的，但是她内心汹涌炽热的情感，对理想生活的渴望，澎湃满溢的不甘和憎恶一天比一天强烈，这一段景色描写显然是芭英内心世界的主观投射。树林深处是芭英平时劳作和偷情的地方，野蛮生长的各类茂盛植物暗示了芭英旺盛的生命力，然而这种感染力极强的生命力却以一种"黑森森"的底色失去了方向和秩序，显得杂乱而疯狂；腐叶和朽木象征着芭英内心自我否定的倾向，以及绝望痛苦的负面情感；被踏歪的水草暗示即将发生的不可告人的事情。在王海艺术性的审美处理中，树林深处的景色描写与芭英的情感状态有机地融合到了一起，成功地营造了文章郁躁压抑的环境氛围，为全篇奠定了富有唯美诗意的悲剧性基调。

原始宗教思维直观性和形象性的特点，反映在文学创作中，通常表现为意象的塑造，这极大地影响了海南本土的文学创作。在黎族民间文学中，从神话故事里的图腾崇拜，歌谣中的比兴运用，寓言里的动植物拟人，无不体现这种古朴生动而充满感染力的创作手法。在黎族作家现代诗歌创作中，意象思维的表现尤为明显。如谢来龙的《南方的岸》《太阳》、韦慎的《老船》、黄照良的《一条老猎枪》、胡天曙的《古榕树》等，其中黄斌的《山泉》即是典型的以"山泉"为中心意象的诗歌：

  没有汹涌澎湃的气势
  没有一泻千里的壮阔
  从深山老林里流出
  从云崖峭壁上淌下
  带着源远流长的苦难
  带着黎村苗寨的欢歌……
  给追求以启迪给暑热以清凉
  给劳累以甘甜
  我的山泉啊我的山路
  壮美是你的故乡
  遥阔是你的归宿

诗中，"山泉"蕴含着长期生活在大山中黎族人民的传统精神，象征着作者对黎族传统民族性的多层次的理解和认知："山泉"没有江海的气势，没有瀑布的壮阔，两个连续的"没有"指出"山泉"纤弱的事实，隐喻着黎族传统文化先天的弱势地位；"山泉"之所以纤弱，是因为"从深山老林里流出/从云崖峭壁上淌下"，先天的自然环境和成长条件注定"山泉"无法与江河湖海相较而论，贫乏的生存环境是造成弱势地位的客观原因；以上一切都是"源远流长的苦难"，象征着黎族人民在蛮荒的自然环境中开拓生存空间的艰难历史；接下来，作者笔锋一转，指出"山泉"背负着的不仅是千百年来的落后、困苦和贫瘠，更承载着大山人民的乐观和希望——"带着黎村苗寨的欢歌"。诗歌的句式也从两两对偶突变为三句排比，"给追求以启迪/给暑热以清凉/给劳累以甘甜"，三个肯定句令原本沉郁低徊的节奏陡然昂扬快速了起来，整首诗的色彩顿时变得明亮："壮美是你的故乡/遥阔是你的归宿"。"山泉"作为整首诗的核心意象，有着多重的象征意义：一方面，由于地理环境以及地缘政治，黎族文化不及主流文化强势，对此，作者的心情是悲痛沉滞的；另一方面，长期的生存斗争又塑造出了黎族人民坚韧乐观的民族精神，认识到这一点，作者的情绪又是激昂的；并最后通过欲扬先抑的对比，作者肯定了艰苦生存环境的积极意义——生存的磨练又何尝不是一种"壮美"？这种对希望坚忍不拔的追求又何尝不是黎族民族精神所守望的"故乡"？而"山泉"最终奔赴的大海的遥阔，不正是黎族人民努力奋斗将达到的理想境界吗？至此，"山泉"作为一种自然界的水文景观，在作者诗性的审美关照下，成了象征黎族人民心路历程的诗性意象。

　　在各类文学体裁中，修辞诗性的特点还表现为对文本语言音乐性的追求：诗歌因表意抒情的需要，对语言韵律美的要求最高，而文学语言造诣较高的作家经常在小说和散文中同样用心经营语言的韵律节奏,大大增强文本的诗性美和深层意蕴。黎族作家同样在文学语言的韵律节奏的创造上有着深入的探索。胡天曙的散文创作在黎族作家中有着鲜明的个人特色:几乎全是不超过十个字的短句,以塑造一种明快利落的阅读感受。在他的新作《母亲的酸菜咸菜》中,有一段做毛笋的描写:

>   深山野林,毛竹丛丛,翠叶青枝摇曳,风雨走过,可听沙沙轻歌曼舞之声。那时,尚未禁山打猎,上山砍伐横木或打猎的父亲,黄昏时,会扛回一大麻袋的嫩山毛竹笋。夜晚,母亲在昏暗的油灯下,把嫩毛笋剥去外皮,削好,一半食用,一半做毛笋酸菜。河岸林溪,流水清冷,岸草萋萋。林岸边,母亲自种的大翠竹,也茂密成林。翠竹棵大笋苗亦大。夏雨过后,大竹笋苗破土而出。竹笋苗,如小孩子小腿般大小,其翠衣尖嘴,棵棵刺向苍穹。母亲把大竹笋苗,以刀砍下,扛回村庄,用做家菜和竹笋酸菜。嫩竹笋和酸竹笋菜,与野林草坡的"革命菜"同锅水煮,菜嫩味美。

一般来说,短句平铺直叙的文字难免给人以流水账之嫌,但是在胡天曙对语言节奏的精心雕琢下,文本语言长短句变得错落有致,阅读时给人以回环往复的节奏感,兼以"丛丛""沙沙""萋萋"等叠韵词穿插其中,有效舒缓了短句间过渡过于短促的僵硬感,更增添了散文语言的韵律,营造出一种古典的诗性美。

二、民族精神的文化诗性

文化诗性是民族性在文学创作中的诗意表达,是一个民族文学创作的根基,是区别于其他民族所独有的集体生存经验和美学价值取向。在黎族作家的创作中,从来不缺乏对黎族文化传统的诗性描述,更有着对黎族民族性的深入思考和诗意探寻。

在各个民族的作家对本民族文化的诗性表达中,"还乡文化"是非常重要的内容,"还乡就是对于童年和故土的怀想。它是以回忆的方式,以个体的亲历性体验去亲近文化、感知文化,并在这种亲近和感知中获得快乐幸福与精神上的寄托,甚至唤醒了沉睡着的生命力激情,所以这种怀乡在本质上是充满诗性的,它具有别的文化经验所不能取代的独特人生内蕴和审美价值"[①]。时代的飞速发展使古老的黎族乡土文化逐步衰落,黎族作家对本民族文化整理和重塑的紧迫心态也就更为强烈。

高照清的散文中,"还乡文化"的诗性表达显得格外突出,在他的笔下,黎山的自然环境和黎族的人民是密不可分的整体,所有人都对自己的家园有着一份深深的眷念,这份乡情比起其他民族的"还乡文化"又有其独特的民族性。《黎山是家》以倒叙的形式讲述"我"浓浓的思乡情结:"三十岁的人想家,早已没有三十岁以前那么天真,那么单纯,那么幼稚了,而是开始带有一种复杂的心境,多出了一份乡情、乡愁和乡恋的心境"。《乡村·乡人》中,生病的

---

① 陈剑晖:《散文的文化诗性》,文艺评论,2004年第5期,第48-54页。

"父亲"无心静养,在热闹的城镇中度日如年,"天天闹着回乡下"。《母亲的村寨》里,"母亲"亦不愿和"我"一起居住,因为村寨"是母亲心目中的世外桃源,是母亲心灵的乐土和天堂,更是她赖以生活和生存的根源之地"。"乡情""乡愁"和"乡恋"层层深入地阐释了高照清式"还乡文化"的多重内涵和民族文化深意。

  黎族人民是最早扎根于海南岛的定居者,他们在大山深处经历了漫长的与自然相抗争的拓荒经历,相较同地区苗族民间文学中赞颂大自然馈赠与恩德的传说,黎族口头文学流传下的是众多关于艰苦创业的神话传说和民间故事,因此勇于开拓的创业精神便成为黎族民族性的重要内容。在《黎山写真·父亲和家园》中,高照清以怀念的口吻,满怀深情地追忆了"父亲"营造家园的过程。"我"的家在黎山一个偏僻的小村寨,虽然在外人看来只是一间低矮昏暗的茅草屋,在"我"的心目中却是"父亲"用一生的精力和心血所建造的温馨的家。"父亲"建造家园的过程艰难而漫长,他使用的工具是简陋的锄头、铁铲和竹筐,日出而作日入而息,挖土、搬土、垫土,重复枯燥的体力工作持续了一个多月,"在平台上立下柱,埋下桩,把我们的根深深地扎进厚实的土地里"。在建好茅草屋,全家人有了栖身之地后,"父亲"开始真正把"房子"营建为"家园","在东边空地上种植槟榔树、椰子树,在西边荒地上植下竹子和木薯,又在家门前不远处低洼地上掘出一口鱼塘"。在"父亲"的苦心经营下,槟榔树亭亭玉立;椰子树高大挺拔,一丛丛竹子含青吐绿,鱼塘蓄满了粼粼碧波,"从此以后,我们就拥有了一个家,一个简朴的家园,一个无论我们走得多远,漂泊得多久,都在依恋,都在遥望,都要回归的栖息地"。"父亲"是家园的建设者,经营者,更是勇于奋斗、艰苦创业的黎族民族精神的化身；"父亲"创建家园，发展家园，守护家园，最后老泪纵横地看着推土机将自己苦心经营的家园抹去的过程，几乎是黎族人民在黎山生存史和创业史的缩影。

比起其他民族对乡土文化田园牧歌式的静谧回忆，高照清对黎山的家的诗意描述更有一种富于开拓精神的民族性表达蕴含其中。海德格尔将人类生存方式最高境界定义为"诗意地栖居"，显然在高照清的文化诗性表达中，"家园"早已是"我灵魂的栖息地呀"。虽然茅草屋已经不在了，"父亲"也溘然长逝，但是"家园"永远地成了高照清作品中"还乡文化"的象征。正因为黎乡是黎族人民集体记忆的载体，是劳动创造的智慧结晶，是黎族民族性和精神文化存在本身，所以才被一代代的黎族作家深情地追忆，一遍又一遍地进行诗性的建构和表达。

对美好爱情的诗性追求是世界各民族文学创作的重要主题，自人类文明诞生以来，就有无数的脍炙人口的爱情故事流传于世界各地。在黎族的民间文学中，同样有着丰富多彩的爱情故事，经典的有反映残酷社会现实的悲剧爱情故事《尔蔚》《甘工鸟》等，更有反映为保卫爱情反抗成功的《百兽衣》《诺实和玉丹》。在黎族新时期的文学创作中，黎族作家对民族性视野下爱情的本质及内涵进行了多样化的思考和更深刻的诗性关照。

突破传统观念的束缚，有情人之间实现理想的爱情，是众多爱情故事所讴歌的主题。龙敏的《同饮一江水》是黎族作家文学发轫期的经典之作，对黎族文学的发展有重要意义。作品主要讲述了"我"——黎族青年阿良与苗族少女"阿迷"互相爱慕，并最终打破"黎苗不通婚"的传统习俗,勇敢地走到了一起的喜剧性故事。通过文本叙述结构的分析,我们可以发现,虽然作品的主题是反映了海南地区一个长久社会矛盾的解决,然而作者并没有让两个年轻人的爱情受到来自社会环境的实质性阻碍,所有的矛盾都集中于阿良内心的自我犹豫和挣扎上,因此作者采用了第一人称的叙事方法,通过"我"的视角和波折的心路历程来叙述这个具有开创性的爱情故事,展现出一种别有洞察力的诗意表达。故事中,黎苗两个民族在新中国成立前结下的世仇影响了一代又一代的年轻人,以至于小孩子都要接受"仇恨"教育。"我"和阿迷从小生活在南巴江两岸,在江边不打不相识。叙述中,幼时的"我"和阿迷争吵的场面充满了明丽活泼的童趣:

记得有一次,我和一群小伙伴到江边打水仗,对岸也来了一群苗家女孩子,领头的是一个细高身材的小苗女,她们都叫她"阿迷姐"。她们吱吱喳喳地玩着沙筑墙。

这吵闹声,把我们吵烦了。我心里顿时怒火猛燃,向对岸大骂一声:"小猫(苗)咪!"。大家也学着我一个劲地高叫:"小猫咪!小猫咪!"

我把小伙伴们叫到一块,小声地教了他们一遍。然后,大家用苗族话整整齐齐地唱了起来:

小猫咪,小猫咪,

咪来咪去找东西。

找个蟑螂嗅嗅,

捉只麻雀来剥皮。

来——剥——皮!

唱毕,一齐放开喉咙"哈哈哈……"笑个大开心。

对岸,小苗女也把头碰到一块,领头的点了点头,她们也仰着小脖子用黎族话高声唱道:

小犁(黎)头,小犁壁,

犁来犁去犁自己。

犁到东,犁到西,

犁了自家祖坟地。

唱完,也"哈哈哈……"地大笑起来。

这一着,把我们气得七窍生烟。我们不高兴别人骂我们是犁头,更忌讳犁自家的祖坟地。这简直是对我们最大的侮辱。我向大家一挥手:"走!给他们点辣的吃!"

"把他们按下南巴江去!"小伙伴们捏紧小拳头一齐吼叫起来。我们像一窝黄蜂飞也似的淌过江去。她们却象自己祖宗那么倔,毫无畏惧地怒视着我们。我们踢倒她们的沙墙。她们大骂我们是恶鬼精。

读者们一边对孩子们幼稚无理的争执哑然失笑,一边也深深体会到黎苗两族结仇的不合理之处,并最终转化为对受到仇恨影响的孩子们成长的担忧。这样的艺术处理显然有着作者独特的考量:"我"和阿迷结识于童年的一场闹剧,这是"我们"后来情感得以萌发的基础。南巴江边唯美的自然环境,活泼生动的儿童歌谣,天真可爱的少数民族儿童,作者以充满童真诗趣的叙述语言创造了一个理想化的自然人文情境,净化了两族人民因互相盲目仇恨而产生的残酷和戾气，将两人的感情基础还原为小儿女的纯情，为后来故事喜剧性的发展奠定了充满希望的明朗基调。

谢来龙的《海湾》创作于新世纪，随着时代的发展和社会风气的进一步开化，作者的笔触也更为大胆，而诗性的人文关怀的范围也更加广阔。小说中，双妹因为年轻时的迷茫无措，遭到了爱情的背叛，未婚先孕生下了儿子贱仔，从此常年遭受村里人的冷眼和非议。但是生活的艰难没有打垮双妹，从伤痛中恢复后，她变得更加坚强，努力通过勤奋的劳动来慰藉父母，养育幼子，不再在意别人的眼光。在常年的劳作中，双妹和勤劳朴实、中年丧妻的渔民老陈相识相知，对彼此都产生了同情和好感。然而二十岁的年龄差却成为横亘在两人面前的鸿沟，使两人特别是老陈总是不能迈出关键性的一步。最终在双妹的主动表白和激烈抗争下，二人得以冲破世俗的眼光，幸福地结合在一起。

在故事的开篇，双妹无疑是一个悲剧性的角色，在失败的爱情生活中，她作为无辜的受害者，却要单方面承受世人所有的责难。而她和老陈之间爱情，也要饱受世俗道德评判。对于双妹的命运，作者充满了同情，对于双妹的勇气和坚强，作者更是加以赞许。谢来龙用诗意的叙述语言来关照这对苦命恋人的不伦之恋，洗去一切世俗偏见，以还原这段爱情的本真之美。在题记中，作者点明了小说的主旨："无数次地走过了这一片海湾，每一次都令我有不同的感慨，海湾是什么？是包容"。

在小说中，海湾是谢来龙极力塑造的充满无限人文关怀的"诗意的栖息地"，它不仅提供了渔人归宿的居所，更是双妹与老陈真挚爱情的发生地和见证者；而推动双妹与老陈感情发展的事件，也正是双方无意中看到彼此在海湾中沐浴。尤其是双妹在海湾沐浴的场景描写，充满了自由而纯洁的诗性美感："双妹觉得那慢慢流淌的沟水好多情好浪漫，好称心惬意！它们流出那洁白沙丘，流向那茫茫的大海。双妹想象自己就是那甜甜的流水，自由自在地流淌，她独自沉醉在这自由自在的海湾中，陶醉在清清流淌的沟水里。""她独自嬉闹着，仿佛回到了童年的时代；她耸立在空气中，任由清爽的海风吹拂过她全身的每一处肌体；她沐浴着阳光，任由太阳的光芒亲吻到她身体的每个角落……"在海湾的怀抱和慰藉中，双妹能够暂时地从沉重的生活重压和世人的眼光中解脱，仿佛纯洁的赤子般享受身心全面解放的自由；也正是在这样极度放松的状态下，她才能直面内心的渴望，让情感自然而然地流露出来："老陈叔……我想好了，我今生就要嫁给你这样的好人，老陈叔，我不怕人家怎么说……"诗性唯美的文字充满了坦荡的感染力，让文章的主题得到了进一步的升华。

三、蓬勃萌发的主体诗性

主体诗性是指创作主体对世界万物的存在与联系进行的形而上的哲学思考，以及生命真意的全面求索。在文本表达上一个鲜明的特点为"虚无化"，即创作主体对现实世界的存在及其秩序的质疑，拒绝向已有的逻辑结构和知识结论妥协，并通过对已有存在秩序的否定，为时间和空间上无限自由的达成，以及终极理想家园的建立创造前提。20世纪，由于黎族作家起步较晚，对汉语使用相对不够纯熟，在文学创作的主体诗性建构方面一直被认为不够理想。进入

第六章 黎族作家文学的话语气场与精神传承

新世纪后，一批接受过现代高等教育的新生代黎族作家走上文坛，从他们的创作中，我们可以欣喜地看其到对主体诗性探索的努力。以下就将针对黎族作家创作中诗性主体的"虚无化"特点做出评析。

李其文的诗歌《往开阔地去》整体透出了一种明朗的色彩。在第一段中，诗人通过浅草、鲜花、春天等意象营造出自由鲜活的意境氛围。"这些自由的身体""永远不会陷入／被时间挖出的水塘中"，表达出对超越时间的自由意志的坚信。对于绝对自由的存在，"我"是欣喜而向往的，"我要与那些美丽的花朵为伍"。然而在结尾，却有一个急转直下的收束"即使我是多么的爱你，但我终将离去"，前文精心塑造的情境在读者猝不及防的情况下被打破。"我"终究是不自由的个体，尽管向往、期待着摆脱时间空间的束缚，走向身心的绝对自由，但仍清楚地认识到自己的局限性："但我终将离去"。在这首诗中主体诗性的"虚无化"特点并不明显，但"我"在理想世界中的突然缺席这一事象却依然包含着作者主体诗性的探索：不为时间所困的永恒的理想世界的构建，这一事实本身就意味着对现实世界的否定；而"我"的离去，则将现实中生命存在被束缚的事实暴露无遗。

在另一首诗《我所希望的》中，主体诗性"虚无性"的表达则较为鲜明：

> 在海边停下来，像沙滩上的礁石
> 被海苔爬噬。然后在风和阳光的高谈阔论里
> 成为虚构或者成为虚构本身。这是我所希望的
> 从青绿到干黄，要么丰满，要么骨感

>海苔被晒干汁液后的模样
>很像这些礁石，被潮汐推向陆地后
>裸露出来的忧伤，在粗糙的脸庞上袒露无遗
>太阳总想把每一滴海水
>包括沙滩上走失的螃蟹、贝壳、珊瑚
>几只脚印，晒成一段过去
>这些潮汐再也够不着的礁石
>这些大海的坚硬的骨头
>仿佛住在海边寺庙里的神祇
>在钟声和香火中，看着一艘艘渔船驶进海里
>这也是我所希望的

在诗歌的一开头。一句"在海边停下来"，即划清了与现实世界之间的界限，从而进入作者自己所创造的诗性世界之中。"礁石"显然是作为作者所构建的诗性主体象征的意象。"在海边停下"是斩断与现实世界的联系，然后"被海苔爬噬"则像是进入作者构建的理想世界中的一种仪式，才能接受"风和阳光的高谈阔论"的考验。显然李其文在本诗中，对诗性主体进行"虚无化"表达的努力意图十分明显："成为虚构或者成为虚构本身。这是我所希望的"，通过对现实世界的否定，作者以自己的想象力为工具，试图构建一种理想的、有真实价值的生命存在形式。在想象的世界里，作者并没有一味地沉浸在不切实际的幻想中，相反，有效的想象是建立在对现实深刻了解的基础上的。李其文对"礁石"处境的想象充满了痛苦和挣扎，"裸露出来的忧伤，在粗糙的脸庞上袒露无遗"。重建一个

理想新世界,无论是现实中还是想象中,从来都是一个艰苦而庞大的工程。"太阳"的存在很显然是诗性主体所清晰地感受到的自己所面对的考验和阻碍。然而即使如此,"礁石"仍然选择从生养它,庇护它的"大海"中进入陆地,"这些潮汐再也够不着的礁石","仿佛住在海边寺庙里的神祇"。"礁石"来自"大海",然而它的存在又超越了"大海"的存在,并最终伫立于岸边成为守护大海的神祇。作者通过对现实世界的否定从而摆脱现实世界的束缚,对礁石这一"意象"作为诗意主体进行了审美性的想象与再创造:"礁石"有着"要么丰满,要么骨感"的决绝;又有着超越"大海",进行到更高远所在的决心、行动力和意志力;同时它还坚定地伫立在海边,"在钟声和香火中"——象征着人类的祈愿,守护着渔船入海的无限包容力和博爱精神。"也是我所希望的"更是表明作者建构理想的主体诗性的努力。

李其文通过对主体诗性的"虚无化"处理,在否定现实世界既有规则的同时,努力进行理想世界的再构建。与之相对应,同样是80后的黎族作家王谨宇在完成主体诗性"虚无化"的处理后,意识到诗人个体作为现实社会存在的一部分,自身难免有着摆脱不掉的局限性,因此他从其他方面寻求重建理想世界的精神资源,这份精神资源即是传统的佛教精神。在现代诗《野趣》中,作者用野鸟、稻草、晚霞、浓烟、水洼构建了一个充满野趣的审美境界,并同样以"虚无"定义"我"所存在的现实世界"我身后巨大的虚无也是野趣的"。用"虚无"否定了现实世界的合理性后,面对重建理想世界的压力,王谨宇选择归于佛教理念的认同,"好在令人难忘的午后,怀揣佛心/清亮,圣洁,又暗藏慈祥"。在同类型的诗歌创作中,王谨宇有不少诗作选择以佛教精神重建人类所固守的精神家园:"谁也无法阐释/它们暗藏的言语,际遇/还有体内蠕动的冥想/我所知道的蔚蓝,会在清晨出现"(《蠕动》);"在阳光密集的蓝空下/我们不提旧日,内心安详如佛"(《窗外的麻雀》)。

有学者提出,"诗性主体应该具备饱满的想象力,它包括追忆性想象和虚构性想象、类比想象和再创想象、合乎逻辑的想象和非理性想象等多种方式。"[①] 无疑,诗性的想象不仅是对现实世界的怀疑和否定,也是对其实现超越的努力,更是创作者获得审美自由、实现创作自由的重要手段和途径。以李其文和王谨宇为代表的新生代黎族作家,通过自己在创作实践中对主体诗性的尝试性构建,为黎族文学填补了空白,也为黎族文学真正走向现代化做出了有价值的探索。

第三节 黎族作家文学中时代精神的追寻和表达

黎族作家文学是以汉语为载体的文学创作,黎族作家天然地受到主流政治和汉族文学思潮的熏陶。然而在黎族文学发展的过程中,我们可以鲜明地感受到黎族作家并非一直被动地接受主流政治观念的影响。文学写作作为一种创造性的精神活动,促使黎族作家始终保持着主动性,带着格外真诚和热烈的情感,以自己的方式追寻时代精神的脚步。

---

① 颜翔林:《美学新概念:诗性主体》,社会科学辑刊,2013年第5期,第159—165页。

第六章 黎族作家文学的话语气场与精神传承

关注黎乡的社会现实，及时捕捉时代信息，在创作中对黎族人民的生存状态予以真实的反映和细致的描绘，是黎族作家文学的普遍特征。以文学思潮的影响为例，新时期中国文坛上每一次的文学思潮更替，如"伤痕文学""反思文学""改革文学""寻根文学"等，都能够在黎族作家的文学创作中得到相应的表达。关于黎族作家的伤痕文学创作，已经在前文中有过一些较为详细的阐述，这里主要介绍黎族作家对后几次文学思潮的呼应。

王海的小说《我们曾经也年轻》，详细地描写了"我"在1973年8月13日中学毕业后，和同学们一起加入知青队下乡的经历。同样是"文革"题材，相较其他黎族作家"伤痕文学"主基调的作品，王海在这篇小说中的叙述语言显得更加冷静客观，但依旧不失脉脉温情。在当代文学史研究中，普遍认为反思文学是伤痕文学的发展和深化，反思文学的作者们不再一味地揭露"文革"时期的创伤，进行情绪上的宣泄，而是以冷静反省、严肃思考的态度对当年的事件进行再回顾和再反思。《我们曾经也年轻》显然在风格上更接近于反思文学，此前文学创作中理想主义传统在这里被消解，每个出场人物都是不完美的，个人的性格特征和行为方式都有着鲜明的时代烙印。虽然是短篇小说，但是文本中12个小节的叙事结构使文本尽可能多地容纳了人物和事件，对海南知青队青年的群像进行了整体性的生动描写，足见作者对当年事件回顾的深度和广度。

比较典型的有做事兢兢业业，却又因为自身眼界不高，觉悟也不高经常掉链子的组长古金平；追求文学理想，然而总是写出浮夸虚伪文字，凡事斤斤计较的黎小满；蛮横霸道，心机叵测的大头；因失去爱情，受到巨大打击而精神失常，陷入悲惨境地的漂亮姑娘闻淑兰……其中，咪改是作者着墨最多的人物，在刚进入知青队的时候，他外强中干，虚荣幼稚，面对父亲的暴力，他"如老鼠见猫"，惊惧不已；而面对已经失去权威的班主任，他又恶作剧地当面称呼其外号，并觉得自己很伟大。咪改在知青队被人轻视，但是本质善良，他心思单纯，在队友大头狡猾的诱导下，说出自己暗恋同队女知青严冬英的事情，结果很快就被公之于众，成为众人耻笑的对象。遭到背叛的咪改抵触情绪严重，甚至一改曾经的软弱，用暴力去报复大头的背叛，以致愈加成为所谓的"异类"。

对于咪改遭遇的各类事件所展现出的知青队的人性之复杂，作者以冷静的口吻从时代背景的角度予以阐释：

那时我们都还年轻，尽管在许多方面还有着年轻人所难免的优质和肤浅，可是在某些方面又是早熟的。畸形的年代孕育出畸形的花果，这是不正常中的正常，是可以理解而不应该感到奇怪的。

显然，作者没有回避咪改本身的性格缺陷，同时也没有脱离具体的现实环境，而是怀着同情的心态去审视咪改异常的暴力行为。

咪改在现实的压力面前变得沉默寡言，他决定参军时，都是避开敲锣打鼓的欢送队悄悄离开的。最终，在军队中，咪改得以将自己的愤懑以一种悲壮的方式加以圆满：对越自卫反击战打响后，已成为侦察连副连长的咪改第一批奔赴前线，在与六名越南兵的短兵相接中壮烈殉国。残酷的基调和悲剧性的结尾使《我们曾经也年轻》迥异于此前黎族作家伤痕文学作品常有的"今昔对比"模式中的喜剧氛围，通过去政治化的视角对当年的事件进行回顾和反思，以试图剥离出人性真相的本源，实现对曾经一代人的伤痛进行审美关怀的目的。

"文革"结束后，百废待兴，十一届三中全会的召开使我国掀开了自上而下的经济体制改革的序幕，作家们纷纷把目光转向对现实中改革发展的关注，文坛掀起"改革文学"的浪潮。随着改革的深入，市场经济体制的进一步深化，各种新的社会矛盾问题频出，不少作家惊觉中国传统道德秩序在资本经济的侵蚀下面临瓦解的危机，各种人伦悲剧层出不穷。怀着对民族的责任感，对中国未来发展方向的忧虑，他们开始致力于对民族优秀传统文化、对民族深层心理意识的积极探索，"寻根文学"开始在中国文坛展现出影响力。黎族作家同样敏锐地感受到了时代转型给黎族社会所带来的深刻影响，值得关注的是，由于对自身民族传统文化有更为敏锐的感受力以及自觉的发掘保护意识，在黎族作家的创作中，"改革文学"和"寻根文学"的特点往往有机地交融在一起，互为补充，表现出黎族文学所特有的风格。

在黎族作家小说创作中，有一种固有的"离开黎乡——去往城市"的情节模式。如王艺的《纯心浴》中，果芬不甘于留在乡村，通过各种途径进入城市工作；王海的《帕格和那鲁》中，帕格和那鲁以离开黎乡去当兵或求学为奋进的目标；亚根的《回村》中，邬玉同样是黎乡出身在城市中工作的临时工，李其文的《游在河里的啤酒瓶》《没有什么比一场雨来得突然》等小说中更是对主人公在黎乡和城市的不同遭遇有着深入的刻画。"离开黎乡"的年轻人"去往城市"，基本都是希望摆脱原有的农民身份，到城市中的工厂工作，这显然已成为当时的社会潮流，也明晰地映照了改革开放对黎乡民间社会的冲击：比起以往的政治改革，经济的发展显然对黎族人民有着更彻底的吸引力。在王海的《帕格和那鲁》《芭英》等小说中，前往城市已成为黎族人民积极与现代文明相联系的象征。而去往城市之后的情节发展，在黎族作家的小说创作中则展现出两种不同的走向。

第一种是在外拼搏的年轻人，最终发现大城市的工业化社会并不能给自己带来理想中的生活，最终又从城市回到黎乡。如《纯心浴》中的果芬，在工作中遭遇到挫折，又不愿意接受厂长的潜规则，在被开除的情况下情绪低落地回归了故乡。在作者的叙述中，果芬的"回归"更有回到黎族"精神之根"的意味。果芬在外遭遇挫折，见识到权力社会丑恶的一面，在理想遭到沉重打击的现实面前，消极地认为社会上都是坏人，甚至连黎寨的人们也没几个好人，黎族传统的海水"纯心浴"也不能洗净人们心灵的脏污和丑陋。

面对果芬的自暴自弃，黎寨的乡亲们通过各种方式对她进行开导，使果芬在黎乡传统互帮互助的民间文化氛围中，感受到自身的归宿。结尾，果芬和爱人打山在亲友的祝福下举行了黎族传统婚礼，在海边进行"纯心浴"的仪式。至此，"纯心浴"作为小说中黎族传统文化的象征，治愈了现代黎族人果芬在市场经济冲击中所遭遇的心灵创伤，而果芬的"回归"，更像是黎族作家对黎族文化的"寻根"，是他们从黎族传统文化中寻找精华做武器，来达成对抗现代化过程中人性异化的努力。

第二种是黎家人在离开黎乡后，在城市物欲和权力的洪流面前，逐渐迷失自我的过程。

王海的《芭英》中，芭英的生父成为军官，跳出黎寨的"农门"，成为人人艳羡的干部，但他却以自己黎族发妻脸上的文身为耻，抛弃了芭英母女，这无疑是对自己民族的"根"，文化的"根"的抛弃，是另一层意义上的"迷失"。

李其文在《游在河里的啤酒瓶》《没有什么比一场雨来得突然》中所塑造的角色在城市中面临的困境更加令人心惊。在《游在河里的啤酒瓶》中，"猴子"离开黎乡到县城，每天做着繁重的苦力工作，忍受着托运站老板的压榨，"人的力气再大再多，也会像药瓶子里的药水一样，一滴滴地把你滴完"。在资本的压迫下，"猴子"生理和心理上的需求都无法得到满足，最终异化成为一个非人的存在，他的身体开始产生巨大的异味，招来人们异样的眼光，没有人愿意和他交流，也没有人愿意接近他。"猴子"在城市的孤独和在黎乡的孤独有着本质的区别：在城市中，猴子是被压榨、被排斥的存在；在黎乡的腰果园里，"猴子"却能感受到精神的归宿，在祖先坟墓环绕的山中像"山神"一样神圣。"猴子"的悲剧是李其文对黎族人在现代社会转型时期生存状态的深入思考，是对现代物欲社会对黎乡人异化悲愤的控诉。相较其他前辈，李其文作为新生代的黎族作家，更多地接触到的是市场化经济时代的社会现实，以及现代的思维方式和创作手法，因此在他的文学创作中，对于当下时代精神的把握也就显得更有其独特性，展现出黎族文学的时代新质。

黎族作家对时代精神的追寻和把握还体现在他们积极地与世界接轨，在与其他国家的交流互动中拓宽黎族文学的表现内容上。容师德曾到澳大利亚进行为期 20 天的培训、考察，在他的游记散文《澳洲掠影》中，详细地记述了他澳洲之行的所见所感。文章涉及的内容颇为广泛，对澳大利亚的城市规划、人文风情、生态环境、法律道德等的主要特点都做了风趣幽默的描述和客观评价。作者盛赞澳大利亚环保观念的普及，"澳大利亚值得称道的地方还有无论是政府官员还是平民百姓，大多具有环保意识，很少看到有人随地吐痰和乱扔垃圾，环境保护得很好"，并细致分析了原因，"他们从小就进行这方面的教育，环保理念深入人心""学校重视环保教育，并付诸行动""对政府开发的项目，只要有人认为会损害或污染环境，都可以提起公益诉讼，此类诉讼，政府可指派律师进行法律援助，对律师收费的上限有规定，不能过高"……显然，作为政府工作人员，容师德的游记散文在描写当地人文风情之余，更多的是在探究澳大利亚良性社会环境的制度根源，有着更为理性的分析和思考。

令人印象深刻的还有容师德在行文中所表现出来的自信从容的态度：既真诚地赞美澳大利亚作为发达国家的优势，也客观地表达出对当地一些事物的不赞同。如容师德曾长期从事法律事务工作，因此与新南威尔士州的高级法院的法官交流过当地法院的基本情况。其中，"涉案金额10万澳币以上的民事案件方可提起上诉"的规定，既节约了诉讼成本，又减轻了上级法院法官的负担和工作压力，作者发自内心地表示认同；但法院要求担任陪审员的条件之一为不能有法律背景，理由是不懂法的人审案时可以不受头脑中固有框架的局限，对于这种仅仅凭借直觉来判案的做法，容师德并没有盲目认同，而是保留了自己的意见，"我觉得这个理由有些牵强"。改革开放以来，不少国人在国外接触到不一样的社会环境和风俗习惯时，往往会有自卑心理，过度地、盲目地推崇发达国家的一切制度观念。而容师德在这篇游记中的态度则更为淡然冷静，这与我国综合实力的上升，全体国人，包括各个少数民族人民自信心的提高有直接的关系。

第四节　黎族作家文学中的意象境界与自觉要求

中国白话文小说始于鲁迅，而鲁迅文学创作的主题之一就在于揭露国民的劣根性，"以引起疗救的注意"。在全球化浪潮进一步扩大的现实环境下，一些具有民族责任感的黎族作家一方面在保护黎族文化传统的过程中苦苦追寻着对抗西方资本主义同化的精神武器；另一方面，却也得以通过与其他民族文化中的先进部分做对比，以更冷静的目光全面审视自身民族性的缺陷和劣势，并通过文学创作来提醒人们对自身存在不足予以纠正的必要。

一、对民间愚昧迷信思想的批判

海南黎族自古以来居于南方岛屿，相较大陆其他民族，生存环境较为封闭，在长期的历史文化发展中形成了独特的民族文化心理：闭塞的孤岛山区生活造成了原始淳朴的文化观念，却也使得愚昧迷信的思想在民间根深蒂固；"宽阔的亚热带山地生存空间，塑造出平和温顺、自卑重客的情感形态"，在极端环境下却往往发展为逆来顺受、随波逐流的文化心态；历史上封建私有制文化的同化，使阶级压迫和性别歧视也逐渐侵蚀原始氏族经济制度下的平等观念……民族心理的劣根性反映在作家们的文艺创作中，常常表现为一出出入伦悲剧。

对于黎族传统文化中原始宗教信仰所表现出的愚昧悲剧，符永进的小说《赖乖山寨》进行了一种别开生面的讽刺和批判。"赖乖"是黎语远离县城的意思，赖乖山寨即一个远离乡政府管理的偏远山寨，山路崎岖，开不了公路也接不了电网，村民长期过着天高皇帝远的半原始生活，虽然各方面发展受阻却也散漫自在。然而某年秋收时节，几十头山猪和一群猴子抢走了田里的粮食和蔬菜，扰乱了寨民们闲散平静的生活。由于山猪和猴子是受保护的野生动物，猎杀它们是违法行为，没有猎枪的寨民只靠扁担和山刀无法赶走野兽，无粮可吃的情况下只得向政府寻求救济。乡政府本想让寨民离开饥饿又闭塞的山寨，但是山寨的宗教首领"奥亚鼎"却以祖先无人供奉为由阻止寨民搬迁。唯一敢反抗奥亚鼎的家族在走出山沟半年后，却因为无法适应山外现代化的生活方式和理念，又不得不退回山寨中。

野兽对农作物侵害和寨中干部僵化的执法方式使古老迷信的村寨陷入前所未有的危机，小说中激烈的矛盾冲突以可笑又可悲的荒诞方式展开。在符永进的笔下，寨民们的愚昧和麻木达到了触目惊心的程度：

> 人就那么一回事，有文化的地区也一样，把一块大木头雕刻成神样，祭拜求它为家人求财祈福，祛病避灾。文化落后的地区，没有雕刻技术，只好找寻风雕水凿的石且，抬回来洗刷干净，把它竖起，或给它披上红绸布，或给它涂上鸡狗血，它便名正言顺地成为人人尊惧的天神。有了木头刻成的神，随之

马上配一两个芭垛（道公）；有了天然的石且神，随之也配个奥亚鼎（老神父）。是木头与石且生了芭垛和奥亚鼎，还是芭垛和奥亚鼎招来了木头神和石且神，这是"鸡生蛋还是蛋生鸡"的问题。

把神像和神父的关系以鸡生蛋和蛋生鸡做类比，极大消解了宗教权威的神性，凸显出寨民们过分迷信盲从的荒诞性和悲剧性。寨民们长期生活在封闭落后的山间村寨，自出生以来，宗教习俗的观念就被动地烙印在他们对自我和世界的认知中。尽管神灵的神威给寨民们的生活增添了生活色彩的同时，也带来不少苦恼，但是他们依旧遵循原始的观念延续古老的生活方式。

原始宗教的本质是什么？迷信风俗的规则因何设立？芭垛和奥亚鼎权威的存在是否合理？对于这些从根本上决定自身生存方式的问题，寨民们从来不去追问，更不会去思考一直以来固守的迷信风俗和观念习惯是否正确。在强大的保守观念和根深蒂固的原生惰性影响下，先进文明的开化显得力不从心：虽然有接受过现代教育的村寨人已经不再盲从木头神和石且神的权威，"不过他们不会违背众心所向去解开木头和石且的面纱"，因为他们清楚地认识到所有的神灵与神威都是人们将自己的主观信仰投射到木头和石且身上；赋予芭垛和奥亚鼎权威的，既非古老的神明，也非道公和神父自己，而是被原始宗教迷信统治束缚着的寨民们自身，外界的力量很难动摇这样长久积淀的民族文化心理，"这一事实只好埋在具备科学知识的人心里"。

在王海的小说《芭英》中，黎族乡民对宗教迷信盲从造成的恶果以一种可怖的情境展现出来。女主人公芭英年幼时，所在的抱石寨曾发生一场严重的流感，寨中接二连三有人病倒，寨民人心惶惶。在肆虐的病魔面前，寨民们第一反应不是向地方政府寻求医疗救援，而是寄希望于后山一个有名道公的驱鬼作法。在主事的帕昜阿公的邀请下，道公煞有介事地主持了捉鬼仪式。然而仪式的结果却是围观的芭英被道公指认为"禁母"，当作了流感发生的祸端。在黎族民间宗教中，"禁母"是指被一种叫"禁鬼"的凶魂附身的女性，"禁鬼"通过她们与人接触来侵害他人。驱逐"禁鬼"要通过专门的宗教仪式，方法有三："一是众人群起将'禁母'乱石砸死，让'禁鬼'无所依附；二是请道公将'三黑血'，即黑羊、黑狗和黑鸡三种动物的血搅拌在一块泼向'禁母'身上，赶走'禁鬼'；三是将'禁母'赶到河里洗身，把身穿的衣裙连同'禁鬼'一块让水冲走，然后换上干净的衣裙，回家闭门三日，防止被洗掉的'禁鬼'再度上身"。三种"驱鬼"仪式本质上都是一种对异端的公开处刑，第一种尤为血腥残酷，亚根的小说《婀娜多姿》中，主人公之一的妩斑的父母就惨死于这种民间私刑观念的影响。虽然小说强调乱石砸死在过去也极少采用，当今社会更是严令禁止，但读者仍不难想象，在过去蒙昧的历史时光中，有多少无辜的黎族女性殒命于道公们主观臆断的神威审判。

　　后两种手段尽管相对温和，却也仍然是通过对"禁母"们当众羞辱的方式来达到"惩戒"的目的。仪式的接受者毫无疑问要承受巨大的心理压力，这种压力不仅来自道公的指控，更来自族群的憎恶和排斥。在芭英被指认为"禁母"后，"乡亲们如临大敌，轰的一声赶紧散开了去，远远围着她，向她投射惊恐、仇恨的目光"；彼时年幼的芭英更是又惊又惧，因为父母不在场，孤独的她只能以眼神向包围她的人群乞求援助，然而即使她情绪崩溃哭倒在地，也没有得到丝毫的同情。芭英是王海着力塑造的悲剧性女性形象，她的一生充斥着求索而不得的悲剧，而黎乡愚昧落后的宗教迷信习俗所造成的闭塞凝滞的民间文化氛围，更是促成她悲剧人生的根源。

二、对"小人物"思想性格局限性的深度挖掘

符永进农民小说的主要艺术手法也值得重点关注。符永进的短篇小说有着鲜明的个人风格，主要特征有三：一是塑造了众多形象鲜明的黎乡"小人物"形象；二是故事情节曲折多变，结尾常有出人意料的转折；三是小说多借鉴黎族民间故事的创作手法，有着浓郁的民族风格。而对讽刺手法的纯熟运用，则贯穿了符永进小说创作的三种风格特征。

在符永进的小说中，主角常常是黎乡山寨土生土长的农民，他们既拥有着黎族人民的传统美德，又有着根深蒂固的小农意识，两种特质的有机融合不但塑造出了栩栩如生的人物形象，在黎乡民间社会转型的大背景下还有效地达到发人深省的效果。《新秘方》中，"我"是一个爱慕虚荣的黎乡村医，由于赖乖寨地处偏远，寨民去乡镇就医不便，他依靠祖传的蛇药、接骨药和胃穿孔秘方，有着颇为丰厚的收入，过着富裕张扬的生活：

摆设的家具家电跟县里的股级干部家的款式一样；不但入新居、儿子结婚、孙子满月周岁大摆宴席，连我和我老婆明知

自己的生日老辈人没记载，也挑出假生日来大摆酒席。要不是老婆阻止，去年母牛下仔，我也要发请柬呢。

然而，"我"颇为苦恼的是，最后一个胃穿孔的秘方却难以带来更多的收入，因为这种病例很少，一年也来不了几个人。某天"我"终于盼来一名患者，村委副主任嘎海在组长选举的酒宴上饮酒过度得了胃穿孔，发作非常严重。"我"满以为祖传的秘方可以药到病除，却没料到嘎海在服药后依旧便血吐血。"我"苦苦思索，回忆父辈们为用药方为人治病的经验，终于找到问题的关键：生活条件艰苦的革命年代，父亲和爷爷都是以此药方治疗因为饥饿而胃穿孔的病人，嘎海的胃穿孔却是胡吃海塞，外加喝了假酒造成的，药方自然不能达到原本的治疗效果。"我"一方面根据嘎海的情况改进药方，一方面又对制造假酒的厂商威逼利诱，取得假酒的处方后获得了解酒药，以嘎海再也不敢多喝酒为结局解决了胃穿孔秘方失效的问题。

从情节中可以看出，"我"的形象有着多面性。作为普通的乡村农民，"我"唯利是图，通过各种手段让祖传秘方给自己带来的利益最大化。作为半个医药工作者，"我"又对患者认真负责，同时认清自身的局限性，勤奋专研调查，虚心向别人求教，"靠祖传吃饭的人，实在知识太有限，……早盼碰上高人好讨教"。作为经历过社会变革的黎族人民，"我"对革命先烈和一心为民的干部又有着敬佩和仰慕之情。小说最核心的情节是以今昔强烈对比的方式揭示了黎乡基层干部的堕落现实。抗日战争时期，"我"的爷爷曾用胃穿孔秘方医好很多因饥饿得病的患者，其中最难忘的是两个琼崖纵队干部。

他们带领战士围阻日本兵,将黎乡人民送来的粮食全部分给下属,自己却三天三夜没吃粮食,仅以野果充饥。战斗胜利了,两位干部也得了胃穿孔,吐血不止,被人抬到爷爷面前治病。"我"的父亲也有类似的故事,新中国成立后黎乡大搞水利建设,有位乡镇干部带病领导上千人修坝,及时阻止了洪水的肆虐。大坝竣工的同时,这位干部胃病加重,"同样大便血大吐血","我"的父亲同样用祖传秘方治愈了他。爷爷和父亲都以自己"有缘医治这样的患者而骄傲了一生",而面对酒囊饭袋的嘎海副主任,"我"只能遗憾"无法像我爷和我爹那样,为自己的病人所感动,所骄傲"。夸张的对比手法对黎乡社会中丑恶落后的一面进行了有力的揭露,尖锐地讽刺了当下部分黎乡干部不再像革命前辈那样一心为国为民做实事,只会为了权谋和虚荣而中饱私囊的行为。爱慕虚荣又向往崇高,自私自利又认真严谨,看似矛盾却又统一的性格特质,使"我"的形象十分生动立体。

符永进的小说《驼老妈》中,主人公"驼老妈"是一位不幸的老妇人。驼老妈年轻时,由于政策原因不能与心上人王奇富在一起。年老后,驼老妈又因为丈夫去世,两个儿子不肯供养,不得不拖着老迈驼背的身体,在村里人的鄙视下去县城捡破烂,以换取收入维持生活。捡破烂时,她又遭到地头蛇的压迫,行动范围遭到限制,使得她总是饥一顿饱一顿。面对生存压力,驼老妈一直保持坚持抗争的态度,少女时代面对爱情,她热切地对心上人表达爱意;年老无助时遭到地头蛇"黑皮老大"压迫,她毫不畏惧地破口大骂,想方设法地加以反抗。

然而,生活的艰难并没有磨灭驼老妈内心深处的善良,在捡到所谓三十七万元"巨款"的时候,迫切需要钱的驼老妈犹豫了,经过激烈的思想斗争,她仍然选择将钱归还给"失主"。文章结尾对驼老妈复杂煎熬的心理状态刻画得真实而富有感染力:决定归还"巨款"时,她的心态并不纯粹,念念不忘地期待着"失主"——曾经的情人王奇富能给她一部分钱作为报酬,来缓解她晚年生活的艰难,以致结尾还在拉着办理王奇富买卖假钞案的女警察的袖子悄声央求:"你叫王奇富给我一点报答,一捆就够。不,一捆太多了,一张就够了……"作为正面形象,出口成"脏"、留有私心的驼老妈显然不够完美,而这些缺点却更显示出她人格的真实性,衬托出她拾金不昧精神的可贵。

符永进着重刻画了黎乡"小人物"的复杂性格,他深入挖掘他们性格中的闪光点,肯定他们的优秀品质,同情他们的不幸遭遇,但对他们身上摆脱不掉的局限性又予以或尖锐或善意的嘲讽,引起人们对于黎族人民在现代社会所遭遇的问题进行深入思考。

三、对转型时期人性伦理问题的揭露

黎族作家文学始于20世纪70年代末,正值"四人帮"倒台,举国上下百废待兴的时期。伤痕文学的影响成为主流。此时处于发生期的黎族文学同样以反思"文革",追忆过去的伤痕为基调。80年代末,改革开放的浪潮漫布全国,作为经济特区的海南,遇到了前所未有的时代洗礼,反映在文学创作中,便是一幕幕传统道德无力抵抗现代资本力量而引发的变革。

王海对于一些黎族人为追逐自身利益而主动抛弃,甚至破坏黎

族传统社会道德秩序的行为则表达出一种冷峻的批判和抑制不住的悲愤。小说《芭英》中，女主人公芭英的母亲是一位遵从黎族旧时习俗，在两颊纹了"靛蓝的线痕"的黎族乡村妇女，她天生丽质的容貌，在当时让很多人艳羡嫉妒芭英生父，这曾让芭英生父获得莫大的满足。然而芭英生父在走出乡村，成为黎乡人人叹而仰望的军官后，就开始对芭英母亲脸上的线痕觉得羞耻，找了一个堂而皇之的借口抛弃了芭英母女，并很快和一个皮肤白皙的汉人女教师组成了新的家庭。

尽管在黎族社会习俗中，相较其他民族，男女间婚姻关系的缔结和解除有很高的自由度，但芭英生父与芭英母亲离婚的动机在于追逐自身利益而视妻子为耻辱，无视芭英母女的生存困境，严重破坏了黎族传统中夫妻互敬互爱的美德。和母亲的经历殊途同归，芭英更因丈夫洛佬的自私欺骗陷入婚姻的不幸：芭英原本与优秀青年比献相知相恋；洛佬爱慕芭英，欺骗她说比献被县里招工不再回来，用卑劣的手段让芭英和自己结婚；又因畏惧承担过失杀人的罪行，以自己是芭英丈夫为由，哀求比献为自己顶罪坐牢；多年后得知真相的芭英悲愤至极，却再也无力摆脱堕落的生活现状。

在小说的叙述中，相较突出黎族传统习俗和现代社会规范之间的矛盾，王海的重点在于展示黎族民间传统道德在经济社会浪潮的冲击下逐渐式微的现状：芭英生父一味地追求主流价值观的认同，抛弃糟糠之妻，隐喻一些现代黎族精英冷漠地切断自己与黎族民间传统社会秩序的联系，加速了黎族传统道德的衰亡；洛佬生理上的不举和精神上的委顿，则象征黎族底层因失去习俗文化的指导和约束后，在欲念失控下不自觉地对民族文化根性背弃造成了自我生存价值的阉割，进一步加剧了民间传统社会秩序的崩坏的时代悲剧。

王海由于其早年一直生活在汉族文化地区，对于黎族文学创作一直以一种"回归"的审视态度进行创作，因此相较其他黎族作家，更有一种独特的民族作家身份意识。和他的黎族文学评论文章一样，王海的小说创作中，也直观地体现出一种外冷内热的自我审视，以及自我批判和反思的态度。芭英的命运悲剧不仅在于父亲的抛弃和丈夫的欺骗，更在于自身的不作为。在芭英长大后，母亲希望芭英也能够"出去做公家人"，考虑让芭英去和生父相认，遭到继父的反对。虽然芭英也向往山外的新生活，渴望生父对自己的认同，但念及继父多年的养育之恩，她还是主动"撕碎了自己始于童年的遥远的梦幻"，留在了黎族乡村。

然而在一次流感爆发中，芭英被请来驱鬼做法的道公认定为"禁母"——黎族原始宗教中认为是被"禁鬼"附身而为害民间的女性，遭到乡亲们的畏惧和仇视。惊恐的芭英在走投无路的情况下潜意识地顺从传统习俗，冲向溪流，通过溪水净身的仪式来洗掉"禁鬼"。就在此刻，她邂逅了人生的挚爱——集黎族传统美德与现代进取精神于一身的优秀青年比献。虽然因为洛佬的欺骗，芭英一度失去了比献，但在她知道事实的真相后，完全可以解除与洛佬名不副实的婚姻关系，和比献再续前缘。然而芭英最终因为乡间层层的人情网和自身的堕落失去了彻底反抗的勇气和继续追求幸福的决心，在现实的泥淖中沉沦下去。

芭英的爱情悲剧与黎族民间故事中的爱情悲剧一脉相承：都是因为外界干预而导致有情人不能终成眷属。但比起黎族传统爱情悲剧中正邪二元对立的故事架构，芭英的悲剧显然更具复杂深刻的现代性思考：她遭到民间陋习的压迫，被可怜又可恨的丈夫欺骗，骨子里又经历着传统道德与现代观念冲撞撕裂的痛楚，却始终未做出彻底的反抗，也缺乏突破自我，追求自我存在价值的勇气。王海对芭英命运的描述与反思，使这篇小说已经远远超过普通的民间爱情悲剧，上升到了黎族族群在现代社会背景下自我认同悲剧的高度。

芭英被指认为"禁母"，被视作流感祸端的源头遭到孤立，表明民间文化愚昧落后的一面在现代社会中依旧根深蒂固地左右着人们的判断；生父对带着黎族传统文身母亲的抛弃，则象征着在主流价值观念的入侵下，黎族文化传统整体被人们进一步边缘化的危机；而芭英尽管清晰地知道自己的所爱和追求，却只会一味地堕落与自怨自艾，缺乏果断的行动力和深刻的自省精神，这无不体现作者对黎族民间过分随遇而安以致随波逐流的民族性的反思。

在黎族新生代作家中，李其文是颇具代表性的一员。和其他"80后"黎族作家一样，李其文在大学接受了高等教育，更直接地接受了现代性文学理论思想的熏陶。在他的小说创作中，常常以人性异化的悲剧为主题。他的小说《游在河里的啤酒瓶》在开头就宣判了主人公的死刑："猴子死了"；"他的死像一只在夜里单独扑火的飞虫，无趣，活该"。显然这里对"死亡"的定义消解了传统民间文学中悲剧意义的崇高性，展示出一种悲愤的自嘲情绪。

"猴子"是个孤儿，依靠家传的腰果园，以及邻里的帮扶为生。然而市场经济的发展却让拜金主义、利己主义等思想扰乱了黎族乡村传统的生活方式，瓦解了古老的道德观念，对此人们毫无办法："可他们的恨是含在嘴里的，无奈的，像一只无辜的老猫眼睁睁地看着一条狗如何吃掉它碗里的东西而感到无能为力"。在无法逆转的社会形势中,"猴子"失去了他赖以生存的腰果园后,主动和地痞流氓同流合污。破坏正常市场秩序的恶霸最终被法律所制裁,猴子无法回到养育他的乡村,却也无法融入县城的生活,最终被世界所抛弃,在一个醉生梦死的夜晚淹死在河中,而他的死亡还不如一个在河里游着的啤酒瓶更能引起人们的关注。举重若轻的对比描写让读者在震惊于"猴子"生命悲剧的同时,不得不再次严肃面对当下社会转型时期各个少数民族群体,特别是其中的"边缘人群"精神归属这一终极问题。

第五节 黎族作家文学中女性主义思想的追求

西方女权运动的兴起是人类社会走向现代化的重要标志,而文学艺术作为人类实现审美理想的最高形式,常常担任社会思想解放的先行者和未来发展图景的预言者,因此女性主义文学的产生也是世界文学发展的必经之路。成长于新时期的黎族作家们大多接受过高等教育,在广泛地接受西方文学的创作手法和理论的同时,也在努力探索黎族文化能够给人类提供什么样的优秀文化资源来解决现实问题,包括对黎族女性生存状况的关照。虽然在实际的文学创作中,我们可以发现黎族作家对黎族女性形象的独特书写,以及对其生活状态的深入关注,但是,目前针对黎族文学中女性主义思想的研究几乎还是空白。

关于黎族女性的社会地位,王海曾经在《从远古走向现代》中这样分析过:"黎族女子拥有人身自由,其作为世界'另一半'的

'女性自由'以及决定自我命运权力范围为世界许多民族所不及,相对历来受男性世界压抑的女性历史状况而言,其中确有合乎人性的地方,更为难得的是,由于黎族女子社会地位较高,因此,处于家庭中的男女关系也比较和谐、平等。现代社会的标志之一是女权主义,然而女权运动风起云涌的背后,仍旧是男性对女性的压抑现状。黎族'女性自由'内容,对现代男女两性紧张而对抗的关系,应有缓解和启示的作用。"[1]王海关于黎族文化中性别平等内容的分析,在某种程度上契合了现代女性主义文学理论对女性存在本质的设想。但黎族作家文学的作品,却折射出了黎族女性真实的社会地位和生存状态。

一、"为时代而生"的平等的女性形象

"五四"运动作为中国社会文化变革的发端,推进了民族民主思潮的传播和"人"的个性的解放,促使人们开始意识到千百年封建制度中女性被边缘化的地位,从而在文学创作中发掘中国女性作为社会主体的存在意义,一批现代意义上的女性作家登上文坛。二十世纪三十年代,在日军侵华导致的民族危机的现实下,无差别一致抗战的号召响彻大江南北,无数不同阶级和不同民族出身的女性纷纷投身战争保家卫国。以奔赴延安的女作家丁玲为代表,许多作家在写作中放弃个人化的叙事,自觉成为政治传声筒以激发全民族共同抗战的意识,为抗战的最终胜利做出不可磨灭的贡献。新中国成

---

[1] 王海、江冰:《从远古走向现代》,华南理工大学出版社,2004年,第6页。

立后，在宏大的国家意识形态语境和建设新中国的政治号召宣传下，性别平等的观念更是深入人心。近现代史上多次社会思想解放浪潮的冲击，加上几十年女性平等社会工作的不断推进，使大部分中国女性有机会参与更多的社会性事务，女性在社会实践中的地位也得到前所未有的提高，反映在文学创作中，表现为一批新时代女性文学形象的成功塑造，以及女性作家群体的不断壮大。黎族作家文学出现于20世纪70年代末80年代初，根植于黎族民间文学传统的女性平等意识，和当时中国文学语境的熏陶，使黎族作家文学在诞生之初即着力于女性文学形象的塑造。

龙敏的短篇小说《共饮一江水》中对苗族女性阿迷的描写令人印象深刻。文章从黎族青年阿良的视角出发，以第一人称"我"的限知视角进行叙述，带领读者一点点地发现阿迷身上的闪光点。阿迷不仅拥有先进的农作物种植技术和严谨的工作态度，还具有中华民族优良的传统美德。她本可以在国营农场工作，但是为了家乡的发展，她放弃了优越的工作和生活条件，带着一身过硬的胶工技术回到了南巴江畔，为家乡的橡胶事业发展贡献力量。更可贵的是，作为新时代的女性，阿迷还有着打破民族偏见，建立新的民族交流秩序的勇气和远见。虽然文章中的阿迷是苗族女性，但由于作者龙敏是黎族作家，因此阿迷依旧是凝聚了黎族作家社会认知和审美意识的女性形象。

从阿迷开始，黎族作家在塑造理想中的女性形象时，基本都注重表现她们出众的知识技能，自我奉献的精神，以及勇于突破世俗偏见，坚持自我的抗争精神。符玉珍的《大表姐》中，大表姐成绩优异，是山寨中唯一的初中毕业生，进入县城有一份体面的工作。

在动乱的岁月里，山寨的人家开始断炊。姑丈家依靠大表姐的工资，不但吃饱穿暖，还给大表哥和二表哥娶了媳妇。而大表姐为了家人，不但在生活上省吃俭用到苛刻自己的程度，还默默搁置了自己的爱情和幸福，表达出一种苦涩的牺牲精神。王艺《纯心浴》中的果芬，要强上进，在县陶瓷厂工作积极，向设计组的同事建言建策，制作出富有黎寨特色的新茶壶；面对李副厂长的潜规则她宁愿冒着被开除、被众人非议的风险，也要坚持自己的原则洁身自好；回到家乡后，听从长辈的建议，潜心进行槟榔的承包种植，再一次实现了自我的人生价值。

王海的《帕格和那鲁》中，帕格和那鲁共同爱慕的那位不知名的黎家少女，以自己一心求学的上进心和坚韧不拔的毅力，震撼了两个因迷茫而无所事事的黎家青年，促使他们重新寻找人生目标并努力奋斗。谢来龙的《海湾》，同样叙述了双妹在爱情受挫后，默默地对抗人们的冷嘲热讽，一心一意地努力干活，勤俭持家，孝顺父母，抚养幼子；在终于寻觅到真爱后，她更能打破社会偏见，勇敢地向心上人表白爱意，追求自己的幸福。这些正面的女性形象的塑造，一方面体现出了黎族民间认同女性社会价值的文化传统，以及人们对她们为黎族发展所做出贡献的赞颂之情；另一方面，也传达出黎族作家对黎族时代新女性所焕发出的历史主动精神和新的社会道德风貌的呼唤，以期激励黎族人民更好地走向未来的发展道路。

二、"父权话语"下的不平等的女性形象

随着时代风气的变化，黎族作家们敏锐地注意到了市场经济发

展与固守民族文化自我之间的一些矛盾：物质经济的发展改善了黎家人的生活水平，但也对黎族传统生活秩序造成了冲击；腐朽的封建制度已经消失，但是愚昧落后的封建思想和小农意识仍然长期存在。要使黎族女性真正获得思想上的解放，寻找到真正的自我，还得经历一个比较漫长的历史过程。有社会学者研究发现，在黎族传统社会中，虽然黎族女性在受教育和婚姻家庭方面与黎族男性拥有平等的地位，政治地位也在新中国成立后有着稳步的提高，但是在黎族传统的习惯法中，男女在法律和经济上依旧不平等。因此尽管"相比同一时期的汉族妇女，黎族妇女的社会地位还是相对较高的，历史上压在汉族妇女头上的'三从四德'，并没有对黎族妇女产生影响"，但是"黎族妇女总体社会地位偏低是显而易见的"[①]。

在黎族作家的小说中，读者可以明显感受到黎族民间男女相对不平等的一些社会现实：作为黎族首领的那改可以三妻四妾；尽管未婚先孕的双妹是失败爱情的受害者，但是人们的冷嘲热讽依旧只针对双妹一个人，孩子不负责任的父亲却没有受到指责；芭英的母亲温柔美丽，真挚宽容，却依旧遭到丈夫的抛弃，只能叹气认命："女人是男人的酒，男人是女人的梦，男人醉过就什么都忘得光光的，女人的梦破了要心疼一世的"……

市场经济的发展使黎族民间社会秩序遭到冲击，向往城市和留守乡村这两个充满裂变的选项，同样深刻地影响了当下黎族女性的生活。《芭英》是王海短篇小说中的力作，小说对芭英深沉复杂的内心世界的探索力透纸背，对黎族女性命运的关注和分析充满了对历

[①] 牛砚田、李粒：《浅谈黎族妇女社会地位》，黑龙江史志，2014年第3期，第285页。

史和时代的思考和追问,而对芭英这一充满民族悲剧性和矛盾性的现代黎族女性形象的塑造极大地填补了黎族作家文学发展的空白。

相较芭英最终没有走出洛佬家,没有走出黎族乡村,李其文在小说《没有什么比一场雨来的突然》里,探索性地分析了黎族女性走向城市之后的命运。相对特别的是,整篇小说中,"郑月娥"都是一个不甚明晰的黎族女性形象,关于她的一切全部来自她名义上的丈夫何俊强的回忆:她命运坎坷,因为家庭贫困不得不在未到法定婚龄的时候,为了一万元的彩礼嫁给年龄是她两倍的何俊强;婚后,又经常承受丈夫的家庭暴力;忍无可忍之后,带着孩子离家出走前往城市不知所踪;而小说结尾对她可能成为城市中休闲中心暗娼的暗示更是令人触目惊心。现代女性主义文学理论对男权主义文艺抨击的重要内容是其对女性的物化,而在李其文表层的文本构建中,对线索人物——何俊强名义上的妻子郑月娥的客体化表现达到了极致。小说以何俊强寻找妻子郑月娥为线索发展情节,而郑月娥始终没有在小说中正式出现,只在何俊强的回忆中有过动作语言以及情绪的描写。除了何俊强面对派出所民警的提问和满大街张贴寻人启事的时候出现过郑月娥的名字,其他时候一概以"老婆"和"女人"加以称呼,这显然是作者李其文有意而为之。李其文看似冷漠的叙事中,充满了对黎族乡村性别不平等现实的揭示,对部分不思进取,丧失生命力和竞争力的黎族男性的反讽,对被压迫的黎族女性命运的关注,以及对现代物质社会对人性异化现状的抨击。

三、女性书写下的"真实"的女性形象

目前为止,在黎族作家中,女性作家的文学创作还比较少,其

中具有鲜明女性主义意识的作品更是屈指可数。在西方女性主义文学批评视野中，传统的父权制社会里，男性和女性是二元对立的关系，男性是社会权力结构的中心，而女性处于被压迫的边缘，所以在以男性权力为中心的社会话语体系中，女性是被男权定义的对象，是根据男性需要而被塑造的存在。因此，一方面，女性主义文学批评致力于对男权社会的语言体系进行解构和批判，对各种男性文本进行抗拒的、创造性的女性阅读，从而分析、解构其中的女性形象，以揭示这些形象所体现的片面的男权意识；另一方面，对很多女性作家而言，她们还在努力突破一种"作者身份焦虑"，这种焦虑不是执着于是否能超越男性的大师级作家，而是能否真正有效地进行自我书写。有着现代性别意识的女性作家们迫切要求建立起女性文学传统作为自己的精神支撑和语言支撑，而这些是传统的男性文学史所无法提供的。以中国女性写作为例，在粉碎"四人帮"后，新中国成立以来女性叙事空缺的僵局得以打破。经历自我意识的空白和生存之痛的女作家们开始重新书写女性生活经历、探索女性的精神世界、构建独立的女性意识。

受时代的局限和传统的影响，在试图通过阶级斗争和革命来寻求女性主体独立解放的方式失败之后，以张抗抗为代表的女性作家仍坚持"五四"的传统，依靠精神的孤独寻觅来作为女性意识的探索方式："张抗抗将女性自我价值的创造注入了更多的理想化色彩，这也是知识女性独具的特征——往往怀着诗意的憧憬设计出一个美好的理想，然后坚定地开始追寻，并对未来充满希望"[①]。但是这种

[①] 李掖平：《二十世纪中国女性文学专题研究十六讲》，山东文艺出版社，2009年，第209页。

精神的独自高蹈与现实相距太远，充满朦胧的浮泛之感，其中传达出的更多的是理想主义的激情，而并非对女性本质和社会现实透彻清醒的认识。

这种在文本中精神的独自坚持与漂泊在女作家徐坤女性知识分子精英式的中性化叙事中遇到了主体性的危机。徐坤在作品中倾诉了维持中性化写作所遭遇的自我性别认同的困境，"因为无论是将女人反叛颠覆男权'菲勒斯中心主义'的'男权历史'，把女性'被言说''被塑造'的历史改写成女性'主动言说''自我塑造'的历史，彻底打破现存的文坛中心化的男性叙事与抒情的写作行为称作女权反抗还是称作女性书写，一旦具体落入到创作实践中，就立刻显现出可笑的虚妄——当女性们发动起对男权中心文化的进攻时，所运用的文字武器恰恰是男权文化为女性制定和规范的'男权话语'！"[①]至此，以男性意识为主体为前提的男女平等的弊端已显露无遗，女性写作悲剧性的悖论显示出男性价值中心的传统道德对女性身心更深层次的双重压抑。

在黎族男性作家在文学创作中对女性意识书写时，同样存在这样的局限性。关于电影作品的评价标准中，西方有一个著名的贝克德尔测验，旨在检测电影作品是否存在性别歧视，检测内容有三条：一、电影中必须出现两位女性；二、这两位女性有交谈；三、她们谈论了除男性之外的别的话题。令人遗憾的是，大部分的影视作品都难以通过贝克德尔测验，而目前的黎族作家文学，特别是以塑造人物形象为重要表现手法的小说创作中，更是鲜有符合标准的作品，

---

① 李掖平：《二十世纪中国女性文学专题研究十六讲》，山东文艺出版社，2009年，第227页。

一个突出的典型就是对母亲角色扁平化的塑造。长久以来，在民族话语和父权话语的规制中，女性价值的实现最终落实在她们对传统道德伦理中母职的恪守，女儿和妻子的身份都导向成为一个母亲的存在，母亲的身份成为女性生命价值的终极意义。因此，母亲的身份就成为女性生命意义的集中体现。对父亲的反叛使以冰心为代表的"五四"时期女作家们将对母亲的书写化为女性文学中一个重要母题，"母爱的伟大和无私成为在黑暗中探索的新女性的精神家园"[①]。

然而，在冰心对母亲做神性的抽象歌颂时，相当程度上忽略了这个理想中的母亲形象所受到的传统父权话语的规制和压迫。在历史现实中，在父权制度的要求下，母亲是承担苦难的失语者，她们身体生存的意义是为了奉献给丈夫和子女，在精神上则完全没有自我，也没有任何欲望。而这种在传统父权道德中生存的母亲显然是片面而苍白的，将这样的母亲形象作为吟咏的对象，显然不能使"五四"的"女儿们"碰触到母亲生命意义的本质，也无从在这样的母爱关照中实现女性意识的构建。王海笔下芭英母亲的形象同样有着这样的缺陷：面临被抛弃的命运，依旧顺从丈夫的决定，把遭遇到的所有不幸总结为是自己命不好，从未怨恨过芭英生父，甚至再婚后依旧在默默思念他，温顺隐忍到令人讶异的程度。

当女性作家以现实基础为立足点创作时，首先接触到的就是母亲作为人，然后作为女人的本质。在这个过程中，传统父权文化所赞颂和规制的民族母性神话就轻易地显示出其虚伪性和不合理性。

[①] 李掖平：《二十世纪中国女性文学专题研究十六讲》，山东文艺出版社，2009年，第22页。

同样是对女性的写作，女性所触及的母亲生命本质和男性所描述的母亲生命经验有着极大的区别。在《丰乳肥臀》中，莫言塑造了一个完美英雄式的母亲上官鲁氏，作者切实的女性经验的缺失和难以改变的男性中心视角使"这个圣人式的母亲难免落入简单化和平面化"。这个拥有强大生育能力，代表着中华民族生命力的母亲从未展示过她的情欲，并且自始至终显示出传统父权文化所称颂的无私无我的精神品格。

与之相反，铁凝的《玫瑰门》《大浴女》等作品和徐小斌的《羽蛇》中母亲们的形象都和民族传统中理想的母亲形象相去甚远。铁凝将母亲拉下民族神话的祭坛，打破传统父权道德中的母性神话，还原母亲的女性本质以真实。通过对母性中残忍、粗心、自私一面的展现，民族传统中模式化的慈爱、隐忍、奉献的母亲形象被彻底颠覆。这种以身体为突破口的女性意识的探索开拓了与理想的精神性的探索截然不同的角度。女性作者以切身体验来对母亲的存在进行分析，指出母亲本身的不完整性：母亲并不是圣人，她有着权力、知识和情欲的需求。在集体化的民族主义文化道德中，母亲的欲求全部被忽视了，她们一直遭到这种以男性为主体的社会秩序的压迫。这种对文化的解构彻底地否定了传统母职对母亲的约束，也彻底否定了主流社会道德对女性意识的片面狭隘的要求和持续的压迫，明确指出母职并不是也不该是女性全部生命价值的意义所在。

目前，在文学创作中表现出较为鲜明的女性意识的黎族女作家有散文家钟海珍和吴拜燕。钟海珍的散文创作中，有很多反映了黎族女性的现代生活境遇，如《昌江女人追夫记》《黑妹》《哥隆女人》《读书的女人最时尚》等。《昌江女人追夫记》以生动的语言记叙了80年代初期，到昌江县政府工作的大学生"小李子"被本地黎族姑娘主动追求的趣事，赞扬了黎族女性为追求真爱而敢作敢当的民族精神。《黑妹》塑造了一位历经困苦，仍对生活饱含热忱之心的黎族妇女形象。黑妹是一位乡村妇女，虽然被称为"妹"，但她已年近四十，是四个孩子的母亲。因为黑妹迟迟没有生下男孩，遭到丈夫的暴力和背叛。然而生下儿子后，黑妹的身体和精神都受到极大的消耗，她的处境也没有得到改变。为躲避丈夫的虐待和威胁，黑妹跟着工程队进城打工，过着四处漂泊的日子。惨烈的婚姻和求生的艰辛没能磨灭黑妹对生活的热爱：她不计前嫌，乐呵呵地与同样喜欢十字绣的"我"交流；花费一整年的时间为工友编织装饰新房用的绣品；深夜十二点穿上亮丽的花裙子在无人的后山守工程队的材料，"不为别的，只为一个人的精彩"。获海南省妇联征文比赛一等奖的《读书的女人最时尚》则借古喻今，从《红楼梦》中女儿们结诗社说起，畅谈李清照、秋瑾等古今知识女性通过自身的学识和智慧，从而立于时代浪潮之先，实现自身社会价值的事迹，强调女性阅读书籍，获得知识的重要性，从而提出自己的女性观："是书让女人拥有独立的人格，不做男人的附属品，在男人的世界里走出自己的一片天""现代女性要成为飞速发展的现代社会的弄潮儿，就必得不断从书中吸取营养，并将之化为在社会上搏击的力量"。在当代黎族作家中，钟海珍的女性意识是相对较为突出和先进的，在她的作品中，黎族女性不再被传统观念绑定，也不为家庭环境所制约，而是努力展现出新时代的民族奋斗精神，以及自身坚韧而独立的风采。

吴拜燕在杂文《勇敢开辟自己的新天地》里回顾了自己黎族女

性的文化背景给创作生涯带来的影响时,以激烈的语气抨击一些汉族人因对黎族传统"寮房"婚嫁方式的误解,而对黎族女性产生"放荡"印象的偏见:"你们这些人肆意贬低黎族妇女的形象,使我十分气愤""我实在不能赞同'汉族妇女高黎族妇女一等'这样的说法""我最讨厌别人戴着有色眼镜看我,用怀疑的眼光审视我"。字字句句都传递出鲜明的少数民族女性主体意识:不仅仅是身为女性的身份意识的表达,更是身为黎族女性对其他民族偏见的强烈反击,这是在黎族男性作家创作中非常罕见的,对性别平等、对民族平等的强烈诉求。

另一个鲜明的文学对比案例,是对黎族女性文身习俗的文学表现,王海和吴拜燕都在作品中描写过黎族女性母女间关于文身感受的交流。《芭英》中,年幼的芭英向母亲询问文身痛不痛,母亲向她细细讲述了文身的过程:"那时是你阿婆和你舅妈一起把我绑住手脚,死死按住我,我每次都是又哭又闹,痛死了。每次绣完后,伤口好多天都消不了肿。我是分三年才全部绣完身上的线纹的。"文身对黎族女性来说显然是一个痛苦的过程,然而芭英的母亲在讲起这个过程的时候,却总是显出一种神圣的自豪的表情。王海在《从远古走向现代》论述文身习俗时,提到"据文过身的女子秘密透露,文身之后可以感受到全身极舒服的快感"[1],因此他将之定义为一种具有文化意义的审美活动,故在小说中加以描述时,从男性视角出发加以充分的审美表达。

而吴拜燕在散文《妈妈的那张脸》中,则是以自己的亲身经历

---

[1] 王海、江冰:《从远古走向现代》,华南理工大学出版社,2004年,第78页。

来阐述母亲对于文身的看法。"我"年幼时,出于羡慕和好奇的心理,也想纹母亲脸上的花纹,被母亲以巧妙的方式拒绝了。直到"我"长大,母亲才伤心地讲起自己文身的经历:

……妈妈声泪俱下:"她用绳子把我绑在柱子上,让我动弹不得。然后用藤尖刺我的脸。染料是用白扁豆叶制成的。在没有任何麻醉剂的情况下,把脸刺出血来才蘸上染料。那种痛苦是无法用文字来形容和表达的。我13岁白嫩的脸和手足上的皮肉,被活生生地刺出血来,承受的是锥心刻骨的痛。"妈妈接着告诉我,刺染的操作要好长时间,从早上到下午5点才能完成。这么长时间,把她煎熬得死去活来。因为手脚被绑,想作一点反抗都无能为力。她只好哇哇大哭,眼泪快要流干了。那经过,至今妈妈回忆起来还心有余悸。"过后,我禁不住问母亲:'妈妈,既然这么疼痛难熬,为什么您一点都不心疼女儿,一定要为女儿刺脸呢?'母亲说:'妈妈给你刺脸,是有说不出的苦衷的。但是妈妈不能违背祖训,妈妈还要为你将来着想呀!'"妈妈说完了上面的话,泪水已经淋湿她的眼睛。

显然,吴拜燕散文中母亲对于文身的态度和看法与王海笔下芭英母亲不同,以致作为女儿的吴拜燕将之定义为"恶俗",并坚定地认为"那画脸的悲剧决不会再重演"。这充分表明了黎族女性作家与男性作家对黎族女性意识的审美表达上存在着显著区别。

黎族母女讨论黎族传统的文身习俗,很大程度上契合了西方女性主义文学中关于"身体写作"理论的论述,"身体是象征的源头,发生在身体上的事件晓谕着丰富而深刻的生命哲理"。身体作为人类存在的现实根本,使女性主义文学有了新的表现领域,黎族作家通过对女性身体与生命体悟的描写使他们能更贴近女性生命本质,并对女性意识进行更深入的探索和建构,展现出不同于传统民族主义女性写作的新的意义和高度。此外,在"母亲"这一角色的身体上,更多地承载了女性本质的真实,是对女性自身内在的深层意识的回归和挖掘。在吴拜燕等人的文本中,作家们主要是以女儿的身份和眼光去审视母亲的一切,并通过对母亲生命本质的观察和发现来建构黎族女性所独有的女性意识。曾经是女儿的母亲和将成为母亲的女儿之间的传承关系又构成了一种隐秘而独特的民族女性历史叙事,这既是对女性意识的开拓,也是对身体写作的发展。

综上所述,黎族女性主体意识的发掘,很大程度上仍要依靠黎族的女性作家们去探索。我们有理由相信,随着黎族社会的进一步发展,黎族女性地位的进一步提高,黎族女性作家的不断涌现,黎族文学对黎族民族文化挖掘的不断深入,黎族女性社会存在方式的文化意义终有一天能在黎族文学创作中有更为充分的表达,为世界女性主义文学的发展做出应有的贡献。

第七章

黎族作家文学的多元化视野与融合

新时期以来，随着思想的解放和文化环境的宽舒，各少数民族的文学得到了大发展，取得的成绩是有目共睹的。但是文学的繁荣和发展，必须以多元化的态势前行，封闭的、相对孤立的文学创作只会带来消亡。敝帚自珍、孤芳自赏的文学创作之路，终究不能适应时代的发展。著名学者关纪新在《论各民族文学在互动状态下的多元发展》一文中提出："在今天的社会生活中，文化学视野内一个基本的也是常见的现象，各民族之间（向外看是东西方民族之间、不同国度的民族之间，向内看是我们国家的各个民族之间）的文化，呈现出空前广泛且异常鲜明的对峙、碰撞和互动状态"①。笔者赞同这一观点，而且"作为诸民族文化的派生物与载体的当代少数民族作家文学，在现时的发展中，尤其充分地感受到了这一点"②。

"实践表明，一个民族的文学艺术要'自立'于世有两种方式：

---

① 关纪新［满族］：《论各民族文学在互动状态下的多元发展》，《社会科学辑刊》，1994年第6期，第121页。
② 关纪新［满族］：《论各民族文学在互动状态下的多元发展》，《社会科学辑刊》，1994年第6期，第121页。

第七章 黎族作家文学的多元化视野与融合

一是闭关封闭地发展,强调自我生成,以纯粹的单质单元为根本;一是开放地发展,强调文化发展中必不可少的交叉性,强调文化之间的关联,并以多元杂质为依归。相对而言,这两种思路各自代表着传统与现代。"① 在这个民族与民族、文化与文化、文学与文学之间彼此汇通对话的时代,"不同的文化经过接触互渗后,在绘画、音乐、戏剧、文学、舞蹈、雕塑等领域里印下深刻的痕迹。这也与当代人同时接受多种文化的滋养有关。"②

马克思和恩格斯早在19世纪就曾精辟地预见到,随着资产阶级及其开拓的世界市场的出现,世界的生产与消费结构将发生重要变化,那就是"一切国家的生产和消费都成为世界性的了。"③ "物质的生产是如此,精神的生产也是如此。各民族的精神产品成了公共的财产。民族的片面性和局限性日益成为不可能,于是由许多种民族和地方的文学形成了一种世界的文学。"④ 进入20世纪以来,一系列的现实证明了马克思和恩格斯的伟大预言。跨文化思维方式以其极大的反传统的召唤力影响渗透着当代人的思路。人们无法回避各种文化渠道直接或间接地汇通的现象。新的政治思维、新的经济模式、新的社会的心理、新的传统观,以及新的意识形态等等,召唤着进入或正在进入现代场景的人类。

而新时期的文化多元性也在各方面造就了与之相对应的少数民

---

① 李洋:《多元格局中的自由抉择——论民族文学视野的新变》,《民族文学研究》,1989第2期,第24页。
② 李洋:《多元格局中的自由抉择——论民族文学视野的新变》,《民族文学研究》,1989第2期,第24页。
③ 《马克思恩格斯选集》第1卷,人民出版社,1972年版,第114页。
④ 《马克思恩格斯选集》第1卷,人民出版社,1972年版,第255页。

族文学,少数民族文学也在创作中展现了其越来越丰富多样的可能。各民族文学在这种多元化的发展倾向中寻求着主体性的确认和建构,用实际的写作丰富了当代的文学创作,同时也用充满了创新意味的探索给自身提供了思考和发展的空间。作为在新时期诞生并成长起来的黎族作家文学,在进入现代场景的过程中也表现出应和、参与的积极姿态,并在创作中呈现出多元化的视野。

我们不能无视这一现代性的跨文化潮流,而且愈来愈迫切地意识到,交流与沟通是何等重要。不仅如此,文学创作作为一个系统工程,生活积累、知识层次、世界观、创作方法、审美理想、文学体裁、文学语言等,则构成了这个系统的各个要素。而各种文学样式,如小说、诗歌、散文、报告文学等,又构成文学的另一个系统。文学系统内部的各个要素,是相互联系、相互开放、互补互促的。黎族作家文学诞生的年代正是新中国改革开放的新时代,黎族作家大多接受过现代的高等教育,因此,不论从主观还是客观上都决定了黎族作家文学在开创之初就呈现出一种全面开放的态势。作家们适应着反映一定社会生活的需要,在批判地继承前人遗产和吸收各种外来文明的基础上加以革新和创造,形成了独特的风格。

而且,文学系统内部要开放,以加速"自组织"运动过程。文学对外部系统、对整个社会和自然更要开放,这有利于及时地摄取社会学、政治学、经济学、思维学、新闻学、心理学、历史学、人类学、美学和语言学等学科的成果和信息,实现能量和信息的转换,从而使作品呈现出鲜明的时代性、深刻性、丰富性和立体性。黎族作家文学作为少数民族文学,不想在全球化的过程中泯灭其文学的民族个性,就必须坚持文学的民族性,但是要创新和发展,就必须坚持向世界各民族的文化开放，不断地吸收世界一切民族优秀的文化因素。以保持民族性为前提的，由内到外的全面开放是黎族作家文学发展的要求和必然趋势。

第一节 黎族作家文学创作的多民族性视野

从人文地理看，黎族作家文学与汉族文学始终保持着深度的互动和交融。据《汉书·地理志》记载：汉武帝平定南越后，汉军于元封元年（公元前110年）自雷州半岛的徐闻渡海，入"海上达到"（海南岛），在岛上设立珠崖、儋耳两郡，"广袤可千里，合十六县，户二万三千"。这便是中原封建势力涉足海南岛的开始。但在中原封建势力及随军而来的汉族人涉足海南岛之前，黎族先民之一的"骆越"人早已生活在海南岛上了。"黎"是他称，即汉民族对黎族的称呼。黎族一般都自称为"赛"，赛是其固有的族称[1]。伴随着汉经济文化影响的不断扩大和大量汉族移民的到来，黎族社会生产力的发展和文化等诸多方面均受到了汉族先进的经济文化的影响，推动了黎族社会的发展和进步，并对黎族文学产生了延续至今的、极为深刻的影响。

以宗教发展为例，黎族民间社会以原始宗教为纲领，作为民族文化的特殊形态，原始宗教的观念渗透到古代黎族人民生活的方方面面。虽然后期有佛教、基督教、伊斯兰教等其他民族的宗教传入，

---

[1] 黎族内部因方言、习俗、地域分布的差异而有不同的称呼，主要有"哈""杞""润""赛"和"美孚"等称呼。

但始终没有为黎族人民所接受。而汉族的本土宗教道教因其鬼神观念与黎族原始宗教有着天然的联系，使得一部分道教的概念和仪式得以和黎族原始宗教相融合。如黎族宗教活动的主持人有道公、娘母和老人三类，其中道公是汉族道教传入约100年后出现的称呼。道公作为黎族民间生活中的重要角色，在许多黎族文学作品中都出现过。

具体看黎族作家对汉族文学的吸收和融入主要有三个方面：

首先，黎族作家文学基本上采用汉语言文字创作。

因为长期与汉族接触，黎族历史上一般都通用汉语言文字。黎族作家也都是使用汉字进行创作的。这使得黎族作家们在表达时需要进行思维的转换，特别是很多时候需要把黎语译为汉语进行表述，于是，他们所要表达的意思就打了折扣。这一点跟其他很多无文字民族在文学创作时所遇到的情况相类似。

其次，在黎族作家文学的作品中有很多汉族人物形象的描写。

由于长期跟汉族杂居，因此黎族作家文学在描写黎族人民生活的同时还经常会涉及汉族人民及其生活。龙敏的小说《黎山魂》中就塑造了一系列汉族人的形象，例如那改的父亲收养的背负血海深仇的"小汉人"那高，他跟黎族人共同生活，成长为善良勇敢的人；还有何秉越等欺压黎族人民的、胡作非为的汉族地方官员。龙敏在创作中没有回避人性的丑恶，并且这种人性的恶最终导致了矛盾的激化，引发了黎族人民的反抗，将小说的故事情节推向了高潮。

第三，黎族作家的创作受到了汉族文学思潮的影响。

伤痕文学可以说是中国当代文学史上的第一个悲剧高潮，是新时期出现的第一个全新的文学思潮。社会主义新时期是以彻底否定

"文化大革命"为历史起点的。文化大革命给人们带来了极大的摧残和心灵的创伤,而只有在挣脱了精神枷锁、思想真正解放之后,人们才能意识到这"伤痕"有多重、多深。这是伤痕文学喷发的历史根源。伤痕文学的问世标志着新时期文学的开端,它在20世纪70年代末到80年代初的中国文坛占据了主导地位,这对于几乎在同一个时期诞生的黎族作家文学也产生了深刻的影响,并出现了大批带有伤痕文学色彩的作品。前文已经对相关的作品做了一些评析,此处不再详细论述。

当然,各民族文学的相互交流并不是孤立发生的,它总是出现在各民族政治、经济交流的同时或之后,而地域、语言上的接近,则有助于文学相互交流的产生和扩大。从古代起,海南岛就形成了黎、汉、回、苗共处的格局。各民族民间文学的交流与影响不是偶然和突发的,而是在长期历史进程中自然而然地进行。在共同开发海南岛这片热土的漫长的历史过程中,黎、汉、回、苗各个民族间在文化上均相互吸收、借鉴。不同国家和民族之间的社会关系愈是相似,它们的文学愈能相互影响。对于拥有共同传统节日"三月三"的黎族和苗族来说,文学上的交流和影响更加容易,事实上黎族和苗族在文学上的交流与影响具有悠久的历史,流传着许多内容和情节极为相似的民间文学作品,在各自的作家文学作品中也能找到对对方民族生活描写的部分。

亚根的《黎苗家的聚光灯》通过对黎族、苗族人民现实生活的描写,反映出党的十一届三中全会以后黎族、苗族人民生活的重大变化,歌颂了新时代给黎苗人民带来的新气象。龙敏的《同饮一江水》中一对异族恋人冲破了黎苗不通婚的传统旧规,最终走到了一起：

> 呵！大圆石，你还是我们两族人民的隔阂石吗？不，是我和阿迷甜蜜幽会的见证者和花月情语的旁听者。我想，它会永远是我们两族人民姻缘的缔结者。母鸡不用生金牙，公牛不用下银蛋，我们的愿望照样会实现。因为，我们是同饮一江水啊！

在反映了黎苗人民现实生活的同时，也反映了在时代的发展中某些旧规被否定，体现了作者对两个民族传统文化的重新审视。

苗族作家李明天的小说《山谷静悄悄》，反映的是黎苗地区的民族教育。主人公沈勇立志献身于黎村苗寨的教育事业。沈勇面对的是每天从事着"劈山种山兰、酿酒和狩猎"工作的、还不懂得学习文化知识有何用处的黎村人民，他入乡随俗学习黎语，挨家挨户走访动员，同村民摸爬滚打在一起。渐渐地，他赢得了村民们的信任，村民们纷纷主动把孩子送去上学。看到这种情景，沈勇抑制不住心中的喜悦，自编自唱起来："太阳出来啰，花开满山坡，黎家孩子来上学啰，歌声飘万壑……"新中国成立以前，由于历史、地理、经济、政治、文化及宗教等诸多因素的影响，海南的少数民族生产力水平很低，旧时代统治阶级的民族歧视、民族压迫政策，使广大的黎族人民根本得不到现代意义上的学校教育。还处于原始社会向阶级社会过渡的腹地地区的黎族，散居在深山老林中的黎族，甚至还处于"刻木结绳记事"的野蛮阶段，只有黎族上层分子的子弟才拥有上学的资财。新中国成立后，真正意义上的国民教育在黎族地区普及。基础教育取得快速发展，高等教育从无到有，规模不断扩大。

李明天的作品反映的黎族地区的教育状况,也充分说明了在民族地区,把现代科学文化知识传播于广大民族地区,逐步提高各民族儿女的文化素质,是一项刻不容缓的工作,这也是《山谷静悄悄》所要表达的更深层次的涵义。

黎族作家不仅对海南岛内居住的少数民族文学给予关注,也对岛外的其他少数民族文学的发展倾注了满腔热情,关注其他少数民族的文学发展。王海在文学评论文章《生活的解读方式——壮族作家吕立易创作浅论》中对壮族作家吕立易的创作进行较为全面、系统地分析与评价:其杂文是"平民的思考,形象的议论";散文是在"追寻中守望生活的真意";小说是"热土孕育的现代情怀"。王海还指出,吕立易的创作自成风格,"为壮族文学的繁荣付出了很大努力",同时,还要看到其某些杂文作品有铺洒过繁之嫌,散文有时过于雕琢,小说情节发展留有人为痕迹等不足之处。当然,王海对吕立易的创作还是给予了很高的评价:"当然,瑕不掩瑜。立之不易的吕立易终于以其创作实绩悄然立之于文坛,这就值得肯定,值得称道"[①]。

从以上几部作品能够看出,黎族作家文学在与其他少数民族的文学进行交流中,相互影响相互促进,在创作上逐渐显现出并不刻意描写惊天动地的大事,而是通过平凡的人和事,歌颂新时期的生活以及人民的精神风貌的创作特点;在对文学的发展进行深层次的思考时,并没有只顾及本民族的文学,而是将多元视野拓展到了居住地区以外的其他少数民族文学的发展,谱写出一曲曲新时期民族

[①] 王海:《生活的解读方式——壮族作家吕立易创作浅论》,《广东职业技术师范学院学报》,2001年第1期,第18页。

相互交流、共同发展的赞歌。

第二节　黎族作家文学创作的西方理论视野

黎族文学发展至20世纪80年代，涌现出了以龙敏、王海为代表的一批作家，逐渐形成了以成长于上个世纪七八十年代的作家为骨干，不断有新鲜血液补充的黎族作家群，形成了文学创作的新局面，开创了黎族的作家文学。这些黎族作家虽然步入文坛较晚，但是有很多是来自黎族乡村并接受过高等教育的，大学的经历使得他们视野开阔，在创作中不断吸取西方文学的精华为己所用。

20世纪中期以来西方哲学、美学与文论发生巨大变化，我国新时期文学和文论发展受到西方文论的影响也比较深刻。西方形形色色的文学理论和文学批评方法论潮水般地涌了进来，其数量之多、来势之猛，可说已到了令人目不暇接的地步。成长于这一时期的黎族作家们叹服于那些陌生的语言学、心理学、社会学、人类学、现象学、阐释学和接受美学对文学批评所作出的新贡献，并在他们的创作及理论探讨中融入了西方文学的创作手法和理论，也逐渐觉察到本民族文学发展所面临的困境与机遇，同时更加关注我国当代文学发展中的重大问题。

龙敏是黎族作家文学中最具代表性的作家之一。他的作品，特别是他的长篇小说《黎山魂》，能够代表当代黎族文学中小说创作的最高水平。在龙敏的作品中，我们能够发现作者自觉或不自觉地融入了一些西方文学创作的手法。如《黎山魂》中对阿练为情人阿真报仇的描写，就是以阿练的意识活动为结构中心，围绕这一中心，将阿练对死去的情人的回忆、对仇人帕当的观察、对复仇计划的联想等全部场景与阿练的感觉、思想、情绪、愿望等，交织叠合在一起加以展示，准确地描摹人物意识流动的过程，揭示了人物的内心世界。这与西方文学中的意识流创作手法十分类似，但并不是完全地、单纯地复制意识流的手法，而是经过了作者的再创造。龙敏未曾上过正式的大学，他的创作之所以与西方文学产生关联，跟他1981年到北京中国作家协会文学讲习所（鲁迅文学院前身）学习的经历是分不开的。在这个文学的殿堂里，龙敏系统地研读了托尔斯泰、尼采、康德等人的哲学思想，结识了国内知名的作家，拜少数民族老作家玛拉沁夫等前辈为师，聆听他们的教导。在这期间，龙敏既提高了理论水平，增加了文学知识，又较为深刻地理解和掌握了文学创作的规律，这为龙敏此后更好地研究和领悟文学理论知识做了铺垫，也为他的文学创作走向成熟奠定了较为坚实的基础。

除了龙敏的作品外，在其他作家的一些作品中也能够找到对西方文学创作理论的运用，这里就不一一列举了。

受到西方文学理论影响最多的是黎族的文学批评。黎族的文学批评是在20世纪80年代后期随着黎族作家文学的发展才开始成长起来的，具有关注少数民族文学发展、关心我国当代文学发展的倾向和特点，并且逐渐地开始运用西方文艺理论看待和探讨文学现象。20世纪70年代末至80年代初，我国文坛蓬勃兴起新笔记小说。王海对这一文学现象甚为关注，他与汉族学者丁力合作撰写了评论文章《论新笔记小说的传统继承和发展》。文章在论述了我国古代笔记小说的渊源历史及其发展演变之后指出：新笔记小说，"特指新时期以来悄然兴起的一种小说现象",它是"一种客观的存在",是作家们"随笔写下来的一种生活"。而这样的"随笔写下","正体现出这批作家对无拘无羁、轻松自然的传统笔记小说创作心态的某种程度上的继承"。文中还探究了创作者的思想情感和创作心态,认为:就新笔记小说作家队伍整体而言,他们的思想底蕴是深深根植于民族传统精神与优秀文化土壤之中的,同时又显著地受着马克思主义哲学观陶染的。前者构成他们思想文化底蕴的深层心理结构,后者促使他们肩负深沉的社会责任感去辩证地、历史地观察生活、认识生活和表现生活。文章最后提出:

> 新笔记小说在当代文坛的勃兴,一方面表明了我们民族传统文化具有鲜明的生命力,另一方面也表明了创作主体贴近现实、服务人民的鲜明自觉意识。作为一种文学现象,它无疑为新时期文坛的繁荣作出了独到的贡献,值得我们去进行深入的研究和探讨。

王海对路遥小说的两篇评论《现实主义精神的观照——论〈平凡的世界〉的人物把握》《从爱情描写看路遥小说的现实主义精神》中,运用了西方文学批评理论。他在评价路遥的创作时说:"一个时期以来,现实主义曾受到一些人的冷淡和责难,认为现实主义是简单的摹写现实,是对生活作镜子式的平面反映。路遥则认为,'在现有的历史范畴和以后相当长的时代里,现实主义仍然会有蓬勃的生命力。''虽然现实主义一直号称是我们当代文学的主流,但和新近兴起的现代主义一样处于发展阶段,根本没有成熟到可以不再需要的地步。'至于一定要在现实主义创作方法和现代派创作方法之间分出优劣高下,实际上是一种批评的荒唐。从根本上说,任何方法都可能写出高水平的作品,也可能写出低下的作品。'正是由于路遥对生活、历史、现实及创作本身有自己独特的认识,所以在近年来纷纭复杂的文学现象面前,他始终能够坚持现实主义创作道路,尤其是在建构《平凡的世界》这部巨著时,能够审慎而果断地采用现实主义方法来从事创作,并'力图有现代意义的表现'。"①

此外,王海的《印象与思考——当代黎族文学发展浅议》和亚根的《滞后的民族文学批评》对黎族本民族的文学发展进行深入的探讨。王海和亚根是从事过多年文学创作实践的,因此他们在评价黎族文学时是最有发言权的。他们在对本民族文学进行评价时,从文本内容、主题、样式出发,从作者生平、主体心态、创作风格出发,从受众阅读期待、理解、接受出发,对黎族作家文学做出了十分客观的评价。王海在《印象与思考》一文中,从总体上对黎族文学做了这样的评价:"应该承认,当代黎族文学的发展是比较滞后的。但是,我们又应该看到,由于历史的原因,黎族文学在很长的时间里一直停留在口头创作阶段,直到新时期党的十一届三中全会之后,这种状况才开始得到初步改观,实现了从单纯的口头创作向书面文学跨越的历史性转变。……"② 王海和亚根对黎族作家文学的评价还是比较客观的,也体现出黎族作家敢于面对本民族文学的

---

① 王海:《现实主义精神的观照——论〈平凡的世界〉的人物把握》,《广东民族学院学报》,1996年第1期,第39页。
② 王海:《印象与思想——当代黎族文学发展浅议》,《民族文学研究》,1997年第2期,第15页。

缺点和正视自身的不足，这些都是值得肯定的。

　　黎族的文学批评，特别是王海的文学评论，能够明显地看出受到了当代西方文艺理论的人本主义和科学主义两大主潮的影响。同时，黎族作家撰写评论文章，对本民族当代文学的发展进行总结和探索，体现出他们对本民族文学发展的极大关注，是民族作家高度的民族责任感的具体表现。黎族作家文学取得了长足的进步，但在文学评论方面的发展却不理想。另外，文学批评者在面对大量西方文学的涌入时，难免出现引进西方种种文艺思潮的仓促与浮躁，缺乏对西方文论武器的熟悉与把握。这样的批评很难对将来的创作进行有效或有益的引导。批评是出自善意、着眼于与创作互动的；指出缺陷和不足，是为了推动文艺创作的进步和发展。因此，黎族的文学批评应该始终遵循有一说一、实事求是的原则，既不吝充分肯定诸多作家所取得的卓越成就，更不惮尖锐指出某些创作者的不足。

第三节　黎族作家文学创作内容的多元融合

　　当代世界的多元化发展，要求我们用联系的、发展的、辩证的眼光进行创作和研究。黎族作家在文学创作时自觉遵循着与时俱进的原则，秉持着"艺术源于生活而高于生活"的理念，注重在传承传统的基础上，不断吸纳新的内容，主要表现为一是在文学体裁上加以拓展和创新，二是在创作题材上涉及面更为广泛。

第七章 黎族作家文学的多元化视野与融合

一、黎族作家文学创作体裁的多元化

从根本上说,文学体裁的形成是社会生活所决定的,同时,文学体裁的形成还与文学传统的继承、革新和历代创作经验的积累以及创造能力的发展有密切的关系。文学体裁作为文学作品的具体样式,一切文学作品的思想内容都要通过这样或那样的体裁来表现,没有体裁的文学作品是不存在的。在文学发展的历史上,出现了多种多样的文学体裁,如神话、史诗、寓言、抒情诗、叙事诗、短篇小说、中篇小说、长篇小说、悲剧、喜剧、正剧、抒情散文、杂文、报告文学等等。这些文学体裁的产生和演变,都有一定的社会根据和它本身的发展规律。

世界各民族文学中最早出现的体裁是诗歌,之后小说、戏剧文学才逐渐发展起来。这一方面固然是由社会生活内容的日趋丰富和发展所决定的,另一方面也是同作家继承前人的文学传统、积累创作经验、发挥创造性分不开的。一个时代、一个作家,如果不能以前人的文学遗产作为基础,长期地积累创作经验;不能适应时代的要求,充分发挥自己的创造性,那么,新的文学体裁就不可能产生。黎族的作家文学在开创之初就已经进入到我国当代文学发展的体系中,因此在文学体裁上必然受到当代文学体裁的影响,出现了很多以往没有的文学体裁,如散文、小说、纪实文学、评论等,并涌现出大批优秀作品,如龙敏、王海、亚根等人的小说创作;王海等人的纪实文学和文学评论;董元培、符玉珍等人的散文创作。多数黎族作家均涉猎了多种体裁的创作,如亚根既从事散文、诗歌的创作,

又从事小说的创作。黎族作家文学的小说和散文创作这里不做赘述，主要谈谈纪实文学和文学评论。

在纪实文学创作中做出突出贡献的是作家王海。王海的文学创作早期是以小说为主，后来转向了纪实文学和文学评论。他先后撰写了《一个县长的人生亮色》《比翼者的天空》等11篇人物专访，他笔下的人物形象光彩照人，纪实故事内容丰富多彩。如《一个县长的人生亮色》中的黎族农家孩子詹益雄，考入广东民族学院政治系，得到党和政府的多方面培养，并于1997年出任海南乐东黎族自治县县长。在詹益雄和他所在的领导班子的带领下，全县的工农业生产以及各项社会公益事业得到了成绩显著的发展。王海注重人物内心世界的发掘，通过詹益雄的事迹，展现出一代民族干部在党的民族政策的光辉照耀下不断地成长与进步的足迹。王海的人物专访，经常通过平实的生活，展现出一批在各行各业上做出不平凡贡献的、具有强烈的时代特色的先进人物的形象。

再如，黎族实力派作家亚根，他的创作几乎包括了大部分的文学体裁。在亚根进入大学中文系就读的时期，以诗歌创作为主，他满怀希望和热忱，歌颂年轻人的激情和理想，代表作有《朋友，我希望》《挫折》等。大学毕业后，亚根放弃了在深圳特区优渥的工作机会，回到故乡海南建设家乡，此时他的创作重点转向散文，主要记录故乡在改革开放的浪潮中所迎来的机遇和出现的变化，创作了《大山月色》《春天的歌声》《七月的田野》《歌伯》等散文，在小说方面，更是有《婀娜多姿》和《老铳·狗·女人》两部奠定其在黎族文学史地位的长篇小说。作为文学创作的多面手，亚根对各个文学体裁都有深刻的理解和独到的把握，善于运用不同的体裁多方面地展示对生活的审美感悟。

　　黎族文学发展到作家文学阶段时出现了文学评论。俄国诗人普希金说过："批评是科学。批评是揭示文学艺术作品的美和缺点的科学"[①]。这种评论，可以洞察过去，启发未来。当评论是苛刻的、有破坏性的、不辨是非的或使人误解的时候，它才是有害的。大多数情况下，人们欢迎评论，并且接受有益的、富于建设性的批评。同样，黎族作家们也看到了文学批评对文学发展的重要性，因此这些从事过多年文学创作的作家们，开始将目光投向文学批评上来，发表了很多有见地的文学评论文章。如王海撰写并发表的《印象与思考——当代黎族文学发展浅议》《局限中的轮回——黎族题材小说创作浅论》《特色课题中的特色发掘——评〈五指山风韵——海南少数民族文学探析〉》《跨越与局限——黎族当代作家创作简论》《在历史的跨越之间——试论黎族当代文学的发展》《古远而丰厚的沉淀——试论几组黎族神话和神奇故事的文化意蕴》《试论黎族民间故事中的道德传扬》《口传的历史"文本"——黎族民间文学概观》《黎族神话类型略论》《黎族长篇小说创作探析》《新时期黎族文学发展论析》《首开先河的"宏大叙事"——评黎族作家龙敏的长篇小说〈黎山魂〉》《沉淀的记忆与真情的发掘——评胡天曙的散文集〈溶溶黎山月〉》《生活的解读方式——壮族作家吕立易创作浅论》《倾斜中的平衡——当代长篇小说首次高潮成因浅探》《现实主义精神的观照——论〈平凡的世界〉的人物把握》《从爱情描写看路遥小说的现实主义精神》《残缺中的守望与追寻——评张欣新作〈致

[①] 《西方文论选》（下卷），上海译文出版社，1982年版，第373页。

命的邂逅〉》《感情的方式——简评潘建生的诗歌创作》等，亚根的《滞后的民族文学批评》《对民族原生态文化消亡的文学思索》《在意象中追求诗的韵味》等，王文华的《黎族民歌浅谈》，王艺的《试论黎族情歌》，等等。这些文章在黎族文学批评史上可以称得上是黎族文学批评的开端，具有开创性意义。

  以王海为例，他在进行文学理论的写作时，十分注重通过分析其他少数民族文学创作所取得的实绩，来改变探索黎族作家文学缺陷的方法。他在《印象与思考——当代黎族文学发展浅议》中写道："同是少数民族作家，鄂温克族的乌热尔图、土家族的蔡测海、蒙古族的佳峻、藏族的扎西达娃、景颇族的岳丁、白族的景宜、佤族的董秀英等新时期文学新人，他们之所以能在本民族那片古老沉重的土地上各自崛起，很重要的一点是他们根植本土又能超越本土"；"走出狭窄的民族生活圈子，在生活的转折中拓展了眼界，增强了主体意识，是他们的共同特点。他们在创作中对本民族的认识，已不仅仅是狭隘的'民族自尊'的维护，也不是为了求取某些认同而在统一的标准下被动地对自己所拥有的生活去进行谨小慎微的选择"①。王海指出，之前黎族一些作家对于写作的思考，暂时还处于相对封闭、狭隘的境界，未能达到一个超然的高度，即跳出自身，跳出本民族视角的局限，以更为广阔的视野，更为多面的视角来审视本民族的文化传统和发展现状。

  更为致命的是，由于长久以来黎族文字发展的滞后，缺乏本民族的作家文学传统，起步时期的黎族作家在进行汉语写作时，不得

---

① 王海《印象与思考——当代黎族文学发展浅议》，《民族文学研究》，1997年第2期，第18页。

不将汉民族的文学写作传统作为模仿的对象和评价标准,以致有些情况下生硬地将汉民族的文化价值观念套用于本民族的人物的思想行为上。如龙敏的《同饮一江水》、符玉珍的《年夜饭》、亚根的《回村》等小说,如果替换掉文章中的地点、物品、人物的民族身份等元素,其情节所表达出来的主体和情感几乎与当时汉族作家的"伤痕文学"没有区别,难以窥见黎族人民自身独特的民族文化表达和历史心理的刻画。土家族作家孙健忠在反思自己的创作时提道:"我片面地着重于形式的卖弄,而比较忽略了在内容上的开拓。我很重视生活的舞台、布景和道具,却轻视了始终活动于舞台中心的人。……其实,这些表面的外加的东西,充其量是一种形似,而非神似"[1]。王海对此非常赞同,认为孙健忠的总结对黎族作家文学的创作有很大的启发性。

可以说,黎族文学评论的产生和发展与黎族作家文学受到汉族和西方文学的影响是分不开的,当然也是黎族作家群共同努力的结果。虽然相对于黎族作家文学的其他体裁而言,相对于其他民族的文学批评而言,黎族文学批评还很稚嫩,还存在很多不足,但相信随着黎族作家文学的发展,黎族文学批评将会取得长足的发展和进步。

二、黎族作家文学创作题材的开放性

题材是文学作品内容的要素之一。从广义上来说,"题材"指的

---

[1] 易知:《投身生活激流写〈醉乡〉——访土家族作家孙健忠》,《文学报》,1984年11月15日。

是文艺作品所反映的社会生活的某些领域、社会现象的某些方面。各种文学体裁的形成和发展，总是随着社会生活的发展，随着作家对文学传统的继承、革新和创作经验的积累，而逐渐由简单变为复杂，由粗糙趋于完美。文学体裁的开放性为作家选择多样化的题材提供了支撑。在社会改革开放与文学价值多元化的时代，文学题材的跨越性、交叉性与重叠性特征显得尤为突出。对于在创作中一直保持多元化视野的黎族作家文学来说，题材自然也呈现出开放性的特征：历史的、现代的、自然景物、风土人情、社会热点问题等。这些题材都被广泛地纳入黎族作家的创作中。特别是一些黎族作家将自己在黎族聚居地以外的生活也纳入到文学创作的题材中来，使黎族作家文学的题材更加丰富了。

董元培的散文《羊城茉莉》，一改他以往将目光集中在家乡的景物、祖国的大好河山上的作风，转而去写在广州学习期间结识的一位善良的汉族姑娘。这篇散文明写茉莉花，实写作者在广州读大学时结识的一位宿舍服务员小冯的光彩形象。小冯每天给作者送来茉莉花，帮助作者排遣远离家乡的孤独感和寂寞感。作者在这位汉族姑娘的身上感受到了高尚的品德和美好的情操：

"听培训部的领导说你是咱们学校唯一的一位少数民族学生，还说你们少数民族同志家乡观念很强，生活习惯也和汉族同志有所差异，要我多关照你，所以我就特别注意你。见你刚来那阵，天天蹒跚在校园里，知道你定是寂寞，就给你送花了，想不到还真管用。"听了她这番话，我这一米七几的硬汉也止不

第七章 黎族作家文学的多元化视野与融合

住热泪盈眶。

这位善良的姑娘,在准备参加高考的时候遭遇车祸,留下轻度脑震荡后遗症和右腿的残疾,以至于高考被耽误了,后来到学校宿舍负责打理内务、换开水:

> 我们班宿舍是六层楼房,没有电梯,她每天总是拖着一条伤腿从一楼到六楼,从一个房间到另一个房间打理内务,换开水,在不为人所注意的平凡岗位上默默地劳动着,给人以方便,给人以温暖。

身有残疾的小冯在平凡的工作岗位上,用实际行动诠释着自己的责任,默默地奉献着。作者通过对小冯这一形象的描写,歌颂甘于奉献、不求回报的时代新人,也歌颂了这个伟大的时代。

作家王海由于工作的关系离开故乡到了广州,在广州的生活给了他新的创作灵感,写了部分反映校园生活和都市生活的小小说、散文,之后转向纪实文学、评论的创作。他十分关注社会生活和社会焦点问题,创作了很多以揭露社会现实为题材的纪实文学作品。他的长篇纪实文学《触目惊心:医疗黑幕大曝光》,记述了"深圳医疗大整顿"的实况,以翔实的材料披露了医疗战线触目惊心的"医疗纠纷",描述了"鱼龙混杂的社会医疗机构""混乱的医疗管理秩序""草菅人命的冷血医护"等恶劣的医疗之风。在文章最后作者明确提出:医者的道德是病人的命根,医者的职业道德不容忽视,医疗机构的运行不能"以钱为本",呼吁医疗机构要发扬"救死扶伤""以人为本"的精神，为病人和广大人民群众谋福利。20世纪末他发表的《广州大行动：向大亨讨巨债》，揭露了广州市一批名噪一时的大亨们的赖债丑闻，大亨们长期拖欠数额巨大的债务，本来都有能力偿还债务，但是却长期赖债，即使是法庭生效的裁决也拒不照办。面对这批赖债大亨，作者出于高度的社会责任感，以犀利的文笔揭露了这批大亨的卑鄙行径，呼吁应该将这些无视国家利益和法律尊严的人们绳之以法，追讨巨债，让国家和人民的财产免受损失。王海的纪实文学，饱含着他爱憎分明的感情，以其大胆揭露时弊的锋芒，贴近着社会和读者，产生了良好的社会效益。

黄明海在2012发表的小说《书给狗读了吗》则是一部反映我国当下教育体制问题的现实主义长篇小说。小说以男主人公杨文许独子杨疑意外死亡的悲剧，引发人们对当下"唯分数论"教育生态弊端的反思和追问。

在网络小说兴起的当下，黎族作家也没有缺席网络小说的创作，小说的题材方面也涉及了悬疑灵异。如廖堃先后在网络连载《无限盗墓》（后更名为《鬼叫门之人皮灯笼》）、《兰宫密码：盗墓贼的诡异经历》《大史官》《神之兵王》（又名《末世之完美计划》）、《骆洛笔记之获壳依毒间》等悬疑灵异小说，其中小说《鬼叫门之人皮灯笼》《兰宫密码：盗墓贼的诡异经历》已经出版。

由此可以看出，黎族作家文学创作并未局限于对黎族地区的景物及风土人情的描写，更把眼光转向黎族生活地区以外的广阔天地，创作的题材非常广泛。随着越来越多的黎族作家走出黎寨、走出海南、走向世界，相信黎族作家文学的题材还会进一步丰富与繁荣。

第四节　黎族作家文学创作主题思想的开放性

主题是文学作品通过社会生活的描写和艺术形象的塑造所显示出来并贯穿于全篇的基本思想，又可称为主题思想。它是作者对现实的观察、体验、分析、研究以及对材料的处理、提炼而得出的思想结晶，既包含了所反映的现实生活本身所蕴含的客观意义，又集中体现了作者对客观事物的主观认识、理解和评价。明末清初的思想家、哲学家王夫之曾说："无论诗歌与长行文字，俱以意为主，意犹帅也，无帅之兵，谓之乌合"[①]。这里的"意"便是指文章的主题思想，可见主题思想在文学创作中的重要性。

黎族作家文学题材的多元融合为其主题思想的多元融合提供了前提，于是黎族作家文学的主题思想有对历史咏叹的、对爱情歌颂的、对新生活赞美的、对黎族文化保护的，以及对传统文化反思的，等等。除了这些充分体现黎族作家文学民族性的主题之外，黎族作家们还将创作延伸到其他的主题，如生态文学。

"文学即人学"作为高尔基提出的文学命题和文学的经典性定义，为世公认，广为传布。因此，文学的研究和创作都不能不关心人的生存环境（自然环境和社会环境），二者的结合就产生了生态文学。现代社会，由于人类居住环境的恶化及人类生态意识的提高，环境问题已经引起社会的广泛关注，与此同时生态文学得到了发展

[①] 王夫之：《薑斋诗话·夕堂永日绪论内编》，《船山全书》第15册，岳麓书社，1996年版，第819页。

和壮大，并成为今天世界文学创作的一个重要的主题。黎族世代的居住地大多依山傍水，大自然给黎家人的生活提供了丰富的食物和赖以生存的家园，直至今日，仍有少部分黎族人生活在五指山高海拔地区，过着世外桃源般的生活。然而，随着科技的发展，社会生产的需要，对森林植被物产的破坏日益严重，生态环境问题已经成为人们普遍关心的热点话题。于是，生态文学也成为黎族作家文学创作的主题之一。

龙敏的短篇小说《青山情》讲述的是一位黎族老大爷爱林护林的故事。这位面对着因乱砍滥伐而导致荒芜的青山，并且"心怀重创"的守林老人，对一切进山者都深怀戒备。当"我"跟野生珍稀树种调查队的小吉，想让大爷带路去寻找濒临灭绝的坡垒树时，老人的举动却令人吃惊：

> 他马上转过身去，钻进屋里，端出猎枪，塞上火药，举上天空"砰……砰……"一连开了五枪。然后，钻进屋子里，连半个鼻子也不再露出来了。

为何老人有如此惊人的举动？正如"我"所说的，这的确"刺中了老人的痛楚"。十二年前老人曾接到指示，说中央急需这种珍贵木材坡垒树，他亲手将坡垒树砍倒，但"宝树"却不是送去北京，"而是到了一户当官的家里"。这对于一个对森林树木无限热爱的人来说，是毕生的耻辱。老人愤怒了，他终日守护着这片森林，希望能够尽最大所能保护这些珍贵的树种。当"我"掏出"特级保护林木"的铜牌，钉在树上时，老人扑过来，摘下铜牌，丢在地上，说：

"这块铜牌挡不住人家的斧头"。"我"和小吉临走时,老人握着"我们"的手说:"你们回去后,不要叫人来砍树。这一代砍光了,多少年才长起来哟……饶了它们吧!那些不会说话的树木!"

  黎族老大爷的话虽然质朴但却蕴含了深刻的哲理。人类很早就开始注重人与自然之间的关系。在中国,二三千年前人们就开始追求"天人合一"的境界。"天"即大自然或宇宙万物,"人"指的是作为主体的人类,"合一"即融为一体。这种朴素的生态意识肯定了人是自然界的一部分,认为宇宙生命一体化;倡导重视生命价值,兼爱宇宙万物的平等意识;主张人与自然和谐相处,共同发展。海德格尔早在1943年,就借用荷尔德林"充满劳绩,但人还诗意地栖居在大地上"的诗句提出了"人诗意地栖居"[①]的重要命题。"诗意地栖居"(Poetic Habitation)是人类与自然和谐关系最生动的阐释,是人类在自然中生存理想的最抽象的概括。现代社会,随着人类的快速进步,人类改造自然的能力日益提高。人们的任意捕杀及工业"三废"的污染,农药、化肥的大量使用,已使地球上的动植物急剧减少。据统计,现在地球上每天要灭绝一种生物,这只是区域性小范围的。更为严重的是,人类排放的二氧化碳所产生的温室效应已使全球气温升高、灾难性天气剧增、海水上涨……,全球的生物包括人类自己都面临着灭顶之灾。人类只有在保护自然、爱护自然的前提下,才能够去憧憬在自然中"诗意地栖居"。

  现代生态文学兴起的背景是在人类的生态意识普遍提高的条件下,人类对自身与自然关系的一种重新思考。从《青山情》可以看

[①] 海德格尔:《人诗意地栖居》,《演讲与论文集》,孙周兴译,三联书店2005年版,第196页-215页。

出，黎族作家文学中的生态文学关注的不仅是人类生存的未来和美好的明天，而且还更关注人类作为万物灵长的良知和尊严。

第五节　黎族作家文学创作艺术技巧的拓展

艺术技巧是指作家、艺术家提炼生活素材，设计作品框架，安排情节线索，运用语言、色彩、音响等艺术手段塑造形象、反映生活、表现主题的一整套技能。它是作家、艺术家不断地观察生活、分析研究生活，在长期创作实践中勤学苦练，并批判地借鉴前人艺术经验的结果。艺术技巧对于创造完美形式，正确表现作品的思想内容，增强艺术感染力，深刻地反映生活的本质，具有重要的作用。为什么人们熟视无睹的平常小事能够被作家写成引人入胜的文学？美国理论家马克·肖勒在《技巧的探讨》一文中提出："内容（或经验）与完成的内容（或艺术）之间的差距便是技巧。"[①]

龙敏的长篇小说《黎山魂》显示出的对艺术技巧使用的纯熟，是黎族文学史上前所未有的。在内容上，《黎山魂》反映的是清末发生在海南乐东地区黎族部落间的故事，属于历史题材。在黎族作家文学中，《黎山魂》首次在宏大的艺术构架中对黎族社会历史和生存状态做出了全景式的反映，较为完整地呈现了黎族社会历史文化的丰厚积淀。作品历史跨度大、地域范围广，且人物众多、线索纷繁；但龙敏艺术地采用了由点及面、由近涉远的方式建构起一个严谨的

[①] 马克·肖勒［美］：《技巧的探讨》，见《"冰山"理论：对话与潜对话》（上册），崔道怡等编著，工人出版社，1987年，第174页。

叙述整体,以主人公那改的成长经历和活动范围作为主线,连接起一个个环环相扣的故事;使作品在人物的塑造上显得多而不乱,在线索的把握上繁而不杂,将气度恢弘、场面壮阔与细腻的人物心理活动结合起来,生动形象地塑造了那改这一具有典型意义的人物形象。作品从那改的出生写起,以其在成长过程逐渐显露并趋于成熟的英雄性描写作为依据,准确反映了黎族同胞的思想情绪和心理素质。同时,作品还塑造了许多性格鲜明的黎族和汉族的各式人物,有正面形象也有反面形象,并且人物形象饱满。这些人物的活动合成了一个黎族社会的、全景式的、独立而又完整的世界。

我国历史上杰出的文艺理论批评家刘勰十分重视文学创作的艺术技巧。他认为文学创作要讲究表现技巧,就像下棋的人需要讲究技巧方法,而不能像赌博的人那样去碰运气。"是以执术驭篇,似善奕之穷数;弃术任心,如博塞之邀遇。"① 各种艺术技巧的运用,都必须服务于全篇作品的整体美,要"弃偏善之巧,学具美之绩"②。从全篇的布局来说,要符合"杂而不越"③ 的美学原则,这就是经常讲的部分与整体的关系,也就是一和多的关系,要使文章的各个不同部分和谐地统一在一起,构成一个完整的艺术形象。各种技巧的使用都不能离开整体美这个总目的。龙敏的《黎山魂》恰好体现了刘勰所提出的艺术技巧的和谐之美、艺术形象的完整之美、艺术

---

① 刘勰:《文心雕龙·总术》,《文心雕龙注译》,郭晋稀注译,甘肃人民出版社,1982年,第507—508页。
② 刘勰:《文心雕龙·附会》,《文心雕龙注译》,郭晋稀注译,甘肃人民出版社,1982年,第357页。
③ 刘勰:《文心雕龙·附会》,《文心雕龙注译》,郭晋稀注译,甘肃人民出版社,1982年,第357页。

作品的整体之美的思想。难怪有学者称龙敏的《黎山魂》是黎族文学的"扛鼎之作"。

文学是语言艺术，是用语言塑造艺术形象，反映社会生活，传达作家对人生独特的审美体验的艺术门类。因此黎族作家对语言技巧的运用相当重视，相对于以往的黎族文学来说，拟人、对比、夸张、讽刺、象征等表现手法和技巧，被作家们灵活地运用到散文、小说等黎族文学的新体裁的创作中。这里谈谈黎族作家文学的散文中对象征手法的运用。

象征是一种文学表现手法和修辞手法的交叉现象：从词语着意加工方面来看，它是一种修辞手法；从文章的艺术构思来看，它又是一种艺术表现手法。

亚根的散文集《都市乡村人》，分童年趣味、乡情飘逸、精神漫游、人世感触四大部分。反映的是童年时代、黎族风情、新人新事、新风貌，抒发的是他对童年生活情趣的写照，故土的眷恋情结。郭小东在为亚根的《都市乡村人》作序时讲道："古老的心弦、黎寨晚来的消息、膨胀着的生命欲望和张力的人生图像，贫困中的欢乐、远离都市人的田园牧歌；犁公、拉帮、筒裙、歌伯、薯坡、山剑、篓爷爷、捕田鼠、摘山果、寮火、瞻南（玩水）、新灶、太阳花、种笋、山藤等等，久违的象征性意象混合着日出而作日入而息的劳作，感召着我们已被城市污秽和坚硬粗砺得麻木沮丧的神经，温暖着早已死亡的枯萎的心灵和味觉，向往着一种质朴的生活，一种和大自然亲吻着、充满着生命原初和纯洁精神的山野之气。""亚根对黎族历史文化的钟爱和执迷，有时到了企图颠覆抗拒的地步，这是他情到深处犹入迷宫之后的神迷。他总想从历史传统的文化资源中，发现出一些鬼斧神工、可歌可泣的事项来,以至于他对黎族文学的现状抱着种种挑剔的想望"。他创作的散文,记叙了本民族和自己童年的足迹。

《都市乡村人》中也有很多描写现代都市生活的部分。但都市霓虹的背后,更多的是作者的反思,是一种民族意识的觉醒,也体现了作者对原生态文化保护问题的关注。从作品中能够感受到作者具有明确的、强烈的民族意识,钟情于家乡,并有着对人类普遍命运的关注。或许这正是亚根把自己的散文集命名为《都市乡村人》的原因吧。

第八章

黎族作家文学的成就与不足

我国是一个统一的多民族国家，除了汉族外，有五十五个少数民族。这些民族虽然文化的发展并不平衡，但和汉族一样，都有着自己悠久的历史和文化传统。他们在各自不同的社会历史条件下，创造了本民族独具特色和风格的文化，创作了许多优秀的文学艺术作品，丰富了中华民族光辉灿烂的文化宝库。多民族性也是我国文学的特点之一，少数民族文学以其独特而浓郁的民族色彩使我国的文学更加丰富多样，绚丽多姿。从这个意义上说，我国光辉灿烂、历史悠久的文化，乃是由我国各民族人民共同创造的。黎族作家文学是我国少数民族文学的重要组成部分，在四十多年的时间里取得了突出的成绩，也存在着明显的不足。

第一节 黎族作家文学的成就

黎族作家文学的兴起，是黎族文学新发展的重要标志。黎族作家文学的发展，取得了黎族文学发展史上前所未有的巨大成就。

首先，黎族作家文学在坚持民族性的道路上取得了巨大的成就。

民族性是历史长期形成的文学基本属性之一，是一个民族的文学相对于其他民族文学所具有的特性和个性特点。而不同年代的作家对文学民族性的孜孜以求、各有千秋，也为推动文学的民族传统的发展、使文学的民族传统赋有现代性品格作出了积极的贡献。黎族作家文学在发展的过程中始终坚持民族性的原则。

第一，建立了黎族文学创作队伍。

以龙敏、王海、亚根等人为代表的一批黎族作家，形成了文学创作的基本队伍，开创了黎族作家文学创作的新局面。他们用自己的作品向世人展示了黎族人民生活的方方面面，展示了黎族人民在新时期的历史进程中的民族意识和民族精神。由此也将黎族文学由口头文学推向了作家文学这一新的历史发展阶段。毫无疑问，黎族作家队伍的形成，结束了黎族没有作家文学和书面文学的历史，是黎族文学事业中一个不可低估的重大成就，是进一步繁荣和发展黎族文学创作的最基本的条件。

大多数作家都是从小生长在黎乡，对于这些谙熟本民族生活的作家来说，他们在保护本民族的文化传统方面有着与生俱来的民族责任感和使命感。他们以文学创作的方式来履行着继承和弘扬黎族传统文化的使命，并且一直孜孜不倦地进行创作，题材涉及文学拓展艺术等诸多方面。比如作家黄学魁就发表过很多关于黎族织锦文化方面的文章：《黎族几种典型传统织绣花纹图案内涵解读》《黎族织绣染构图艺术及其风格特征》《黎族织绣图识》《黎族传统文化中的古代文明信息》等多。黄学魁希望通过这些来纠正当下其他民族对黎族文化的误读、展现真实的黎族文化。亚根也撰写了《黎族舞蹈概论》《新十年黎族舞蹈研究》等专著，编撰了《黎族民歌经典选本》，创作黎族歌舞剧《槟榔新歌》，歌曲《天地吉祥》《七仙欢歌》《槟榔情》等。

第二，创作和出版了大量具有民族性的文学作品。

黎族作家文学的作品大多以反映黎族社会历史或现实生活为题材，受到了读者的欢迎，丰富了我国当代文学的题材。它们在广阔的社会背景下，历史地、真实地反映了黎族的生活斗争，特有的生活方式、风俗习惯、文化传统以及黎族地区奇伟壮丽的自然风光。

同时，黎族民间文学的搜集、整理、出版工作，取得了丰硕的成果。由于黎族历史上长期处于有本民族语言、无本民族文字的状态，因此，在相当长的时间里，没有书面文学。黎族以口头传承形式保存的民间文学，历史悠久、遗产丰富，特别是神话传说和民歌等，不但数量多，而且质量高，是中华民族文学宝库中的珍品。很多学者和黎族作家参与了黎族民间文学的搜集、整理、出版工作。他们深入到黎族村寨搜集、整理、翻译，取得了显著的成绩。王文华搜集整理的民间叙事长诗《甘工鸟》和张跃虎搜集整理的传统黎歌集《五指山风》，都是"原汁原味"地采录和整理。尽管目前出版的黎族民间文学作品，还远远不足以反映出它的储藏量，但是从目前已经整理出版的作品已能看出黎族民间文学的光彩和丰富。对民间文学的搜集和整理也为建立完整的黎族文学系统作出了贡献。

第三，作品具有鲜明而具象化的民族性，文学创作的整体水准在攀升。

黎族作家文学，始终都有一条无形的主线贯穿其中，这就是鲜明的民族性。它不但体现在文学作品的内容上，同样体现在作品的形式上。从其内容方面来说，不论是充满神秘感的神话传说和透润心灵情感的歌谣等民间文学作品，或是以现实主义为创作原则、以展现当代社会生活风貌为主题的作家文学中的小说、散文、诗歌等，都是以本民族社会生活为主要题材，虚幻或真实地展现本民族的生活历史和心理、情感的轨迹，生动地塑造了具有民族性格的人物形象，深深地表现了本民族心理结构、思想感情和文化传统。遥远时代的神话、传说、民间故事以虚幻浪漫的表现手法再现了黎族的历史生活，而反映当代民族社会生活、精神风貌、理想愿望与感情的作品，则是真实的艺术体现。从中我们可感受到黎族的思想观念、爱憎感情、道德评价，可领略到黎族的生活方式、风土人情、风俗习惯、节庆仪式、服饰饮食，可了解黎族在历史上的生存状况和现实生活的流变。从形式上说，黎族作家创作的小说、散文、诗歌，虽然均是用汉语创作的作品，但作者在创作时都尽量突出民族特色，形成了独特的、符合本民族欣赏习惯和审美趣味的语言特色。特别是在创作上较为成熟的黎族作家龙敏、王海的小说中，小说语言和人物对话，民族特色更为突出。当然，也不排除民族作家在创作上采用了非民族题材，如王海移居广州后，写了许多反映校园和都市生活的非本民族生活题材的小说和散文；其他作家的作品中也有反映本省以外的风物内容；但这在黎族作家文学中所占比例较少。另外，由于民族作家独特的心理气质、文化素养所决定，使得他们在描写非本民族题材时，也不能不带有本民族的情感体验，无不"把自己民族的烙印镌刻在这些事物上面"[1]。

---

[1] 《别林斯基选集》第2卷，上海译文出版社，1979年，第77页。

其次，黎族作家文学在开放性的道路上取得了进展。

当今世界，文化的挑战已被视为全球化的最大挑战。我国一些学者认为，中外文化交流史的诸多事实既证明了异质文化之间的碰撞、交流、挪用、吸收可使双方受益（尽管这种交流并非完全平等，很多时候甚至是一边倒的），同时也印证了撇开本土强调全球，或撇开全球只强调本土，都不能使边缘的弱势文化保持长久的生命力。因此，黎族作家文学从起步到发展至今，一直处于一个开放的社会体系中，在发展的过程中也就呈现出一种全面开放的态势，吸收和借鉴了其他民族文学及西方优秀的文学理论和创作方法，在开放性发展的道路上取得了一定的成就。

第一，作品的创作题材以现实为出发点，呈现出现实主义风格。

黎族作家文学的作品，不论是诗歌、散文或小说，多数是以新时期为背景的，以新时期黎族人民的社会生活和精神风貌为基本素材，真实地描写本岛本地区美丽的自然山水风光和淳朴的风土人情，反映新时期的变革给少数民族人民的生活带来的变化，塑造出新一代的民族典型形象，反映出独具特色的民族理性精神。这种从现实出发的理性精神突出的体现在以下两个方面：

一是作家能够及时地从新时期异彩纷呈的现实生活中，把握住时代的脉搏，描绘出新的历史时期黎族地区的生活变迁，展现出人们的新的思想风貌。例如龙敏的小说《老蟹公》《年头夜雨》使人们看到了一个民族发展与时代的变化之间那种不可隔断的联系。王海的《弯弯月光路》，通过描写阿波和阿迈两位追求水妹的男青年而最后以掌握科技知识的阿波获得姑娘爱情的故事，反映了在现代文明的冲击下，黎家儿女价值观念的改变。而阿波的"胜利"则表明，现代文明已在黎乡扎下根，成为黎家儿女的追求和向往。亚根的《黎苗家的聚光灯》、董元培的《南叉河道情》、符玉珍的《年饭》、王艺的《洗衣歌》等作品，也都在对现实生活的描绘中，让人们感受到时代脉搏的跳动。

二是以新的思想观念去考察社会、思考问题，在对本民族优良传统文化思想的继承和褒扬上，自觉地以现代意识和现代文明为参照，并赋予新的内容。龙敏《同名》中的主人公亚因，打破了妇女不带婆婆改嫁的观念，并以现代文明的意识开导丈夫，最终冲破旧观念的束缚，将已故前夫的孤单老母接来赡养。人们从亚因的身上看到了一个具有黎族传统美德，而又敢于与旧有的不良传统观念决裂，精明能干、锐意改革、带头发家致富的新时代民族妇女的形象。王海的《吞挑峒首》则通过对峒首的一系列言行和心理活动的描写，以及峒首由失态到醒悟的过程，表达了作者对民族传统观念重新审视的态度。人们可以从中看到，怎样的传统观念应该保留和遵守，怎样的传统观念应予改革和摒弃。

第二，在文学作品的体裁上有了新的突破。

在黎族作家文学产生之前，黎族文学处于口头传播的民间文学，体裁有神话、传说、故事、歌谣、史诗、谜语、谚语等。作家文学产生后，文学创作的体裁吸收了汉族当代文学的体裁形式，变得更为丰富，出现了小说、诗歌、散文、纪实文学、评论等体裁，这些体裁已经被黎族作家所广泛使用。在这些体裁的创作中，不论布局、谋篇还是语言技巧的使用，都显示了黎族作家的文学造诣。

第三，对黎族地区以外生活的感悟。

随着经济的发展，越来越多的黎族人走出黎寨，走出海南，甚至走向世界。黎族人的生活面貌发生了前所未有的巨变，黎族作家的视角也更为广阔，他们把自己在黎族地区以外的生活写进作品，丰富了黎族作家文学创作的题材，例如董元培的《羊城茉莉》。另外，在纪实文学的创作中也体现出黎族作家对社会时事和焦点问题的解读。

从以上的描述中我们能够看出，黎族作家文学坚持了民族性，很好地保留了本民族的特色，同时，对先进文化又能够采取积极的、开放的态度，吸收其精华为自己所用。黎族作家文学是顺应着历史行进的步伐、踏着时代主旋律的节拍发展起来的。开放性使得黎族作家文学能够兼容并蓄，创作的视野更加开阔，内容更加丰富。坚持文学的开放性，根本目的是为了吸收外来文学的成果和精华，促进本民族文学的发展创新，这也是民族文学生存与发展的必然要求。对于一个民族来说，在长期的共同生活和生产中，沉淀、积累并逐渐地发展起来的文化成果和文化传统是其建设和发展的立足点，是其凝聚力的纽带。正是因为黎族作家文学在发展中坚持了民族性与开放性的结合，才取得了今天的成就。

第二节　黎族作家文学民族特色的不足

对于文学的民族性，有学者提出："民族精神"是"文学民族性的核心与灵魂"[①]。"对于民族精神的界定，目前国内学者大致有

---

① 张俊才：《民族精神：文学民族性的核心与灵魂》，《文艺理论与批评》，2004年第1期，第114页。

三种看法：一部分学者从进步的积极的角度来界定民族精神，认为真正的民族精神体现民族的根本利益和社会发展方向，是一个民族得以维系和发展的精粹思想、进步观念和优秀文化，不包括落后消极的因素。如著名哲学家张岱年先生认为，民族精神应具备两个要件：'一是有广泛的影响'，'二是能激励人们前进，有促进社会发展的作用'。也有的学者将'民族精神'定位为一个中性概念，认为其反映了一个民族的精神的整体风貌，既包含着进步、优秀的成分，又包含着落后、劣根的一面。还有的学者采用具体场合具体分析的方法，认为作为研究的对象，应将民族精神看作是精华与糟粕的共同体，但作为宣传的对象，则仅指民族精神中正面的东西。"① 如果从民族精神这一词汇的使用情况和普遍意义来看，笔者赞同第一种看法，"认为民族精神是民族文化的核心和灵魂，是一个民族在长期的生产与生活中表现出来的富有生命力的优秀思想，是一个民族共同的价值观和精神支撑，是民族凝聚力的思想基础和社会发展的精神动力，具有对内动员民族力量、对外展示民族形象的重要功能，……它能够激发一个民族的自豪感和自觉性，能够激发一个民族的生命力、创造力和凝聚力，是一个国家综合国力的重要组成部分，无论作为研究对象还是宣传对象都不包括消极和落后的方面"。因此，文学的民族性，是民族精神在文学中的体现，文学的民族性既能反映出民族优秀的文化成果和文化传统，又能反映出民族新的时代精神。

在黎族作家文学的作品中，虽然大部分作品都注意保持民族特

---

① 唐明燕：《民族精神的一般含义、演进规律及其研究方法刍议》，《理论学刊》，2005年第10期，第87页。

色，弘扬民族精神，但也有一部分作品存在民族特色不足的情况。一部分作者虽然拥有厚实的生活基础，但是在创作思考时，特别在本民族的共同心理素质的探索和揭示上，还没有能够达到透过表象看本质的层面上。这样就导致尽管在作品中努力贴近时代生活，尽力描述黎族社会历史的发展，但是这些描述似乎都缺少一种以本土为基础的密切联系，而单纯地表现了时代精神对一个民族历史发展的表层影响。时代精神对一个民族的复杂的难以回避的文化碰撞和对一个民族所固有的心理方面的冲击等更为深层次的问题，却没能在作品中体现出来。从作品对人物的表现来看，即使将他们放在作品以外的任何一种环境里，对其性格发展的解释都会是相同的。也就是说，他们的性格可以从单纯的故事中整理出发展的线索，却难以从特定的环境中寻找到更多的形成的依据。这些作品实际上已经与汉族生活题材的创作没有太多的区别。

例如，本文第二章第四节所提及的带有伤痕文学格调的符玉珍的散文《年饭》等作品。这些作品都是以歌颂十一届三中全会后的新生活为主题的，除了"放之四海皆准"的思想意义，的确很难看出多少具有民族特色的发掘，很难看到属于黎族独有的生活内容的描写。在一些其他题材的作品中也存在缺乏民族特色的情况，尽管这些作品是具有真情实感的，但是民族特色的缺乏却使得这些作品很可能在民族文学的发展过程中被遗忘。

好在很多黎族作家已经开始意识到上述问题，王海、亚根等人在对黎族文学的评论中也对黎族作家文学作品缺乏民族特色的问题进行了探讨，一些作者也在后来的创作中逐渐走向成熟，这是值得肯定的。

第三节 黎族作家文学"走出去"中存在的问题

全球化是一个全方位兴起的现象，具有不可逆转的向度和发展趋势。在民族文化发展的现代化进程中，在外来文化与本民族文化、全球化与本土化的冲突和互动中，人们已经在民族传统文化转型的必要性、重要性和迫切性上达成了共识。文学的发展也是如此，民族性是民族文学建设的立足点，开放性是文学发展、创新的必由之路。对于外来文学，简单地肯定或否定，机械地接受或对抗，都不可取；打着民族特色旗号的"中庸"有时是向传统妥协，其中含有对传统文化糟粕的复制。但是，凡事都具有两面性，一味地开放、无选择性地全盘吸收，势必会造成文学的发展走向悖论。面对黎族文学以外的文学，黎族作家文学在"走出去"的过程中，虽然能够吸取精华为己所用，但是在运用上仍存在与本民族文学融合上的不足、作品中会有"生搬硬套"的痕迹。

反映改革开放新时期人民生活和精神发生的巨大变化，歌颂党的正确领导的作品，是中国文学在改革开放新时期一段时间内的一个普遍主题。黎族作家文学也吸收和顺应了这一时代主题，创作出许多作品。但是，在不少这类主题的作品中，作者仅满足于对生活平面的简单描绘：

啊，敞房里椰树下，黎寨中，一首优美的山歌，蕴着时代崭新的节拍在飘荡，飘荡……（黄照良《新居夜歌》）

面对南叉河日新月异的今天，我真想给她换一个名字。比如叫做"甜河""幸福河"或叫……然而，我又想到，还是叫南叉河好，让我们年轻的一代，让我们的子孙都懂得，我们的民族，曾是一个从泪水里泡出来的民族。只有这样，年轻人才能懂得该怎样珍惜这春风吹拂、艳阳高照的今日，我们的子子孙孙，才能坚定地跟着共产党，去创造一个更加美好、更加辉煌的明天！（董元培《南叉河道真情》）

　　类似这种表达的作品还有不少，它们都用一种"标准化"的模式去传达同一个主题，表达着时代变迁带来的美好生活。这些作品虽然情感真挚，但是却沿袭着现成的模式，而且，这种模式化的表达方式，在黎族作家文学发展的进程中，持续了相当长的一段时间。

　　汉族是我国人口最多、文化最为发达的主体民族，汉族民间文学不仅数量多，而且在思想性和艺术性上都取得了很大成就，因此在黎族作家文学与汉族文学的互动中，更多的是体现出一种黎族作家文学对汉族文学经验的吸取。"在汉族文化强有力的作用下，任何一个少数民族的当代作家文学，都在默默地衰减着与汉族文学之间的差异性，平添着与汉族文学之间的共同点。'求同存异'，是在民族文化界内常常能听到的一句口头禅，其实，在我们国内，各民族的作家往往不消刻意去'求'，便可以获得不少融汉族文化因素在内的创作中的共同性。这种共同性，不仅仅是指相当一部分少数民族的文学创作在语言上放弃母语改操汉语的情况，还要看到，不管在用母语还是用汉语创作的作品中，那些民族自己传统的审美尺度向汉族审美标准游移的现象，也相当普遍。"① 虽然对汉族文学的吸收和借鉴，使得黎族作家文学的发展日益壮大起来，但是必须看到，在汉族文化的强势作用下，很多作家都顺理成章地将汉族一切既定的东西视为蓝本，甚至有些作家在小心翼翼的模仿中迷失了自己，文学的民族性也日趋淡化。"各个兄弟民族的当代作家文学，从这个意义上说，均已不再具备本体上全方向拓进的完整性格。"② 这种影响，已经成为包括黎族在内的各少数民族作家文学发展中的一个值得思考的问题。

此外，黎族文学，特别是黎族的文学批评中，对西方文论的引进、运用也是需要加强和改进的。我们应该看到，因为译介、引进西方种种文艺思潮的仓促与浮躁，有时会带来对西方文论的盲从和对西方文论进行生搬硬套式移植的文学创作与文学批评，这实质上是一种缺乏民族性的体现，也是创作者独立性品格的匮乏。这种文学创作与文学批评因缺乏学理性，必然产生不出能带来深远影响的经典作品，这也是包括黎族在内的各少数民族作家文学发展中，普遍存在的缺憾和不足。

---

① 关纪新［满族］：《论各民族文学在互动状态下的多元发展》，《社会科学辑刊》，1994年第6期，第122页。
② 关纪新［满族］：《论各民族文学在互动状态下的多元发展》，《社会科学辑刊》，1994年第6期，第122页。

结语

黎族作家文学的展望

"20世纪是中国少数民族文学展示自己辉煌的世纪。100年来，少数民族作家文学的创作有了很大发展，民主主义时期，产生了老舍、沈从文、端木肆良、萧乾等一批少数民族著名作家。新中国成立后，作家文学有了很大的发展。到90年代，原来没有作家文学的大多数少数民族都有了自己的书面创作队伍，这是一个巨大的变化。据统计，到1998年底，全国从事各种少数民族文学的会员总数达到5000多人，为新中国建立前的100多倍。蒙古、满、回、壮、藏、维吾尔、彝、朝鲜、白、侗、苗、哈萨克、纳西、土家、布依、哈尼等众多民族还形成了自己的作家群。其中，李准、玛拉沁夫、乌·白辛、穆青、韦其麟、霍达、张承志、益西单增、祖农·哈迪尔、吉狄马加等等，都是全国著名的作家。民族作家的作品灿如繁星，在中华文苑里闪耀着迷人的光彩，使中华文学更加辉煌。"[①]黎族作家文学正是在中国少数民族文学发展这个大背景下成长并发展起来的。

在共产党领导下的新中国，黎族人民告别了刀耕火种的历史，直

---

① 梁庭望：《20世纪的中国少数民族文学研究》，《中南民族学院学报（人文社会科学版）》，2001年第1期，第96页。

接跨入了现代文明社会。党和政府制定和执行的一系列发展少数民族经济、推动民族地区社会进步的方针、政策，使得少数民族地区发生了极其深刻的变化。身处社会历史变革中的黎族人民获得了最实际的利益，也获得了最直接的感受。他们有机会并有可能以文学的方式反映自己的生活、表达自己的感情。他们所唱出的颂歌，往往是一种不含造作的真情流露，是由衷之言，更是一种民族心理的真实反映。

黎族作家文学的出现，实现了黎族文学从单纯的口头创作向书面文学的跨越，呈现出民族性与开放性相结合的发展态势，表现出少有的多样状态和多元格局，取得了相当大的成就。

黎族作家们因为角度的不同、旨趣的有别，在创作中表现得千差万别，互不相同，这实际上又以各有千秋的个性写作，构成了黎族作家文学整体的丰富繁盛与姹紫嫣红。在创作中，地域文化写作凸显，民族责任感和民族觉醒意识不断被强化。文学创作的整体水准在攀升，有些作品已经有了相当的深度与力度。原生态文化的保护、社会的焦点问题、环境问题等，都引起了作家们的广泛关注。同时，黎族作家文学能够开放地接受并学习本民族以外先进的文化和文学经验，这种开放性是黎族作家文学发展的内在要求，也是其走向世界的条件之一。

文学是历史性发展的，不同时期的文学因为环境、背景的不同，很难做简单的类比。从宏观上看，黎族作家文学取得的成就是显而易见的、是值得肯定和重视的，但是如果把它放在中国当代文学中进行比较，差距之大也非常明显。

从创作实际看，黎族文学创作队伍虽然已经形成，但人数不多，水平参差不齐。无论是知识结构、文学素养、理论意识，还是对生活观照角度的选取，以及对生活认识和把握的能力等，都难以和其他民族尤其是汉族作家站在同一层次上。所以在创作上无论是数量还是质量，都显得相对滞后，体裁和形式的发展也较为单一且大都局限于短小的篇幅。仅就小说创作的数量而言，黎族书面文学从20世纪70年代末80年代初开始形成至今，出版的长篇小说不足20部，其他体裁的创作也显单薄。应该承认，当代黎族文学的发展是比较滞后的，这也导致了我们在对黎族文学发展的评述上难以超越特定的意义范围，并且只能局限于以少数几个作家的创作为主要的评价依据。这些都是黎族文学发展的现状，并非某种表面的辉煌和某些善意的鼓励所能掩饰。

目前黎族文学创作最大的缺憾，在于黎族作者对本民族生活的认识和反映上，普遍还未能摆脱某种现成的规范。许多作品仍停留在肤浅的层面上；主题表现过于强调跟时代挂钩；在人物性格的转换上，显得简单化；即使是反映现实矛盾的作品，也往往要加上一个光明的结局；而当触及民族传统文化的保护与发展等深层次的问题时，习惯于采取回避态度。王海在《印象与思考——当代黎族文学发展浅议》中提道："从本民族生活土壤中成长起来的黎族作者们，何以会在创作中对自身或身边的一些本应很熟悉的东西视而不见？这是一个很值得探讨的问题"，作为少数民族作家应该既能"根植本土又能超越本土。"① 因此，如何"超越本土"应该引起黎族作家的重视与思考。

"中国'多元一体'的文化体系由来已久，在这个体系中，既

---

① 王海：《印象与思考——当代黎族文学发展浅议》，《作家作品研究》，1997年第2期，第18页。

有各少数民族自成体系的、独特的文化传统形态；又有以'汉文化'为主体、为中介、为载体，各少数民族文化间、各少数民族文化与汉文化间交叉互补、互融互渗，你中有我、我中有你的中华文化的特殊形态。正是这两种文化存在形态，在长期的历史发展过程中，共同组成了'中华民族'这一整体的、集政体文化与血缘文化为一身的大中华文化圈。我国少数民族文化同汉文化一样，不同程度地受到西方文化的影响和冲击。这种情况，在1980年以后的少数民族文学领域更为明显，对西方文学思潮、艺术表现手法，以及审美情趣、美学追求的借鉴和移植，在新时期以来的中国少数民族文学创作中是显而易见的。由此，中国少数民族文学创作，不论从文学创作、文学接受、还是文学发展的层面上都呈现出'杂糅'的状态。在大中华文化圈的总要求和世界文化发展总趋势下，中国少数民族文学创作必然拥有多元化的文化构成，并从审美方式、审美心理、审美内容到精神旨趣、美学品格上表现出从文化到文学的'混血'的风貌和特征。"① 随着中国不可避免地进入经济全球化的轨道，这种文学的"混血"也是不可避免的。信息革命和网络时代的到来，让世界变得越来越小。不同种族、不同国家的人们的交往越来越频繁，这就使包括黎族作家文学在内的少数民族文学的民族特色也很有可能被逐渐"同化"。

同时，黎族人民世代居住的海南岛也在不断地发生着变化，2010年1月4日，国务院发布《国务院关于推进海南国际旅游岛建设发展的若干意见》，海南正式步入国际旅游岛的建设，作为国家的

---

① 罗庆春、刘兴禄［彝族］：《"文化混血"：中国当代少数民族文学文化构成论》，《民族文学研究》，2006年第1期，第59页。

重大战略部署，我国将在2020年将海南初步建成世界一流海岛休闲度假旅游胜地，使之成为开放之岛、绿色之岛、文明之岛、和谐之岛；2018年4月13日，习近平在庆祝海南建省办经济特区30周年大会上郑重宣布，党中央决定支持海南全岛建设自由贸易试验区。赖以生存的生活环境和社会环境发生的巨大变化，势必会给黎族作家们的文学创作带来深远的影响。

不论是文学的"混血"，还是社会经济的发展、"全球化"的压力，都让黎族跟其他许多少数民族的原生态文化和文学传统面临着巨大的冲击，甚至民族的特性有在主流文化中逐渐消隐的可能。另外，许多原生态文化带有民族民间口耳相传的特性，对其保护与开发存在著作权的纷争。同时，当前文化的商品化倾向日益加剧，原生态文化有被撕为"文化碎片"的趋势。这些情况对原本就不够发达的黎族作家文学来说，无疑是巨大的挑战。

黎族作家文学起步较晚，创作水平不高，再加上作家的差异性，对作品的"文学性"关注不够。他们在文学之路上寻找着文化的认同感，在全球化语境中追求着少数民族作家的文化理想。然而，民族文化认同之路不是平坦的理想之路，相反，它布满了荆棘与陷阱，有许多缺点需要改正，许多理论和实践的问题等待我们去解决。黎族作家文学只有首先敢于正视自身的不足，认真的加以改正和克服，在适应文学全球化的发展中，从独善其身进入兼济天下的层面，从根本上改变个人经验和个体生命观照这一模式，才能进入当代鲜活的生命状态。当然，正如一切系统的开放一样，文学的开放，要以有利于自身的存在和发展为原则，在同外界进行能量的转换中，要注意克服简单的经验思维和反馈思维，要进行科学、具体的分析和鉴别。对于吸收什么、拒斥什么，要恰当地选择。这里的关键是，要以马克思主义为指导，要坚持民族文学的优秀传统，要珍视自己的特质和个性。此外，还要加强对文学人才的培养和文化建设，这样才能从根本上保证黎族文学的发展。

综上所述，黎族作家文学在发展中应该保持个体意识，发扬涵盖在黎族作家文学中所特有的民族精神和文化气质，并且关注当代社会文化主题，面向国内外文学，寻找一种国际文学的视野，在保持历史传承的基础上，加强对当代审美及艺术手法的运用和诠释，触及当代文化及社会发展的深层，使黎族文学及文化被更多人所关注。同时，重新审视黎族作家文学的局限性，审视其所附载的品位与当代文化对话的可能性，努力开创新的创作和阅读经验。我们不能祈求拥有一种包含一切优点的黎族作家文学，这不仅不可能，而且无意义。当然也不必抱残守缺、孤芳自赏，应不断吸收其他民族文学的精华，以完善和发展本民族固有之文学。任何民族的文学，只有站在本民族及其他民族前辈的肩膀上，才能成为当代文学的巨人。应该提倡创造性地继承吸收，避免一味地迎合，否则可能导致文化"失语""边缘化"，甚至消解在主流文化语境中。诚然，我们无须对这种窘境做种种惶惑的表达，而应回过头来重新审视自身的文化传统，以一种文本的形式让其存活下来，并努力做出一种全方位的评析，或许这才是最为重要的。生命在演变中前进，黎族作家文学的发展未尝不是这样。只有努力地解决来自自身和外界的种种问题，始终坚持文学的民族性、开放性与批判性相结合的和谐发展之路，黎族作家文学才有望获得长足的发展，形成真正的繁荣，才能在当今的文坛占有一席之地。

参考文献

[1] 王学萍主编. 中国黎族 [M]. 民族出版社, 2004.

[2] 王养民, 马姿燕. 黎族文化初探 [M]. 广西民族出版社, 1993年2月.

[3] 王月圣. 黎族创世纪歌 [M]. 三环出版社, 1994年3月.

[4] 邢关英. 黎族 [M]. 民族出版社, 2005年4月.

[5] 苏英博等主编. 中国黎族大辞典 [M]. 中山大学出版社, 1994年9月.

[6] 孙有康, 李和弟. 黎族创史诗五指山传 [M]. 暨南大学出版社 1990年4月.

[7] 詹慈. 黎族合亩制论文选集 [M]. 广东省民族研究所, 1983年5月.

[8] 邢植朝. 黎族文化溯源 [M]. 中山大学出版社, 1993.

[9] 卓其德编著. 美满的歌：黎族歌谣集 [M]. 海南出版社, 1993.

[10] 苏海鸥, 符震编. 黎族情歌选 [M]. 花城出版社, 1982.

[11] 龙敏, 黄胜招编. 黎族民间故事集 [M]. 南海出版公

司，2002.

[12] 王文华著. 黎族音乐史 [M]. 南海出版公司，2001.

[13] 王学萍主编. 五指山五十年 [M]. 海南出版社，1999.

[14] 李旭. 在五指山南麓：黎族 [M]. 云南人民出版社/云南大学出版社，2003.

[15] 海南岛黎族社会调查 [M]. 广西民族出版社，1992.

[16] 海南岛新志 [M]. 商务印书馆，1949.

[17] 黎族社会历史调查 [M]. 民族出版社，1986.

[18] 符震、苏海鸥. 黎族民间故事集 [M]. 广州：花城出版社，1982.09.

[19] 海南黎族苗族自治州文化局等编. 黎族情歌选 [M]. 广州：花城出版社，1982 年 09 月.

[20] 广东民族学院中文系. 黎族民间故事选 [M]. 上海：上海文艺出版社，1983 年 03 月.

[21] 符桂花. 黎族传统民歌三千首 [M]. 海口：海南出版社，2008 年 08 月.

[22] 符桂花. 黎族民间故事大集 [M]. 海口：海南出版社，2010 年 03 月.

[23] 王文华. 甘工鸟 [M]. 亚洲出版社，1993 年.

[24] 张岳虎. 五指山风 [M]. 广州：花城出版社，1984 年 7 月.

[25] 卓其德. 美满的歌 [M]. 海口：海南出版社，1993 年.

[26] 卓其德. 浪花 [M]. 海口：南海出版公司，1998 年.

[27] 韩伯泉、郭小东. 黎族民间文学概说 [M]. 广东民族学院

中文系民间文学组，1982年–1984年.

[28]陈立浩、范高庆、苏鹏程.黎族文学概览[M]，海口：南方出版社，2008年.

[29]毕光明著.海南当代文学史[M].海口：南方出版社，2008年.

[30]张浩文著.新时期海南小说创作述略[M].海口：南方出版社，2008年.

[31]单正平著.海南当代散文概观[M].海口：南方出版社，2008年.

[32]韦勇，武耀庭.黎学新论文集（上、下）[M].北京：中国文史出版社，2012年.

[33]陈立浩等主编.海南民族文学作品选析[M].南海出版公司出版，1992.

[34]华子奇，陈立浩主编.五指山风韵[M].南海出版公司出版，2003.

[35]王海，江冰.从远古走向现代——黎族文化与黎族文学[M].华南理工大学出版社，2004.

[36]马克思.1844年经济学哲学手稿[M].人民出版社，2000年5月.

[37]韦勒克.批评的概念[M].中国美术学院出版社，1999年12月.

[38]弗莱.批评之路[M].北京大学出版社，1998年1月.

[39]戴维·洛奇编.二十世纪文学评论[M].上海译文出版社，1993年5月.

［40］伊格尔顿．二十世纪西方文学理论［M］．陕西师范大学出版社，1997.

［41］康德．判断力批判［M］．人民出版社，2002年5月．

［42］黑格尔．美学［M］．商务印书馆，1979.

［43］胡塞尔．纯粹现象学通论［M］．商务印书馆，1992年11月．

［44］海德格尔．存在与时间［M］．三联书店，1987年12月．

［45］伽达默尔．伽达默尔集［M］．上海远东出版社，1997年12月．

［46］韦勒克．近代文学批评史［M］．上海译文出版社，2002年3月．

［47］姚斯．走向接受美学［M］．辽宁人民出版社，1987年9月．

［48］霍克海默，阿多诺．启蒙辩证法［M］．重庆出版社，1990.

［49］杜夫海纳．审美经验现象学［M］．文化艺术出版社，1996年8月．

［50］查普曼．语言学与文学［M］．春风文艺出版社，1988年7月版．

［51］皮埃尔·布迪厄．文化资本与社会炼金术［M］．包亚明译．上海人民出版社，1997.

［52］恩斯特·卡西尔著，黄龙保，周振选译．神话思维［M］．中国社会科学出版社，1992.

［53］列维－布留尔著；丁由译．原始思维［M］．商务印书

馆，1981.

［54］艾柯著；王宇根译．诠释与过度诠释［M］．三联书店，1997.

［55］朱光潜．文艺心理学［M］．复旦大学出版社，2005.

［56］朱立元．美的感悟［M］．华东师范大学出版社，2000年3月．

［57］方克强．文学人类学批评［M］．上海社会科学院出版社，1992.

［58］金元浦．文学解释学：文学的审美阐释与意义生成［M］．东北师范大学出版社，1997.

［59］田兆元．神话与中国社会［M］．上海人民出版社，1998.

［60］以群主编．文学的基本原理［M］．上海文艺出版社，1984年6月．

［61］陈思和主编．中国当代文学史教程［M］．复旦大学出版社，1999.

［62］陈泳超．中国民间文学研究的现代轨辙［M］．北京大学出版社，2005年8月．

［63］吴秀明．转型时期的中国当代文学思潮［M］．浙江大学出版社，2001.

［64］张清华．中国当代先锋文学思潮论［M］．江苏文艺出版社，1997.

［65］罗钢，刘象愚．文化研究读本［M］．中国社会科学出版社，2000.

［66］王晓明．在新意识形态的笼罩下——90年代的文化和文学

分析［M］．江苏人民出版社，2000．

［67］陈霖．文学空间的裂变与转型——大众传播与20世纪90年代中国大陆文学［M］．安徽大学出版社，2004．

［68］T. W. 阿多诺等．社会水泥：阿多诺、马尔库塞、本杰明论大众文化［M］．陈学明等编，昆明：云南人民出版社，1998．

［69］戴锦华主编．书写文化英雄：世纪之交的文化研究［M］．江苏人民出版社，2000．

［70］李明彦，苏奎．全球化语境下的中国文学理论及文学批评发展状况学术研讨会综述［J］．文艺争鸣，2004（6）．

［71］钱理群．20年来思想界的重大失误［DB/OL］．http：//www.culstudies.com，文化研究网，2005－01－24．

［72］王晓明．面对新的文学生产机制［J］．文艺理论研究，2003（2）．

［73］张光芒．中国当代文学的第三次转型［J］．当代作家评论，2004（4）．

［74］洪子诚．作家的姿态与自我意识［M］．西安：陕西人民教育出版社，1999．

［75］洪子诚．问题与方法［M］．北京：三联书店，2002．

［76］陈思和．论知识分子转型期的三种价值取向［J］．上海文化，1999（11）．

［77］弗雷德里克·詹姆逊．文化转向［M］．胡亚敏译．中国社会科学出版社，2000．

［78］方鹏．海南岛历史、民族与文化［M］．海口：南方出版社，2003．

[79] 郭小东. 失落的文明——史图博《海南岛民族志》研究 [M]. 武汉：武汉大学出版社，2013.

[80] 林树明：多维视野中的女性主义文学批评 [M]. 中国社会科学出版社，2004.

[81] 李掖平：二十世纪中国女性文学专题研究十六讲 [M]. 山东文艺出版社，2009.

[82] 柯倩婷：身体、创伤与性别——中国新时期小说的身体书写 [M]. 广东人民出版社，2009.

[83] 符玉梅. 论黎族作家高照清的散文 [D]. 长春：吉林大学，2013.

[84] 刘利波. 黎族风情画卷的诗意描摹——简析黎族作家龙敏创作艺术风格 [J]. 文艺争鸣. 2009 (01).

[85] 谭月珍. 黎族民间文学的审美特征探析 [J]. 大家. 2012 (14).

[86] 黄昂，卓小畴. 文化夹缝里的精神诉求——评《从远古走向现代——黎族文化与黎族文学》[J]. 民族文学研究. 2006 (4).

[87] 邢植朝. 黎族文学总体观 [J]. 民族文学研究. 1988 (4).

[88] 杨显. 浅析黎族神话产生的根源 [J]. 海南档案. 1998 (04).

[89] 云博生. 论黎族的传说故事 [J]. 广东民族学院学报. 1980 (01).

[90] 韩伯泉、郭小东. 传统黎族民歌简论 [J]. 海南档案. 1998 (04).

[91] 陈立浩. 黎族民间故事论析［J］. 琼州大学学报. 2001 (02).

[92] 刘长瑜. 海南黎族民歌的发展及多样性［J］. 海南档案. 1998 (04).

[93] 王海. 黎族神话类型略论［J］. 广东技术师范学院学报. 2009 (05).

[94] 陈智慧. 百越文化与海洋文化的合流——黎族与高山族创世神话比较研究［J］. 民族论坛. 2012 (04).

[95] 牛砚田, 李粒: 浅谈黎族妇女社会地位. 黑龙江史志, 2014. (3)

[96] 李政芳. 期待视域下的《黎乡月》［J］. 文教资料. 2011 (18).

[97] 鄢硕. 性别视角下海南黎族文身形态探析［J］. 山东纺织经济. 2015 (8).

[98] 吴海超. 论黎族题材小说中的自然意象［J］. 文学教育（上）. 2016 (11).

[99] 陈超海, 钟淑杯, 邓小康. 黎族民间爱情悲剧文学审美论［J］. 文学教育（上）. 2015 (4).

[100] 王海. 黎族文化研究著述概评［J］. 西南民族大学学报（人文社科版）. 2005 年 (07).

[101] 毕光明. 黎族心灵的探寻——评关义秀的长篇小说《五色雀》［J］. 文艺争鸣. 2009 (1).

[102] 黄淑瑶. 神圣的消解与自我的迷失——从黎族文身诸说看文身女性角色演变［J］. 海南师范大学学报（社会科学版）. 2015.

28（5）.

［103］钟淑杯，邓小康，陈超海：试论黎族文学中悲剧美学的产生和发展［J］. 知识文库，2017.（3）.

［104］黄新征：鲁迅和乔伊斯小说中"妥协的人"的悲剧色彩［J］. 天津外国语学院学报，2003（7）.

［105］侯春梅：鲁迅《呐喊》与乔伊斯《都柏林人》中色彩隐喻文学意义的比较研究［D］. 青岛大学，2014.

后 记

我是2003年本科毕业来到海南省五指山市工作之后才接触黎族同胞和黎族文化的。一开始还仅仅是从欣赏者的角度去"观看",后来被黎族文学的独特魅力深深地吸引,再后来发现自己是可以做一些事情的。于是经过一段时间的学习和调研之后,在我攻读硕士学位的时候,以《黎族作家文学的民族性和开放性》为题撰写了硕士学位论文。一晃十年光景,黎族作家文学在这十年间发展速度惊人,新作品质量整体有所提升,而且涌现出很多创作新人。在对黎族作家文学的研究方面,我也有了一些新的认识和感悟。恰逢我校将民族学列为重点建设学科,组建了实力很强的民族学科建设团队,我有幸参与其中。在专家和前辈们的鼓励下,我也有了将黎族作家文学研究继续深入下去的动力,才有了出这本书的想法。

本想以"文学史"的线索去探讨黎族作家文学的发展,又恐自己缺乏宏观的把握能力。所以仍是以我的硕士学位论文为基础,以对特定的作家作品的阐述为主,从某些侧面来探讨黎族作家文学的形态及其发展变化,并做具体的审视和评析,以期从微观视角入手呈现黎族作家文学的本源特征。

本书为海南热带海洋学院民族学学科建设成果文库图书，是受2017年海南省高等学校发展专项资金，海南热带海洋学院重点学科民族学建设经费资助出版的，在此，我诚挚地对教育厅的资助表示感谢。研究中我也借鉴了一些黎族文化、黎族文学研究专家前辈们的观点，在此表示诚挚的谢意。此外，我还要特别感谢我的同事杨兹举教授、郑力乔教授、孙少佩教授、国家一级作家杜光辉老师，以及吴艳老师在本书出版的过程中给予我的大力支持与帮助。

　　书稿的完成过程并不像预想的那么顺利，有些地方或许还存在我作为"他者"的"误读"，又因为个人能力所限，肯定存在诸多问题和不足，将其捧出我也是诚惶诚恐，书中的疏漏及不当之处，真心地期待得到同行专家的指正。

曲明鑫

2018年6月5日